HEYNE <

DAS BUCH

Der Sommer naht. Und das ist noch das geringste Problem von Lord Netthard Quark, denn neben dauerfurzenden und machthungrigen Söhnen, Töchtern im Zickenkrieg und einer ständig bekifften Ehefrau muss er sich außerdem um die wöchentlichen Massenhinrichtungen kümmern. Als dann auch noch sein alter Freund Bobbert Bartresen auftaucht, seines Zeichens Fettwanst und König von Osterhasién, und Netthart auffordert, sein rechter Fuß zu werden, gehen die Dinge für Lord Quark endgültig den Bach runter. Oder auch nicht. Oder doch. Das weiß man noch nicht. So viel sei aber gesagt: Der Rest des Buches besteht hauptsächlich aus Matsch und Zwiebeln.

Ein Hinweis des Verlags: Die deutsche Ausgabe von *Wasch mir das Winterfell* entspricht nicht der Originalfassung. Wir haben George R. R. Marzahns geschätztes Geschreibsel gehälftelt, gedrittelt, geachtelt, um – ja, ganz genau: UM IHNEN DAS GELD AUS DER TASCHE ZU ZIEHEN, um kräftig abzusahnen, um stinkreich zu werden! Was haben Sie denn gedacht?

DER AUTOR

George R. R. Marzahn war in einem früheren Leben tatsächlich einmal Buchautor, bevor er sich ganz auf seine Karriere als Drehbuchschreiber, Serienproduzent, Sammler von kleinen Miniaturabbildungen seiner selbst und Botschafter für amerikanische Barttrachten beschränkte. Nebenher ist er auf allen Fan-Conventions dieser Welt zu finden. Ja, auf allen.

GEORGE R. R.

MARZAHN

WASCH MIR DAS WINTERFELL

DAS LIED VON EIS UND SCHLAGSAHNE

Erster Teil des ersten Buches
von Band Eins – und das ist echt erst der Anfang, Leute!

Ein Roman so wie Tolkien

WILHELM HEINI VERLAG
MÜNCHEN

Titel der amerikanischen Originalausgabe
A GAME OF GROANS
Deutsche Übersetzung von Ronald M. Hahn

MIX
Papier aus verantwortungsvollen Quellen
FSC® C014496
FSC
www.fsc.org

Verlagsgruppe Random House FSC® N001967
Das für dieses Buch verwendete FSC®-zertifizierte
Papier *Holmen Book Cream* liefert
Holmen Paper, Hallstavik, Schweden.

Deutsche Erstausgabe 06/2013
Redaktion: Kristof Kurz

Printed in Germany 2013
Umschlaggestaltung: Animagic, Bielefeld
Satz: KompetenzCenter, Mönchengladbach
Druck und Bindung: GGP Media GmbH, Pößneck

ISBN: 978-3-453-31482-5

Für Hillary, die beste Schwester,
die sich der Vater unseres Landes
nur wünschen konnte

Prolog zum Prolog

»Pass mit dem Zauberstab auf, Brillenschlange«, fauchte der große Mann in Schwarz leise und rieb sich jene Stelle seines Rückens, in die der Knabe mit den runden Brillengläsern versehentlich gepikst hatte.

Der Knabe war zwar kaum älter als zehn, nölte aber mit der Selbstsicherheit eines Elfjährigen: »Pass *du* doch auf.« Dann fügte er, etwas leiser, hinzu: »Ohne den Helm wärst du bestimmt nicht so hart drauf, was, Kumpel?«

»Sprich lauter, Bürschchen. Ich kann dich nicht hören«, knurrte der Mann in Schwarz. Er trommelte mit seinen behandschuhten Knöcheln gegen seine Schläfe und meinte: »Was Gehörverstärker angeht, hat die Technikabteilung des Todessterns nicht gerade das Nagelneueste auf Lager.«

»Die Technikabteilung des Todessterns hat überhaupt *nie* das Nagelneueste auf Lager … Nicht mal der Todesstern ist nagelneu«, führte der Knabe aus. »Mal ehrlich, wäre es etwa ein Problem gewesen, den Abwärmeschacht mit einer Luke zu versehen? Da hätte sogar Weasley drauf kommen können.«

»Wirklich?«, schnaubte der Mann in Schwarz. »Tja, dann sag diesem Weasley mal, er soll sich ein Budget ausdenken, das für Uniformen und Waffen von 251 Sturmtrupplern *und* eine Luke reicht, dann können wir drüber reden.«

»Ihr da, seid bitte leiser«, monotonte der Spitzohrige im hautengen blauschwarzen Anzug. »Es ist äußerst unlogisch, sich in hitzigen Diskussionen dieser Art zu verlieren, während man jemandem eine Falle stellen will … was an sich schon unlogisch ist.« Er deutete auf die kahlen Bäume, den matschigen Boden und die Schlangen, die sich schlangengleich um ihre Unterschenkel schlängelten. Dann sagte er: »Es ist schon unlogisch, dass wir es ausgerechnet hier machen. *Wir* sind nur fünf und dieser Jessas Chrystus verkörpernde LÖWE – was wir auch nur wissen, weil er in Großbuchstaben geschrieben wird –, aber wir wissen nicht, wie viele *die* sind. Wir sind überhaupt nicht kampfbereit.«

Ein braun gewandeter Bärtiger schüttelte den Kopf und sagte seufzend: »Er hat recht. Wir sind nicht kampfbereit. Ihr habt nicht *studiert*. Ihr seid nicht *gebildet*. Ihr habt sie nicht absorbiert … die Lehren der M…«

»Sprich es nicht aus«, unterbrach ihn der Mann in Schwarz. »Sprich bloß das Wort mit *M* nicht aus!«

»…acht«, endete der Bärtige.

Die vier anderen Menschen, der güldene Android und der LÖWE stöhnten auf.

»Die Macht ist Blödsinn«, sagte der bebrillte Knabe quengelnd. »Ihr wisst es. Ich weiß es. Und in Hogfurz weiß es ohnehin jeder.«

»Hogfurz«, brummte der LÖWE.

»Ganz genau, Alter: Hogfurz. Hätte ich es mit ›w‹ und ›a‹ ausgesprochen, hätten wir Probleme gekriegt.«

»Du meinst Wagfurz?«

»Nein, ich meine Hogw…«

»Sprich es nicht aus«, fiel der Mann in Schwarz ihm ins Wort. »Sprich bloß das Wort mit *H* nicht aus!«

»...arts«, endete der Bärtige.

Die vier anderen Menschen, der güldene Android und der LÖWE stöhnten auf.

Ein Nasenloser mit glänzendem Glatzkopf fauchte: »Ich pflichte dem Knaben bei. Das Wort mit *M* steht für Mogelpackung. Ich glaube, dies ist das erste Mal, dass der junge Zauberer und ich einer Meinung sind.« Er warf dem Knaben einen grellen Blick zu. »Du lernst dazu. Und das ist bedauernswert für mich.« Er wandte sich dem Rest der Gruppe zu und sagte laut: *»Es ist bedauernswert für uns alle.«*

Als das Echo seines Geschreis verhallt war, sagte der Mann in Schwarz: »Schreit doch *noch* lauter, dann bleibt unsere Position ganz bestimmt geheim, Lord Großmaul.«

»Überrascht dich das?«, fragte der Android. »Seine Lordschaft ist doch nicht gerade für Feinsinn bekannt, oder?«

Der Spitzohrige sagte: »Mach dir keine Sorgen, Roboter. Die Akustik hier hinter der Mauer ist dergestalt, dass wir die vulkanische Nationalhymne aus vollem Halse singen könnten, ohne dem Bund der Nachtwächter unsere Position zu verraten.«

»Klugscheißer«, murmelte der Mann in Schwarz.

»Ich schwöre bei Hephaestus, dass ich dich mit einer Ameise bewusstseinsverschmelzen werde«, brummte der Spitzohrige.

Der Mann in Schwarz funkelte den Spitzohrigen durch seinen Helm an und zischte: »Bewusstseinsverschmelzen? *Mich?* Das möchte ich erleben! Stellt eure Phaser mal auf *halblang* ein!«

»Ich sollte vielleicht anmerken, dass es unmöglich ist,

jemandem mit jemandem bewusstseinszuverschmelzen, der kein Hirn hat«, meinte der Knabe.

Der Bärtige hob die Hände in die Luft und stöhnte: »Andere, Andere, Andere, reißt euch bitte zusammen. Ich spüre eine große Unruhe zwischen euch. Wenn wir uns holen wollen, was uns rechtmäßig gehört, müssen wir zusammenhalten, sonst …«

»Warte mal«, sagte der Mann in Schwarz. »Können wir diese ›Andere‹-Sache mal eben besprechen?«

»Was gibt es da zu besprechen?«, erkundigte sich der Bärtige.

Der Mann in Schwarz setzte sich auf den matschigen Boden – wobei er sechs Schlangen vom Leben zum Tode beförderte – und streckte die Beine aus. Dann deutete er auf die Mauer und sagte: »Müssten *die da* nicht die Anderen sein? Wieso sind *wir* die Anderen?«

Der Bärtige zuckte die Achseln. »Irgendein Dummkopf aus dem Hause Bartresen hat uns vor mehreren Sommern die Anderen genannt. Und es ist nun mal an uns hängen geblieben.«

»Tja, was wäre dagegen zu sagen, wenn wir's wieder loswerden?« Der Mann in Schwarz deutete erneut auf die Mauer und schlug vor: »Wie wäre es, wenn wir *die da* die Anderen nennen? Ich wette, es würde ihnen nicht gefallen.« Und er rief mit lauter Stimme: »He, ihr da, Nachtwächter! Wir sind nicht mehr die Anderen! Ich ordne an, dass von nun an *ihr* die Anderen seid! Wir sind die … die … die *Großartigen!*«

Ein an ein Rülpsen erinnerndes Geräusch wehte über die Mauer hinweg. »Hast du das gehört?«, fragte der Droide den Spitzohrigen.

»Natürlich hat er es gehört«, fauchte der Mann in Schwarz. »Mit den doofen Triangeln am Kopf könnte der Typ wahrscheinlich einen Drachensäugling an die Wand des Hauses von Lord Quark pinkeln hören.«

»Drachen sind ausgestorben«, höhnte der Spitzohrige. *»Du* bist ausgestorben.«

»Warum ziehst du nicht los und machst einen obszönen Telefonanruf, du mundatmender Psychopath?«

»Wen nennst du einen Psychopathen, du Langweiler?«

»Wen nennst du einen Langweiler …«

Der Bärtige hob erneut die Hände zum Himmel und deutete genervt auf die Sonne. »Meine Herren, bitte, die Lichtverhältnisse verschlechtern sich. Können wir nun zur Sache kommen? Vielleicht überprüfen wir die Waffen?«

Der Spitzohrige drückte Daumen und Zeigefinger aneinander. »Überprüft.«

Der bebrillte Knabe wirbelte seinen Zauberstaub zwischen den Fingern, als handele es sich um einen Miniaturtaktstock. »Überprüft.«

Der Droide ballte seine Blechfäuste. »Überprüft.«

Der Mann in Schwarz schaute dem Droiden kopfschüttelnd zu und sagte: »Fan-*tas*-tisch. Das wird sie glatt aus den Stiefeln hauen.«

Der Kahlkopf deutete mit einem Finger auf den Bebrillten, der sich in ein Pony und dann wieder in einen Menschen verwandelte. »Überprüft.«

Der LÖWE hob seine Klaue vors Maul, brüllte, roch seinen Atem, verzog das Gesicht und grollte: »Überprüft.«

Der Mann in Schwarz entnahm seiner Tasche einen kleinen Zylinder, drückte einen Knopf, nickte in Richtung des aus der Waffe springenden Strahls und sagte: »Überprüft, noch mal überprüft, und noch mal, ihr Säcke.«

»In Ordnung, Andere«, sagte der Bärtige.

»Ich hab doch gesagt, dass wir nicht die Anderen sind! *Die da* sind die Anderen! *Die da* sind die Anderen!«

»... möge die ... ihr-wisst-schon ... mit euch sein!«

Prolog

Die Mauer schmolz.

Aber so schnell schmolz sie nun auch wieder nicht. Die kontinentalmeteorologischen Experten Osterhasiéns[1] schätzten, dass es mindestens noch sechs Sommer dauern würde, bis sie einen wesentlichen Masseverlust aufwies. Wenn man aber, wie Bruda Slaachdood und Bruda Doymlack, gezwungen war, die Mauer tagein, tagaus, nachtein, nachtaus zu bewachen, fiel es einem doch auf.

Die vereidigten Mitglieder des Nachtwächter-Bundes saßen mit glasigen Augen im Schneidersitz auf der matschigen Erdoberfläche. Slaachdood reichte Doymlack eine große grüne Flasche und sagte nach einem Rülpser: »Also, das ist ganz sicher nicht das, was meine Mutter für mich geplant hatte.«

Doymlack trank einen großen Schluck und sagte anzüglich: »Wahrscheinlich nicht. Aber ich hab was für deine Mutter geplant.«

»Junge, Junge«, erwiderte Slaachdood ironisch. »Den hab ich ja noch *nie* von dir gehört.«

---

1 Liebe Leser, bevor Sie jetzt erboste Leserbriefe – oder, Götter bewahrt, einen Blog-Eintrag – schreiben, lassen Sie sich versichern, dass alle Eigennamen (na ja, fast alle; okay: die meisten) konsequent ins Deutsche herübergeblödelt wurden. Außerdem können Sie schon froh sein, dass wir aus diesem Buch nicht zwei Bände gemacht haben. Klar soweit?

»Junge, Junge, deine Mutter aber ganz sicher«, gab Doymlack zurück.

»Halt's Maul und trink«, befahl Slaachdood.

»Mit Freuden.«

Nach einem herzhaften Schluck nahm Slaachdood die Flasche aus Doymlacks Hand und sagte: »Lass die Flasche kreisen, Bruda.«

»Ich hab 'n Dienstgrad, deswegen kann ich so viel trinken, wie ich will, so wie früher Lord Paloma vom Kastell Blanca.« Doymlack rülpste. »Als du vier wurdest, gehörten mir schon drei Schwerter. Und ich hatte acht Gegner abgemurkst.«

»Ja«, wandte Slaachdood ein. »Das hast du schon mal erwähnt. Mehrere hundertmal.«

»Und ich hab mich ganz allein hochgearbeitet«, jammerte Doymlack. »Ohne fremde Hilfe. Ganz *allein.*«

»Das wurde auch schon erwähnt«, verdeutlichte Slaachdood. »Doch ich vermute, es wird dich nicht daran hindern, mir zu erzählen, dass …«

»Ich wusste nie, wer mein Vater war, Bruda«, fiel Doymlack ihm ins Wort. »Ich bin ein … ein … Vollhorst.«

»Natürlich bist du das.«

»So werden fast überall in Osterhasién Knaben genannt, die nicht wissen, wer ihr Vater ist: Vollhorst.«

»Weiß ich.«

»Auf der anderen Seite der Mauer nennt man sie, soweit ich weiß, Bastarde. Aber hier werden sie Vollhorst genannt.«

»So ist es.«

»Verstehst du das? Damit es in dieser Diskussion – und jeder ihr folgenden Diskussion – ein für alle Mal klar ist: Die Definition von *Vollhorst* ist die Definition von *Bastard.*«

»Hab ich verstanden.«

»Vergiss alles, was du je über das Wort *Vollhorst* gehört hast. Ab sofort und für die ungefähr nächsten dreihundertfünfzig Seiten ist ein Vollhorst ein Knabe, der nicht von seinem Vater angenommen wurde.«

»Gebongt.«

»Ich war der größte Vollhorst im ganzen Land.«

»Du bist es noch immer.«

Doymlack leerte die Flasche. Dann stand er auf und warf sie, so fest er konnte, geradeaus. Die Flasche blieb an der Mauer kleben, als wären sie und die Mauer mit Klettband umhüllt. »Deswegen hab ich mich dem Bund angeschlossen, Bruda. Weil ich ein Vollhorst bin. Ein blöder Vollhorst mit einem blöden Leben, das nun noch blöder ist, weil ich jede Minute jedes Tages damit zubringe, mir diese blöde Mauer anzuschauen und in dieser blöden Hitze diese blöde Rüstung zu tragen. Ich schwitze mir hier drin noch die Zwiebeln ab.«

»Glaubst du, du hättest harte Zeiten hinter dir, bloß weil du deinen Vater nicht kennst?«, fragte Slaachdood. »Ich bin an der Grenze zu Donkosackingen aufgewachsen. Unsere gesamte Nahrung kam aus Donkosackingen. Unsere gesamte Bekleidung kam aus Donkosackingen. Und sämtliche Gerüche kamen aus Donkosackingen. *Das* war ein blödes Leben.«

Doymlack erhob sich auf die Knie und fiel wieder hin. »Tut mir leid, Bruda«, entschuldigte er sich. »Vollhorste neigen dazu, sich wie Vollhorste aufzuführen, und das sollte man als Bundesbruda *nicht* tun.« Er schob eine

Hand unter seine Rüstung, kratzte sich an der Schulter und fügte hinzu: »Es ist halt so heiß, und mir ist langweilig.«

Slaachdood nickte verständnisvoll. Dann sagte er: »Ach so. Willst du noch was zu trinken?«

»Und ob«, stimmte Doymlack zu. »Aber noch lieber würde ich endlich meine Ausbildung anwenden. Ich möchte kämpfen.« Er hob sein Schwert und schwenkte es hin und her. »Wir wurden zum Kämpfen ausgebildet. Wir haben den Eid geschworen, dass wir kämpfen werden.« Er wandte sich der Mauer zu und schrie: *»Wenn ihr bereit seid, Andere, sind wir es auch!«*

Auf der anderen Seite der Mauer rief jemand: *»Ihr* seid die Anderen!«

Doymlack und Slaachdood gafften sich an. »Hast du das gehört?«, fragte Slaachdood.

Doymlack nickte.

»Was sollten wir deiner Meinung nach tun?«, erkundigte sich Slaachdood.

»Ich glaube, wir sollten uns in Bewegung setzen und …«

Bevor er den Gedanken beenden konnte, rief ein Nasenloser von der Mauer zu ihnen herab: »Ich glaube, ihr solltet mal anfangen zu *leiden!* Ahoi, Andere! Es ist Zeit, dass wir den gesamten Kontinent Osterhasién übernehmen!«

Ein Mann in einer schwarzen Ganzkörperrüstung und einem schwarzen Umhang übersprang die Mauer, landete vor Doymlack und verkündete: »Für den Fall, dass sich jemand die Frage stellt: Ungeachtet dessen, was die Glatze da drüben sagt, sind *wir* nicht die Anderen. Wir sind die Großartigen.«

Sofort riefen drei oder vier Stimmen von der anderen Seite der Mauer: *»Also, amtlich ist das noch nicht!«*

Der Mann in Schwarz schrie: »Ich hasse euch alle!« Dann hob er Doymlack am Halse hoch, hielt ihn drei Fuß über dem Boden fest und rammte ihn in den Matsch.

Slaachdood zog seine Waffe und näherte sich dem Mann in Schwarz. Als er nur noch einen Schwerthieb von ihm entfernt war, hob der Mann in Schwarz einen Finger.

Slaachdood hielt jäh inne, griff sich mit der freien Hand an die Kehle und würgte, da er kein Wort mehr sprechen konnte. »Ist das schon *alles?«*, hauchte der Mann in Schwarz. »Mehr haben die nicht drauf? Das soll der riesige, Angst einjagende Nachtwächterbund sein, von dem man uns in den letzten Zillionen Sommern erzählt hat? Wir haben mit dem Arsch im Matsch gesessen, ohne dass je etwas passiert ist – was natürlich niemanden überrascht, denn wenn man eins über Osterhasién weiß, dann dies: dass es aus endlosen Seiten voller Nichts besteht – und dann hat *es* nicht mehr zu bieten?«

Ein bebrillter Knabe, der auf einem LÖWEN ritt – in dem jeder, der seine fünf Sinne beisammen hatte, sofort Jessas Chrystus erkannte, und wenn auch nur deswegen, weil das Wort LÖWE in Großbuchstaben geschrieben war – materialisierte aus dem Nichts und korrigierte: *»Sieben* Sommer. Wir haben sieben Sommer lang gewartet, um diesen Schritt zu tun. Sieben lange Sommer in der Hitze, in der Sonne, im Regen, in der Hitze, und erst die Tornados und die Hitze, und …«

»Okay, Brillenschlange«, sagte der Mann in Schwarz. »Wir haben's kapiert. Es ist heiß, aber jetzt halt's Maul. Ich habe viel mehr Scheiß am Leib als du, aber hörst du mich jammern? Nein. Hör also mit dem Gewinsel auf und richte mehr Schaden an.« Er wandte sich der Mauer zu und brüllte: *»Jungs, kommt ihr nun oder was?«*

Im Zwinkern eines Drachenauges tauchte ein Loch in der Mauer auf, durch das die Angehörigen der zuvor als die Anderen bekannten Gruppierung kletterten. Das Loch schloss sich so schnell, wie es sich geöffnet hatte. Dann begann die Schlacht.

Ein gewandeter Bärtiger stampfte auf den Kopf des gefallenen Doymlack und ließ Hirnmasse in alle Richtungen spritzen. Der genau im Weg der Hirnschrapnelle stehende güldene Droide musste mehrere Treffer hinnehmen. Er schnippte einen Klumpen grauschleimiger Masse von seinem Brustkorb und sagte: »O weh, hat der Baumarkt noch geöffnet?«

Der Nasenlose, der den etepetete klingenden Roboter nicht weiter beachtete, riss einen Baum samt Wurzeln aus dem Boden und haute ihn Slaachdood ins Kreuz, sodass er durch die Gegend flog. »Na, wie schmeckt dir das, osterhasischer Bastard?«, fragte der Nasenlose.

Doymlack setzte sich auf, raffte eine Handvoll Hirn zusammen, warf es zurück in das Loch in seinem Kopf und grunzte: »Ich bin kein Bastard, ich bin ein Vollhorst!« Dann bewarf er den Nasenlosen mit einer Handvoll Matsch.

Der Nasenlose wich der Salve problemlos aus und rief dem bebrillten Knaben zu: »Würdest du ihn dir mal vornehmen, Zauberer?«

Der Knabe grinste schräg. »Und ob!«, fauchte er. Dann warf er seinen Zauberstab auf Doymlack. Der Zauberstab durchbohrte Doymlacks linkes Auge und kam aus dem rechten wieder hervor. Dann schwebte er locker in die wartende Hand des Zauberers zurück.

Der Nachtwächter stocherte mit den Fingern in seinen leeren Augenhöhlen herum. »Der Bund der Nachtwächter darf nicht bezwungen werden!«, brüllte er. Dann zog er sich auf die Beine, machte einen einzelnen Schritt vorwärts, rutschte auf einer Schlange aus und brach im Matsch zusammen, wobei er toter als die toteste jener toten Schlangen aussah, die bereits gestorben waren.

Während des Tumults beugte sich der Spitzohrige über Slaachdood und kniff in dessen Nacken. Alle vier Gliedmaßen Slaachdoods lösten sich von seinem Torso und flogen auf die Mauer zu, wo sie kleben blieben, als wären sie und die Mauer in Klettband gehüllt. Der Nasenlose drehte Slaachdoods Kopf ab und trank einen Schluck aus seinem Schädel.

»Hier sind wir fertig«, verkündete der Bärtige. »Wir haben getan, was wir tun mussten. Wir haben unseren Standpunkt klargemacht. Wenn wir diesen Weg weiter verfolgen, werden wir feststellen, dass wir der Dunklen Seite entgegengehen.«

»Hast du 'n Problem mit der Dunklen Seite, du alter Sack?«, fragte der Mann in Schwarz. »Auf der Dunklen Seite ist nämlich was *los.*« Er riss Doymlack den Arm ab und warf ihn wie einen von einem Sommersturm vom Baum gewehten Zweig über die Mauer. »Auf der Dunklen Seite lassen wir nämlich *so* die Sau raus, Baby. Gell, da schaugst? Vielleicht möchtest du gern …«

Bevor er seinen Gedanken beenden konnte, hauchte Doymlack: »Wir kommen zurück, Bruda. Wir kommen zurück.« Dann blutete er aus.

Der Spitzohrige warf dem toten Nachtwächter einen nervösen Blick zu und murmelte: »Er hat recht. Es ist nur logisch, dass er zurückkehrt, wenn er sagt, dass er zurückkehrt. Vermutlich kommt er sogar zurück, bevor die Geschichte zu Ende ist.«

»Wie auch immer, Raumkadett«, sagte der Mann in Schwarz. Er klatschte in die Hände. »Okay, ich bin am Verhungern. Wir haben jede Menge Zeit zum Essen, weil auf diesem Schwachmatenkontinent ja nie irgendwas passiert. Nie. *Nie.* Wer hat also Lust auf 'n paar Zwiebeln?«

Brandy

Brandy Quark ließ einen fahren.

Zu seinem Glück zerstreute der himmlische Wind den Wind aus seinem Hinterteil so weit, dass er der Einzige war, der das schräge Tröten vernahm. Leider gehörte der Wind jedoch zu der Sorte, die einen zwang, die Fäulnis zu inhalieren; eine Fäulnis, die ein Mensch mit scharfem Geruchssinn ganz richtig einer Mischung aus Zwiebeln, Wildschweinkeiler, grobem Hafer und noch mehr Zwiebeln zugeordnet hätte.

Der Siebenjährige rümpfte vor Selbstabscheu die Nase, was seinem Vater, Lord Netthard Quark, nicht entging. Und so fragte er an: »Was ist mit deinem Gesicht los, Brandy?« Er deutete auf die sich vor ihnen ausbreitende Szenerie. »Ist *das da* etwa zu viel für dich?«

»Oh, natürlich nicht, Vater«, sagte Brandy. »Ich warte auf das da!« Das *das da,* von dem Brandy und Lord Quark sprachen, war das wöchentliche Deserteurgemetzel.

Manch einer hielt das Deserteurgemetzel für barbarisch, doch sogar Brandy verstand, dass es notwendig war. Sommerpeltz, der Ort, an dem das Haus Quark herrschte, war aufgrund seines mörderischen Klimas – an einem Tag brutale Kälte, am nächsten Hitze, die noch heißer war als die am übernächsten – nicht gerade ein idealer Ort zum Leben. Die Einheimischen wanderten, verärgert über gebrochene Versprechen des Klimaanlagen-Kundendienstes, in Scharen aus. Die meisten hatten sich nach Kellifornyien abgesetzt, aber ein kleineres Kontingent war auch nach Parissfronkreisch geflohen. Sommerpeltz war fast bankrott. Um die Region zu retten, musste Lord Quark eine strenge Anti-Deserteur-Politik fahren: Wer stiften ging, wurde geköpft. Dies hielt die Menschen aber nicht davon ab, Sommerpeltz zu verlassen. Jeden Tag machten sich welche vom Acker. Manche schafften es. Andere schafften es nicht.

Um die Kosten zu deckeln, hielt Netthard – für seine Freunde: Nett – das Gemetzel immer am Montagnachmittag ab. Für Brandy schmeckte der Montag so gut wie ein Teller Zitronenkuchen. Es war zwar nur Zitronenkuchen mit einem gesunden Überzug aus Deserteursblut, aber immerhin Zitronenkuchen. Das Köpfen an sich war zwar auch ganz lustig, doch ein Teil seines Vergnügens erwuchs auch aus der Gelegenheit, Zeit mit seinem Vater, dem älteren Bruder Bobb und dem nicht ganz so alten Vollhorstbruder Juan Nieve zu verbringen. An einem Tag in der Woche waren die Gebrüder Quark alle gleich. Brandy wollte, dass dies auch so blieb; deswegen auch seine Bedenken bezüglich der Winde.

Nett schenkte seinem Sohn ein Lächeln.

»Auch ich kann diese Tage kaum erwarten, mein Sohn. Es ist eine Freude, euch Buben bei mir zu haben.« Er schaute Juan an und sagte: »Selbst dich, Vollhorst.«

»Gracias, Padre«,[2] sagte Juan.

»Ich muss mich entschuldigen, dass wir heute nur einen

---

2 Danke, Vater.

Deserteur haben. Es war eine unergiebige Woche. Ich fühle mich grauenhaft. Ich habe euch hängen lassen. Hängen habe ich euch lassen. Würde mich jemand fragen, was ich euch habe lassen, müsste die Antwort ›hängen‹ lauten.«

Brandy fühlte sich angesichts der Neigung seines Vaters zur Selbstkasteiung unbehaglich und furzte. Dann hustete er, um das Getöse zu übertönen. »Es ist schon in Ordnung, Vater. Eine Köpfung ist doch besser als keine.«

Netts Lächeln wurde breiter. »Ach, Brandy«, sagte er, »du wirst zu einem wackeren jungen Mann heranwachsen.« Er löste die blutbefleckte Axt von seinem Werkzeuggürtel und fuhr fort: »Wenn ich sterbe – und ich werde vermutlich bald sterben, da Figuren wie ich, wie wir, immer sterben – wird all dies dir gehören. Nun, nicht dir, sondern deinem großen Bruder, der es dir vielleicht hin und wieder leiht. Doch wenden wir uns nun dem Anlass zu, der uns hierhergeführt hat.« Er schwenkte die Axt über seinen Kopf und rief: »So bestimme ich, Netthard Quark, der Achtundsiebzigste seines Namens, König des Schwertfischs und der Hämorrhoiden, Lord der Acht … Nein, Moment … Lord der Sechs Königslande und Protektor aller Proktologen, dass der Kopf dieses namenlosen Deserteurs durch meine Hand mit einem, und wirklich nur einem, Hieb entfernt werden soll.« Er fragte den Deserteur: »Willst du noch ein letztes Wort sagen?«

»Ich habe *doch* einen Namen«, murmelte der Deserteur.

»Aber natürlich hast du einen«, stimmte Nett ihm zu. Dann – als Bobb schrie: *»Ab mit der Rübe!«* – ließ er die Axt auf den Nacken des Deserteurs fallen.

Als die Hälfte des Weges hinter ihr lag, entwich Brandys

Hinterteil ein solches Donnern, dass der, der es erzeugte, nichts mehr verheimlichen konnte. Der Ton brachte Nett so aus dem Konzept, dass sein normalerweise gerader und sicher verlaufender Axthieb den Nacken des Deserteurs nicht gänzlich durchschlug. Nett unternahm einen Versuch, sie aus dem Deserteur zu ziehen, doch war sie so fest in sein Rückgrat eingebettet, dass der Stiel aus der Schneide flutschte und selbige halb im Nacken des Mannes stecken blieb.

Als die drei reinrassigen Quark-Männer und der einzelne Vollhorst zuschauten, wie das Blut aus dem Deserteur und auf ihre Hemden spritzte, zückte Bobb sein Schwert. »Möchtest du, dass ich ihn erledige, Vater?«

Juan zog sein Schwert aus der Scheide und verkündete: *»Dios mio, Padre*[3], gib mir die Gelegenheit, mich zu beweisen. Meine Schwertarbeit ist *muy*[4] makellos.«

Nett kicherte. »Mein Sohn, mein Vollhorst, ich weiß eure Geisteshaltung zwar zu schätzen, aber das Gesetz ist eindeutig: Mit einem einzigen Hieb! Ich weiß, ich weiß, im Romanexposé stand, wir sollten so gewalttätig wie möglich sein, aber dann und wann ist auch Subtilität gefragt, und was könnte subtiler sein als ein einzelner Hieb?« Er wandte sich dem Deserteur zu. »Du bist frei und kannst gehen. Aber ich würde dir raten, in Sommerpeltz zu verbleiben. Ich glaube, wenn du unserer Landschaft eine Chance gibst, wirst du feststellen, dass man hier ganz wunderbar leben kann.«

Der Deserteur stand auf, verbeugte sich und betastete

---

3 Meine Götter, Vater. (Nun, da Sie wissen, was *padre* bedeutet, sehen wir davon ab, das Wort weiterhin zu befußnoten.)

4 sehr

vorsichtig seine blutende Wunde. »Ja, Mylord. Danke, Mylord.«

Nett nickte. »Es war mir ein Vergnügen.« Er klopfte auf die Axtschneide im Nacken des Deserteurs. »Und wenn sich dir eine Gelegenheit bietet, sei so nett und bring das Ding in mein Schloss zurück.«

»Gewiss, Mylord.«

»Ganz wunderbar. Gib es meinem Assistenten, Meyster Bleyster. Er wird's mir dann aushändigen.«

»Gewiss, Mylord«, wiederholte der Deserteur und wankte von hinnen.

Brandy, der dem Verletzten beim Abgang zuschaute, quengelte nun: »Vater, ich bin voller Deserteurblut!«

»Das sind wir alle«, führte Nett aus. »Dann wollen wir uns säubern. Ich glaube, gegen einen Ausflug an den Ententeich ist nichts einzuwenden.«

Mit jedem matschigen Schritt wurden Brandys Fürze übler; seine gut erzogenen Gefährten äußerten sich aber nicht über seine zunehmend lauteren und übler riechenderen Emissionen. Er beschleunigte seinen Schritt in der Hoffnung, sich aus ihrer Hör- und Riechweite entfernen zu können, doch je schneller er sich bewegte, desto lauter wurde er. Als er sich schließlich etwa zehn Minuten später in den Ententeich stürzte, fühlte sich sein Inneres an, als hätte jemand alle Gedärme aus ihm herausgerissen und selbige durch Zwiebelsaft ersetzt.

Am Teich zogen sich die anderen Quarks bis auf die Unterwäsche aus – Nett, Bobb und Brandy trugen nicht nur Kettenhemden, sondern auch Kettenunterwäsche, da dies die Lieblingsunterwäsche des Adels war (Juans Unterwäsche bestand nur aus einem Strick und zwei Federn) –

und warfen sich hinein. Brandy schaute seiner Familie zu, die sich mit suppigem Wasser abspülte und hoffte vergebens, dass er bald seinen Magenproblemen entwachsen würde. Er stieß einen traurigen Seufzer und einen noch traurigeren Furz aus.

Während die anderen sich abtrockneten und ihre blutbefleckten Kleider wieder anzogen, verblieb Brandy im Ententeich, spielte Toter Mann und schaute zum bedeckten Himmel auf. Kurz vor dem Einschlafen riss ihn ein deutlich spürbares Kräuseln des Wassers aus der Trance. Er stand auf und lugte zur anderen Teichseite hinüber. Seine Kinnlade sackte hinab. Er deutete nach Süden und brabbelte: »Da drüben.« Er bekam die Wörter kaum über die Lippen.

Der Rest der Quark-Sippe folgte Brandys ausgestrecktem Finger und erblickte einen Anblick, der so erschreckend war, dass sie sich erschreckten. Dort, im Wasser, tobten sechs Tiere herum; seltene Tiere, Tiere, von denen man glaubte, dass sie schon seit Generationen ausgestorben waren; Tiere, von denen in Osterhasién niemand glaubte, er würde sie in seinem Leben je zu sehen bekommen, und auch nicht im Leben seiner Kinder oder Kindeskinder.

Welche Tiere es waren? Es wäre vielleicht besser, euch zu erzählen, welche Tiere es *nicht* waren. Es waren keine Schattenwölfe, weil das viel zu offensichtlich, zu normal und zu dicht an einer Geschichte wäre, die ein Mann erzählt, der den absurdesten weißen Bart hat, den man sich nur vorstellen kann. Es waren auch keine Schattenpinguine, obwohl Schattenpinguine *eigentlich* ganz liebe Geschöpfe sind. Und es waren auch keine Schattenbananen, weil Schattenbananen der Spezies Obst angehören[5].

Nein, es waren Schattenpandas.

Aber es waren nicht irgendwelche Schattenpandas, sondern winzig kleine flauschige Schattenpandas, noch kleiner als Brandy, weswegen Brandy sie alle haben wollte. Er sprang aus dem Wasser, spritzte seine Familie nass und galoppierte ans andere Ende des Teiches, wobei er schrie: »Schattenpandas! Das Wahrzeichen der Quark-Familie! Schattenpandas! Schattenpandas!« Und dann entwich ihm ein Wind, der so laut und disharmonisch klang, dass die Schattenpandas vor Entsetzen, Furcht oder Bewunderung erstarrten.

»Brandy«, rief Nett. »Komm sofort zurück! Schattenpandas sind üble Mordmaschinen! Wahrscheinlich sind sie noch nicht mal *geimpft!*«

Brandy hörte nicht auf seinen Vater. Er eilte weiterhin schnurstracks auf die Tiere zu.

Bobb bedachte seinen Bruder mit einem selbstgefälligen Lächeln, dann rannte er los. Nachdem Juan sich ihm angeschlossen hatte, seufzte Lord Quark und folgte seiner Brut auf dem Fuße.

Die kleinen Schattenpandas tollten so heiter umher, wie nur kleine Schattenpandas es können. Dies versetzte Brandy in Entzücken. Er streckte eine Hand langsam zum kleinsten Bären hin aus und ließ ihn seinen Geruch

---

5 Es waren auch keine Werwölfe oder gar Veganervampire, denn die gehören der Gattung Jugendbuch an und haben in einer so erwachsenen Geschichte wie dieser keinen Platz. Erst recht nicht waren es abgehärmte, mit Hilfe der Bewegungen eines Schauspielers am Computer generierte Kreaturen auf der Suche nach irgendwelchen alten Klunkern.

schnuppern. Das Tier stieß ein leises Heulen aus, dann leckte es an Brandys Arm, bedeckte den Knaben mit schäumendem Schattenpandasabber, einer Flüssigkeit, die für manche Menschen der Nektar der Götter war, für andere aber so tödlich wie schleimig. Für wieder andere war sie einfach widerlich.

»Diese Schattenpandas sind die unseren! Sie sind auf unserem Land und trinken unser Wasser, also gehören sie auch uns«, verkündete Brandy kichernd.

Nett, der den begeisterten Furz seines Sohnes überhörte, führte aus: »Sie sind nicht unser, mein Sohn. Sie gehören ihren Eltern.«

»Padre«, wandte Juan ein, »ich sehe aber keine Schattenpanda-*Mamacita* und keinen Schattenpanda-*Papacita*. Besteht die Möglichkeit, dass auch sie Vollhorste sind?«

Lord Quark sagte achselzuckend: »Gewiss ist es möglich, Juan. Falls überhaupt jemand einen Vollhorst auf den ersten Blick erkennen kann, muss es jemand sein, der selbst ein Vollhorst ist.«

»Dann brauchen sie aber Eltern«, sagte Juan. »Jemand muss sich um sie kümmern. Sie brauchen Liebe.«

Bobb deutete auf den dickflüssigen Schattenpanda-Sabber, der Brandys Arm bedeckte. »Außerdem brauchen sie einen Zahnarzt.«

»Sie brauchen uns«, sagte Brandy beharrlich. Er hob einen winzigen Schattenpanda auf und drückte ihn an seine Brust. »Können wir sie mit nach Hause nehmen, Papa?«, fragte er. »Können wir sie mitnehmen? Mitnehmen? Ja? Mitnehmen, hm? Können wir sie mitnehmen, hm? Ja? Bitte, bitte, Papa, bitte bitte! Ich verspreche auch, sie zu füttern, mit ihnen Gassi zu gehen und ihr A-A wegzumachen. Außerdem mach ich meine Hausaufgaben, esse immer Gemüse, räume mein Zimmer auf und werde Dickopp auch nicht mehr ins Gesicht furzen. Bitte, bitte, bitte, bitte, bitte!«

Nach einer Weile nickte Nett. »Wenn ich im Haus auch nur einen Köttel Schattenpanda-A-A zu sehen kriege … Ich schwöre beim Riesensittich im Himmel, dass sie dann alle geköpft werden.«

»Beim Riesensittich?«, wiederholte Juan.

»Bei uns in Osterhasién ist die Religion, ähm, sagen wir mal, leicht *nebulös*. Wenn wir in Band 1 etwas verfluchen, verfluchen wir es bei diesen oder jenen Göttern, aber man sagt uns nie, wer oder was diese Götter sind. In Band 2 bis 5 ist es anders, aber ich will euch nicht damit langweilen, weil die schon götterverdammt langweilig genug sind. Im Moment fluchen wir also beim Sittich.«

Ohne auf die zugegeben sinnlose Nebenbemerkung seines Vaters einzugehen, fragte Bobb: »Du würdest das Tier köpfen, obwohl es das Wahrzeichen unseres Hauses ist?« Seit Jahrhunderten zeigte die Flagge derer von Quark nämlich das Abbild eines Schattenpandas, der auf Calvyn aus den *Calvyn und Hoppy*-Comics pinkelte.

Nett winkte abfällig und grinste. »War nur ein Späßchen, Bobb. Ich würde sie doch nie einfach so köpfen! Ich würde sie wie jeder gute Herrscher köpfen, durch den Fleischwolf drehen und zu Schattenpandaburgern verarbeiten. Aber einfach nur köpfen? Nie im Leben!«

»Spare in der Zeit, so hast du in der Not«, sagte Juan.

»Weise Worte, Juan«, sagte Nett. »So spricht ein echter Vollhorst.« Und an Brandy gewandt, fügte er hinzu: »Es sind sechs Schattenpandas. Ich habe fünf Kinder und einen

Vollhorst. Eins für jede Frucht meiner Lenden. Schwarze und weiße Haustiere für alle außer dem Vollhorst, der das schwarzweiße Tier haben kann. Es ist ja fast so, als wären sie ihnen vorherbestimmt. Gut gemacht, mein Sohn.«

»Danke, Vater«, sagte Brandy. Dann ließ er einen fahren. Und falls es je einen Furz gab, der stillvergnügt geklungen und gerochen hat, dann diesen.

Kätzeleyn

Bevor König Ronibald fundierte Debatten für illegal erklärt hatte, war die Religion – besonders die des Riesensittichs – auf dem gesamten Osterhasién genannten Kontinent das meist diskutierte Thema gewesen. Die Ungläubigen verhielten sich zu den Gläubigen zwar in einem Verhältnis von zehn zu eins, doch da die Gläubigen sehr laut waren, waren die Debatten, die nur selten zu einem Ergebnis kamen, ohrenbetäubend. Und zwar so ohrenbetäubend, dass die erdgebundenen Götter gar nicht mehr zuhörten und sich gezwungen sahen, ihre Zeit anderweitig totzuschlagen.

Im dritten osterhasischen Sommer ersann Rastamarley, der dunkelhäutige Gott der Vegetation, ein Gewächs, von dem er hoffte, es würde die ewige Sommerhitze überstehen und die Bevölkerung der sieben … Nee, Moment mal, fünf … Nein, zwölf Königslande nähren. Das Gewächs sollte lecker schmecken und nahrhaft sein. Man sollte es ohne Zubereitung einfach futtern können. Und es sollte die Welt verändern.

Er ging jämmerlich schief.

Sämtliche Gewächsvarianten waren unverdaulich und schmeckten bitter und eklig. Nach sechsundzwanzig aufeinanderfolgenden Stunden fruchtloser Suche in nassem Matsch nach brauchbar aussehenden Setzlingen zündete der enttäuschte Rastamarley sein mit fächerförmigen neunblätterigen Gewächsen bewachsenes Feld an. Als er den Flammen bei der Vernichtung seiner Maloche zuschaute, erfüllte ein dichter, würziger und irgendwie gefälliger Duft die Luft, und ein angenehmes Gefühl von Frieden und Heißhunger erfüllte ihn. Er fuhr sich lächelnd mit den Händen durch sein verfilztes Haar, atmete tief ein, rollte sich auf dem Boden zusammen und wünschte sich, jemand hätte das Fernsehen erfunden.

Nach mehreren Wochen genussvoller Versuche zog der Gott Rastamarley den Schluss, dass sein Gewächs das wonnige Friedensgefühl hervorgerufen hatte, und dass die beste Methode, seine Heilkraft noch zu fördern, darin bestand, es zu trocknen, in winzige Stückchen zu schneiden, selbiges Produkt in ein großes Blatt zu rollen, es an der Spitze anzuzünden und jeeeeede Menge von dem Zeug zu inhalieren.

Die Nachricht von Rastamarleys Entdeckung verbreitete sich bald im ganzen Osterhasién. Und so wurde sie nach dem Kippen eines Kruges Grog bald die bevorzugte Methode, sich nach einem harten Tag im osterhasischen Matsch zu entspannen. Traurigerweise hatte Rastamarley, wie alle osterhasischen Götter, das Zeitliche gesegnet (was natürlich die Frage aufwirft, ob er wirklich ein Gott gewesen war, aber was soll's), und seine Formel zur Erschaffung der Zauberpflanze war mit ihm gegangen. Allerdings existierte noch immer ein Riesenhaufen von dem Zeug. Das meiste wuchs auf einem Feld bei Sommerpeltz, weswegen Tyrannosaurus Quark, der Erste Lord von Sommerpeltz, es für den Adelsgebrauch konfiszierte und das verbliebene Grünzeug in einem Unterkeller seines Schlosses lagerte.

Das Gewächs – man nannte es inzwischen Götterkraut oder auch nur Gras – verlor in den folgenden Herrschaftszeiten der Quarks an Beliebtheit und lag Jahrzehnte unangetastet herum, bis eine langhaarige, freigeistige Lady namens Kätzeleyn Snulli, die zufällig mit dem künftigen Lord Netthard Quark verlobt war – darüber stolperte. Sie hatte keine Ahnung, was es war, aber nachdem sie eine Nase des Zeugs geschnuppert hatte, begriff sie, was man damit anfangen konnte.

Sechs Wochen später wurde Kätzeleyn – die Tochter von Horsti und Minni Snulli – Kätzeleyn Snulli-Quark, Herrin des Hauses Quark und in dieser Region einzige Anhängerin Rastamarleys. Und sie betete jeden und jeden Tag in Rastamarleys Tempel, teilweise natürlich auch deswegen, weil man, wenn man in einer Welt lebt, in der ein Drittel aller Kapitel mit dem Handlungsverlauf kaum was zu tun haben, irgendwie die Zeit totschlagen muss. Teilweise ging sie aber auch hin, weil das Göttergras irre gut schmeckt.

Und heute machte sie keine Ausnahme.

Kätzeleyn saß unter ihrem Lieblingsbaum hinter dem Schloss, zog sich eine dicke Tüte Götterkraut rein und verschwendete keinen Gedanken daran, dass ihre vier Buchstaben langsam in der matschig-nassen Erde versanken. Sie schloss die Augen und sang ein kleines, gerade aus dem Stegreif komponiertes Quatschlied vor sich hin: »Raben fressen's oder fressen's nicht. Truthähne fressen's auch. Lämmchen spielen gern damit.« Das Lied war so albern, dass Kätzeleyn kicherte, kicherte und noch mal kicherte.

Als sie gerade im Begriff war, sich aus dem Matsch in die Höhe zu hieven, um sich etwas zum Futtern zu organisieren – ein Teller mit rohen Zwiebeln und ein paar in leichter Zwiebelsoße gekochte Zwiebeln wären jetzt gerade richtig –, beförderte ein leises Geräusch sie aus ihrer Träumerei: »Kätzeleyn«, hauchte die geliebte Stimme.

Kätzeleyn öffnete die Augen und schenkte ihrem Gatten ein Lächeln. »Nett, Liebling …« Nach einem erfolglosen Versuch, sich aus dem Matsch zu lösen, verschluckte sie die Kippe und streckte die Arme aus. »Kannste mal helfen?«

Nett zog seine Angetraute gutmütig lächelnd vom matschigen Boden hoch. Nachdem sie ihm einen so leidenschaftlichen wie matschigen Kuss verabreicht hatte, deutete sie auf die Blutflecke auf seinem Brustkorb und fragte: »War wohl 'n harter Tag auf dem Schlachtfeld, Langer?«

Nett schaute auf sein Hemd hinab und runzelte die Stirn. »Götterverdammt noch mal, das geht garantiert *nie* wieder raus! Und dabei wollte ich es doch anziehen, um Bobbert zu begrüßen.«

»Bobbert kommt?«, fragte Kätzeleyn.

»König Bobbert höchstpersönlich.« Nett nickte.

»Wann?«, fragte Kätzeleyn. »Wie? Mit wem?«

»Bald«, erwiderte Nett. »Zu Pferd. Mit allen.«

»Die Kinder werden entzückt sein, ihn zu sehen«, meinte Kätzeleyn.

»Das glaube ich auch«, sagte Nett zustimmend. »Die Buben, meine ich. Bei den Mädchen bin ich mir nicht so sicher. Ich glaube, Salsa und Ariola fürchten sich vor ihm.«

»Mir jagt er auch Angst ein«, behauptete Kätzeleyn. »Aber da muss man einfach durch. Ich werde mal mit ihnen reden.«

Nett nickte. »Danke, Liebling.« Er fuhr sich mit dem Handrücken über die Stirn, begutachtete die Schweißflecken auf seinem Hemd und fügte hinzu: »Der Sommer naht.«

Kätzeleyn verdrehte die Augen. »Das hast du schon mal gesagt, Liebling. Sogar schon mehrmals.«

»Weiß ich doch«, gab Nett zu. »Aber man kann es nicht oft genug sagen: Der Sommer naht.«

»Das habe ich auch schon mal gehört.«

»Ich weiß, dass du es schon mal gehört hast, Kätzeleyn, aber *verstehst* du es auch?«

Wenn Lady Kätzeleyn sich im warmen, sanften Griff des Götterkrauts befand, verstand sie zwar nicht mehr viel, befand sich aber in zustimmender Laune, deswegen sagte sie: »Sei nicht albern, Nett. Natürlich verstehe ich es.«

»Wirklich?«, fragte er. »Dann erkläre es mir bitte.«

»Na schön … Also … Du sagst so was in der Art wie … dass der Sommer naht.« Sie schenkte ihm ihr schönstes Lächeln und fragte: »Stimmt's?«

Nett legte einen Arm um die Schulter seiner Gattin und sagte: »Stimmt, Kätzeleyn. Du hast es erfasst. Der Sommer naht.«

Sie schlang einen Arm um seine Taille und meinte: »Warum der *Sommer* naht, wissen wir, aber warum naht Bobbert Bartresen?«

Nett schaute weg. »Darf ein alter Freund nicht mal einen alten Freund besuchen?«

»Natürlich darf er, Nett. Aber Bobbert Bartresen steigt doch nicht von seinem Thron herab, wenn es nicht irgendwo etwas zu bechern gibt, und er verlässt Königsafter doch nur, wenn er sich inmitten einer politischen Katastrophe befindet, die vielleicht damit endet, dass einer seiner Freunde den Tod findet.« Ihre Synapsen erwachten so weit, dass sie zwei und zwei zusammenzählen konnte, und obwohl sie dabei auf fünf kam, wusste sie, dass noch irgendetwas fehlte. »Na schön, Nett.« Kätzeleyn seufzte. »Was ist los?«

Nett räusperte sich und sah woanders hin. *»Waaaas?* Was soll denn *los* sein? Was für ein blödes Gerede. Es soll was los sein? Aber *nein!* Wie kommst du darauf, dass irgendwas los ist? Nichts ist los. Alles ist hundertprozentig knorke.«

»Nett, hör auf damit«, knurrte Kätzeleyn.

»Aufhören? Womit?«

»Damit.«

»Womit *damit?«*

»Damit, mir zu verschweigen, dass eine wichtige Figur ermordet wurde.«

»Ach so. Das. *Das* meinst du.«

Nach kurzer peinlicher Stille fragte Kätzeleyn: »Wer hat also diesmal den Löffel abgegeben?«

Nett räusperte sich erneut, und dann noch einmal. Dann folgte die nächste peinliche Stille. Schließlich meinte Lord Quark: »Dein Schwager.«

»Mein Schwager?«

»Ja.« Nett seufzte.

»Du meinst Herrn Ich-bin-so-cool-weil-ich-der-Fuß bin?«

»Richtig.«

»Herr Ich-helf-mit-die-Geschichte-voran-zu-bringen?«

»Ja, der.«

»Herr Wir-haben-tolle-Witze-über-ihn-gerissen-undbesonders-über-seinen-Namen-doch-unsere-Rechtsberater-haben-sie-alle-gestrichen?«

Nett nickte traurig – sowohl über den Verlust des Bruders seiner Gattin als auch den seines drolligen Humors. »Er weilt nicht mehr unter uns, Geliebte. Lord Quanti Ahorn ist von uns gegangen. Der Fuß des Königs ist tot.«

Eine Träne lief über Kätzeleyns matschige Wange. »Die arme Lyserg. Was wird sie nur ohne ihren für den weiteren Handlungsverlauf unwichtigen Ehemann tun?«

»Wen interessiert das schon?«, murmelte Nett. »Deine Schwester ist 'ne Fotze.«

»Boah«, machte Kätzeleyn. »Das Wort habe ich dich ja noch nie sagen hören. Aber ja, Lyserg ist wirklich eine, aber trotzdem ...« Sie atmete tief durch und stieß einen Seufzer aus. »Ich nehme an, irgendwann musste es ja so kommen.«

»Was meinst du damit?«, fragte Nett.

»Die Füße des Königs sind doch nie lange im Amt, Schatz.«

»Waaaas?«, schrie Nett. »Was für ein Unsinn! Die Füße des Königs treten nie zurück! Alles ist hundert Prozent knorke.«

»Und was ist mit Krystan Wolfff?«

»Na schön. Der hätte sich aber auch nicht das Klinkerschlösschen bauen sollen.«

»Und Hyrst Kyhler?«

»Ach, der war viel zu empfindlich.«

»Und Kyrl Theohard zu Guyttenberg?«

»Der hat von Großmeister Flasch abgeschrieben. Genau wie seine Nachfolgerin, die rechte Füßin Schaywan.«

»Und Reinherz Bryderle?«

»Der hat … ach, vergiss es.«

»Der ist einen rätselhaften Tod gestorben. Äußerst rätselhaft sogar.«

»Na bitte.«

Als sie schweigend zum Schloss spazierten, tastete Nett nach seinem Schwert. Kätzeleyn fiel sein Tun auf, und so fragte sie: »Stimmt was nicht mit Patschi?«

Nett zog das Schwert aus der Scheide und ließ es durch die Luft zischen. Es wobbelte von einer Seite zur anderen und flatterte wie ein Weidenbäumchen in einem Weidenbäumchenhain bei einem Orkan. »Patschi fühlt sich wohl«, prahlte er. »Patschi wurde aus korinthischem Leder gemacht. Nichts kann Patschi je etwas anhaben, und damit kann auch mir nichts passieren. *Niemals.*«

»Da bin ich mir nicht so sicher«, erwiderte Kätzeleyn. »Meines Wissens kann nichts das aufhalten, was hinter der Mauer ist. Nicht mal korinthisches Leder.«

»Kätzeleyn, ich kenne meine Bedürfnisse. Und was ich von einem Schwert brauche, werde ich, wie ich weiß, von Patschi bekommen. Mehr könnte ich von der Perfektion der korinthischen Handwerkskunst gar nicht verlangen. Ich verlange auch nicht mehr als die perfekte Weichheit korinthischen Leders. Dieses Schwert gibt mir viel mehr als eine tolle Handhabung zu einem höchst erfreulichen Preis. Es verleiht mir große Zuversicht, und die ist unbezahlbar. Mit Patschi habe ich, was ich brauche.«

»Du klingst wie ein Gebrauchtwagenhändler.«

»Das kann schon sein, Kätzeleyn«, pflichtete Nett ihr bei, »aber es handelt sich um ein Schwert, das seinen Weg in die Herzen vieler Männer gefunden hat. Patschi ist das erfolgreichste neue auf den Kunden abgestimmte Luxusschwert der letzten fünf Sommer. Und weißt du, warum? Patschi vereint Luxus und Klasse in sich – zu einem Preis, den man sich leisten kann. Schau es dir jetzt sofort in deinem Appyl-Store an.«

»Erstens gibt es in Sommerpeltz gar keinen Appyl-Store, und zweitens: Was ist mit deiner Aussprache los? Du klingst plötzlich wie dein Vollhorst-Sohn.«

Nett überhörte sie einfach und fuhr fort: »Elegant in der Gestaltung. Luxuriös ausgestattet. Und jetzt ist die Zeit, Patschi in Osterhasién zu kaufen, denn mehr werden Sie für Ihr Geld nicht bekommen! Wenn Sie sich also jetzt ein Patschi zulegen, machen Sie ein exzellentes Geschäft, und das Patschi-Modell Ihrer Wahl wird Ihnen sofort in alle zwei, nein, vier, halt, Moment, dreizehn Königslande zugestellt. Zögern Sie nicht. Erleben Sie das Patschi, solange es seinen unglaublich hohen Wert noch hat.«

Kätzeleyn Quark umfasste die schlappe Klinge ihres Gatten und sagte: »Wie du meinst, Schatz.« Dann schaute sie zum Himmel auf.

Netthard

Ein Getöse riss Lord Quark aus einem gesunden Schlummer. »Götter der Hölle, Brandys Fürze werden ja immer schlimmer«, murmelte er. In der Hoffnung, noch einmal einzuschlafen, bedeckte er sein Haupt mit einem Kissen. Als er gerade einnickte, drang ein noch lauteres Getöse an sein Gehör. Ihm folgte ein Schrei. »He, Quarki-Bübchen, lass dein Schwänzchen los und heb deinen dicken Arsch aus dem Bett!«

Nett ächzte, weckte Kätzeleyn mit dem Ellbogen und murmelte: »Steh auf. Bobbert ist schon angekommen.«

Kätzeleyns Reaktion war ein Echo seines Ächzens. Es war fast so, als hielten sie einen Ächz-Wettbewerb ab. Dann langte sie zum Nachtschränkchen hinüber, schnappte sich die Überreste des Götterkrauts vom Abend zuvor, steckte sie in Brand und pfiff es sich rein. Während der Rauch in ihrer Lunge tätig war, hielt sie Nett das Gewächs hin und keuchte: »Willste auch mal?«

Als Elfjähriger hatte Nett diesem Genuss einmal gefrönt. Er bescherte ihm noch immer Albträume über bevorstehende Auseinandersetzungen mit bärtigen Schreibern, die übermäßig lange Schwarten verfassten, in denen oftmals Szenen vorkamen, in denen beliebte Protagonisten zu früh das Zeitliche segneten. »Klingt verlockend«, sagte er, »aber ich lasse es lieber. Bobbert ist vermutlich blau wie ein Veilchen, und wenn er so blau ist, redet er gern. Deswegen sollte ich lieber klar im Kopf bleiben.«

»Da ist was dran.« Kätzeleyn nickte. Dann rollte sie sich pudelnackt aus dem Bett, wankte zum Kleiderschrank und packte ihr Gewand. Indem sie sich verhüllte und zum Fenster schlenderte, fügte sie hinzu: »Das klingt ja wie ein Zirkus da draußen. Wen hat er wohl mitgebracht? Etwa die ganze Besetzung? Hat er nur Leute aus der ersten Staffel mitgebracht oder auch welche, die erst in der zweiten Staffel auftauchen? Oder im nächsten Buch? Oder im übernächsten? Oder im über-übernächsten? Oder im über-über-übernächsten Buch nach *Die Trantüten von Panem?*«[6]

»Ich fürchte mich vor denen, die er mitgebracht hat. Hoffentlich ist die Königin nicht dabei. Mein bestes Hemd ist schmutzig, und das Letzte, was ich jetzt brauchen kann, ist Cerevix' ständiges *Nett ist als Lord ungeeignet* und *Nett repräsentiert das Haus Quark nicht so, wie es repräsentiert werden müsste,* und *Nett kann dies nicht* und *Nett kann das nicht.«* Er umfasste seinen Bauch. »Götter, mein Magengeschwür macht mir jetzt schon zu schaffen.«

»Vielleicht ist Cerevix gar nicht mitgekommen«, sagte Kätzeleyn.

Draußen schrie jemand: »Auf, auf und öffne die götterverdammte Tür, Quarki! Cerevix muss mal *klein!«*

---

6 Das ist natürlich nicht die korrekte ironische Anspielung, die Sie als Leser an dieser Stelle vielleicht erwartet hätten. Aber wir wollten einfach die Gelegenheit nutzen, auch auf die vielen anderen lustigen Parodien aus dem Hause HEINI hinzuweisen. Besuchen Sie noch heute einen Bycher-Store Ihres Vertrauens!

Nett seufzte. »Götterverdammt noch mal. Cerevix ist *doch* dabei.«

»Und Doophrey«, fuhr Bobbert fort, »muss mal koten!«

»Wunderbar.« Nett stöhnte genervt. »Der ist *auch* dabei.« Er stand auf und seufzte. »Bringen wir es hinter uns.« Er schleppte sich zur anderen Seite des Raumes, als sei der Boden mit dem matschigsten Matsch überhaupt bedeckt, zog die Vorhänge beiseite, öffnete das Fenster, zwang sich ein Grinsen ab und brüllte: »Bobbo Slobbo!«

»Quarki Schnarki!«

»Mein König!«

»Mein Untertan!«

»Hallo, du alter Lump!«

»Haste keinen, kauf dir einen!«

Nett wischte sich den Schlaf aus den Augen und musterte kurz seinen Freund. Das, was er sah, beeindruckte ihn wenig. König Bobbert Bartresen war auch dann groß, wenn er klein war, doch die Jahre auf dem Thron waren nicht gnädig zu seinem Leibesumfang gewesen. Seit sie sich vor drei Sommern zuletzt gesehen hatten, war der König ungefähr dreißig bis vierzig Pfund schwerer geworden. »Ihr seht *großartig* aus, Hoheit!«, rief Nett.

»Ich sehe beschissen aus! Und solltest du mich noch mal *Hoheit* nennen, hau ich dir den Zottelbart aus dem Gesicht!«

»Daran zweifle ich nicht, Bobbert. Ich komme runter. Sag Cerevix und Doophrey, sie sollen derweil das Plumpsklo benutzen.«

Königin Cerevix – die blonde, schöne Königin Cerevix – schrie: »Nett, das geht doch nicht! Meine Notdurft darf um keinen Preis in einer Toilette enden, die schon die Notdurft eines Bauern gesehen hat!«

»Mehr haben wir nicht anzubieten, Cerevix.«

»Götterverdammtes Hintewäldlerkaff, das von hirnlosen Matschfressern bewohnt wird«, knurrte Cerevix und begab sich zur Toilette.

»Sieht so aus, als hätte dein Wortschatz auf deine Gattin abgefärbt, Bobbert!«, rief Nett dem König zu.

»Wir haben's auch ziemlich bunt getrieben!«

Kätzeleyn musste lachen. Nett wandte sich um und schenkte ihr einen finsteren Blick. »Hör auf zu lachen«, zischte er. »Das ermutigt ihn nur noch!«

»Ich kann nicht anders. Er ist lustig.«

»Er ist ein Hanswurst«, beklagte sich Nett.

»Er ist dein ältester und bester Freund«, sagte Kätzeleyn.

»Ich weiß.« Nett nickte. »Aber er ist auch meine älteste und beste Nervensäge.«

Kätzeleyn bewarf ihren Gatten mit einem Kissen. »Geh jetzt runter und spiel mit deinem Kumpel. Aber sei brav«, befahl sie.

Als Nett unten angekommen war und das Schloss durch den Ausgang verließ, sprang Bobbert von seinem Ross. Er fiel auf den Hintern, stand auf und umarmte seinen Freund. Nett zuckte zusammen, als er Bobberts groghaltigen Säuferatem roch und einen Blick auf sein schweißbedecktes Kettenhemd warf. Bobbert hingegen strahlte. »Netti, Netti, Netti, du bist alt geworden!«

Nett konnte des Königs feisten Wanst mit den Armen nicht mehr umspannen, weswegen er am liebsten *Mann, bist du fett geworden* gesagt hätte. Doch er hielt die Klappe.

Stattdessen meinte er: »Ich? Alt? Bobbert, du bist zwei Tage älter als ich!«

Der König trat zurück. »Und zwei Sommer klüger.« Er wischte sich den Schweiß von der Stirn. »Es ist heiß. Der Sommer scheint zu nahen.«

Nett nickte. »Der Sommer naht *wirklich.*«

»Wirklich?«, rief Kätzeleyn vom Fenster herunter. »Der Sommer naht tatsächlich? Gut, dass ihr das erwähnt.«

Bobbert lachte. Dann meinte er: »Kätzeleyn, Kätzeleyn, Kätzeleyn, jetzt trag dein hübsches Popöchen mal hier runter, sonst komme ich rauf. Und dann nehm ich ihn ordentlich ran, das versprech ich dir.«

»Das glaube ich erst, wenn ich es sehe, Herr Großmaul«, meinte die vom Plumpsklo zurückkehrende Königin Cerevix. »Du hast doch seit Monaten nichts mehr rangenommen.«

Bobbert kicherte nervös und sagte zu Nett: »Ach, meine Gattin mal wieder! Die alte Ulknudel.« Und als wolle er sie Lügen strafen, eilte er in die Burg hinein und die Treppe hinauf.

Nett deutete auf den außergewöhnlich schlanken Schlaks, der linkisch auf dem Ross hinter Bobberts Pferd saß. »Ich dachte, er ist die Ulknudel.«

»Schön, Euch zu sehen, Lord Quark«, sagte der Schlaks grinsend. »Ihr seht umwerfend aus. Ich würde Euch gern zuwinken, aber ich bin gerade erst aus Königsafter eingeflogen und mir tun verdammt die Arme weh.« Nachdem niemand gelacht hatte, richtete der Schlaks seine imaginäre Krawatte und sagte: »Wuff, humorlose Bande.« Dann rief er einem seines Weges gehenden Fremdling zu: »He, du! Woher kommst du?«

Der Fremdling blieb stehen. »Ähm, aus Sommerpeltz.«

»Ah, Sommerpeltz! Dort habe ich einst eine Nacht verbracht. Sie dauerte ein Jahr. *Tusch!*« Eine weitere Salve ausbleibenden Gelächters. »Ich wusste doch, dass mein Zeug den Leuten hier zu hoch ist. Trotzdem, Nett, wie steht's? Um Kätzeleyns willen hoffe ich, deine Antwort lautet nicht: *Es stand schon mal besser.*«

»Ah, Triton Sinister!«, meinte Lord Quark. »Der Komiker der Familie. Auch wenn das nicht viel heißen will.«

»Schau mal an«, grinste Triton. »Ein Möchtegernkomiker. Nicht schlecht für einen Amateur, Lordschaft.« Er deutete auf einen potthässlichen Dreiarmigen, der neben einem potthässlichen dreibeinigen Gaul stand. »Kennst du den?«

Nett schüttelte den Kopf.

»Sandsturm Leguan. Bobberts Leibwächter. Das ist echte Schwerstarbeit, weil Bobbert aus 'ner Menge Leib besteht, die bewacht werden muss. Hei-ho!« Nachdem niemand gelacht hatte, sagte der Schlaks: »Tja, mehr habe ich heute Abend nicht zu sagen. Lasst der Kellnerin ein Trinkgeld da, probiert den Kalbsbraten mit Zwiebeln und und vergesst bitte nie: Wohin ihr auch geht, da seid ihr dann. Nun möchte ich zum Mann der Stunde überleiten, der in allen Damen den Wunsch weckt, sofort zu duschen! Darf ich vorstellen: Sandsturm Leguan!«

»Grunz«, grunzte Sandsturm.

»Applaus für Sandsturm Leguan, meine Damen und Herren!« Triton hüpfte von seinem Ross und fragte Nett: »Sag mal, Alda, wem muss man in diesem Saftladen einen blasen, damit man was zu saufen kriegt?«

Nett deutete mit dem Daumen über seine Schulter auf

das Schloss und sagte: »Geh zu Meyster Bleyster, meinem Assistenten. Die Treppe rauf, dann die dritte Tür links.«

Triton verbeugte sich und tätschelte grinsend Netts Köpfchen. »Du bist wunderschön, Süße. Bleib, wie du bist.«

Nachdem der dürre Riese durch die Haustür geschritten war, wobei er sich den Kopf anstieß, schob Bobbert sein Haupt oben aus dem Fenster und rief: »He, Oberlord, sobald ich meine königlichen Pflichten an deiner Gattin erfüllt habe, müssen wir uns mal unterhalten. Irgendwo, wo wir unter uns sind.«

Sör Slaime, der Zwillingsbruder der Königin, piepste: »Wollt Ihr, dass ich dabei bin, Hoheit?«

»Hast du auch nur die entfernteste Ahnung, was *unter uns* bedeutet, Slaime?«, fragte Bobbert mit gerunzelter Stirn. Dann murmelte er: »Blöder Arsch.«

»Das hab ich gehört!«, schrie Ceverix.

»Gut«, schrie Bobbert zurück. »Gesell dich im Ankleidezimmer zu mir«, wies er Nett an, »bevor ich deiner Gattin zeige, wie ein richtiger Mann seinen Geschäften nachgeht.«

Als sie dann im Ankleidezimmer saßen und an ihren Getränken nippten – Nett an einem kleinen Glas Wasser, Bobbert an einem Riesenkelch mit Grog –, rülpste der König und sagte: »So. Quanti hat den Löffel abgegeben.«

Nett nickte. »Ja. Es bricht einem das Herz.«

»Weißt du, wie er abgenippelt ist?«, fragte Bobbert.

Nett verdrehte angesichts der königlichen Rohheit die Augen. »Nein, Bobbert, ich weiß nicht, auf welche Weise dein Fuß und mein Schwager von uns gegangen sind«, erwiderte er.

»Er ist lachend gestorben.«

Nett seufzte. In Osterhasién an Lachanfällen zu sterben, war fast schon eine Epidemie, aber bisher hatte sie nur die Bauern betroffen. Dem Adel war dieses grässliche Schicksal erspart geblieben. Bis jetzt. »Weißt du, worüber er gelacht hat?«, fragte er.

»Keine Ahnung«, sagte Bobbert. »Aber ich gehe jede Wette ein, dass es nichts aus dem Munde Tritons war. Der Mann braucht dringend ein paar neue Gags.«

»Das kann man wohl sagen. Wer wird also künftig über das Haus Ahorn in Feuchtenbär herrschen?«

»Tja, deine Schwägerin Lyserg kann nicht mal über ein Katzenklo herrschen, von einem kompletten Königsland ganz zu schweigen. Zudem ist sie auch noch eine Frau, und die Götter wissen, dass man Frauen nicht auf einen Thron setzen kann. Sie sind irrsinnig.«

»Nicht *alle* Frauen sind irrsinnig, Bobbert«, sagte Nett.

»Leb du mal einige Sommer lang mit Cerevix zusammen, dann unterhalten wir uns noch mal. Was Quantis Nachfolger anbetrifft … Wenn es nach mir ginge, würde ich mir einen dieser Idioten aus Donkosackingen holen, weil die zu blöd sind, um blöde Entscheidungen zu fällen. Falls du verstehst, was ich meine. Leider kann ich das aber nicht tun, weil es um das Haus Ahorn geht. Deswegen muss es ein Ahorn sein, was bedeutet …«

Nett fiel ihm ins Wort, indem er »Bobbby« stöhnte.

Bobbert nickte und sagte: »Bobbby.«

»Nein. Unmöglich. Geht nicht. Bobbby ist ein … ein … ein …«

»Ja, ein Arsch. Er ist zwar erst fünf, aber er ist ein Arsch. Bin ganz deiner Meinung. Aber er ist auch der einzige männliche Ahorn, also haben wir das kleine Ungeheuer am Hals.«

»Toll. Dann haben wir einen Schwachmaten an der Spitze des Hauses Ahorn und einen Schwachmaten auf Abruf im Hause …«

»Wolltest du etwa *einen Schwachmaten auf Abruf im Hause Bartresen* sagen?«

»Ich … ich … ich …«, stotterte Nett.

»Du … du … du … hast recht. Mein Sohn ist *wirklich* ein Schwachmat, Nett. Mein götterverdammter Gaul hat mehr Grips im Schädel als der kleine Saukerl. Was du für ein Glück hast, dass er nur noch einen Sommer davon entfernt ist, dein Schwiegersohn zu werden.«

»Erinnere mich bloß nicht daran«, stöhnte Nett. »Salsa ist ganz aus dem Häuschen. Sie kann es kaum erwarten, ihn zu heiraten. Ich muss die Hochzeit auch noch bezahlen. Schon der Gedanke daran macht mein Magengeschwür so rasend, dass es heißer brennt als der heißeste aller heißen Sommer.«

»Und so soll es auch sein. Hör also zu, ich bin nicht hergekommen, um zu diskutieren, wie idiotisch unsere Familien sind. Ich muss dich um etwas bitten, unter vier Augen, von Mann zu Mann, *mano a mano.*«

»Was immer du willst, Bobbert …«

»Sei mein Fuß.«

»… nur das nicht. Nein. Auf keinen Fall. Niemals. Nein, Sör.«

»Warum nicht, wenn ich fragen darf?«, fragte der König.

»Tja, weil der Sommer naht.«

»Eine inakzeptable Antwort. Nächste Ausrede.«

»Ähm, na schön. Ich bin's nicht wert, Quantis Beinkleid auszufüllen.«

»Bist du doch. Du bist genau der Richtige. Du hast ja keine Ahnung, was für 'ne sichere Bank du bist. Nächste Ausrede.«

»Schön. Wie wäre es mit: Der Sommer naht?«

»Noch immer inakzeptabel. Nächste Ausrede.«

»Wie wäre es damit: Deine Füße sterben wie die Fliegen, und ich muss eine Familie versorgen.«

Bobbert schüttelte den Kopf, als wäre er ein Ball, der an einem matschigen Tag auf dem Sportplatz auf und ab hüpft. »Am Arsch die Räuber. Du bist mein neuer Fuß. Pack deinen Krempel ein. Wir hauen ab.«

»Aber … aber … aber …«

»Aber … aber … aber was, Nett? Raus damit!«

»Aber der Sommer naht doch.«

Lolyta

Loly Thiergarten – in den Kreisen der Wissenden auch bekannt als Lolyta Tornadotuss, Prinzessin von Entenhausen – begutachtete das komische Gewand und fragte ihre Zofe, die Magistrata Illinois: »Wie in Göttersnamen soll ich in dieses götterverdammte Ding reinpassen?« Da das Gewand ganz und gar aus 2,5 × 5,0 cm großen rechteckigen Rechtecken bestand, hatte sie derlei natürlich noch nie gesehen. Die Rechtecke waren ausnahmslos gülden und mit Zahlen und Buchstaben versehen, die möglicherweise (vielleicht aber doch) kein Resultat ergaben und auch keine Aussage trafen. Zudem waren sie mit dünnen Drähtchen miteinander verbunden. Ein großer Teil von Lolys Haut war entblößt. Loly hielt das Gewand zwar für die Jahreszeit für zu *haute couture*, doch solange es ihrem künftigen Gatten Iwan Drago gefiel, dem König von Donkosackingen, spielte ihre Meinung keine Rolle.

Als sie sich endlich in das Gewand gewunden hatte, stürzte ihr Bruder in den Raum hinein und rief: »Joi, joi, joi! Loly, du siehst aber sehr leidenschaftlich aus!«

»Glaubst du?«, fragte Loly. »Zeige ich zu viel Haut? Oder vielleicht nicht genug?«

Vladymyr – bei den Wissenden hieß er Vladymyr aus dem Hause Thiergarten, Zillionter seines Namens, König der Sandalen und des Roggenbrots, Lord der Weiß-der-

Henker-wie-vieler-Königslande und Beschützer der Elfen – schenkte seinem Schwesterchen einen schnellen Blick und sagte: »Keine Frage, Loly, du wirst die Krönung deiner Hochzeit sein. Den Göttern sei Dank dafür.«

»Warum dankst du den *Göttern?«*, fragte Loly. »Was machst du dir überhaupt Sorgen? Ich bin doch diejenige, die mit diesem steinreichen Pferdemenschen verehelicht wird.«

»Weil«, erläuterte Vladymyr, »Pferdemenschen nur eine kurze Lebensspanne haben und ich, wenn er stirbt, meinen rechtmäßigen Platz auf seinem Thron einnehmen werde.«

Das Gewand juckte. Loly kratzte sich am Po und sagte: »Na schön, dann erkläre mir noch mal, wieso du, Vladymyr aus dem Hause Thiergarten, Zillionter seines Namens, König der Sandalen und des Roggenbrots, Lord der Weiß-der-Henker-wie-vieler-Königslande und Beschützer der Elfen, Iwan Drago, dem hundertprozentigen und eingeborenen Donkosacken, als Herrscher über sein Land nachfolgen willst?«

»Weil, Lolyta Tornadotuss, Prinzessin von Entenhausen, jedermann weiß, dass alle Herrscherfamilien Osterhasiéns per Inzucht miteinander verwandt sind – was auf Papier und Mattscheibe dokumentiert wurde – und nach Iwans Tod jedermann in Donkosackingen glauben wird, dass du und ich miteinander donkosacken und laut Donkosackinger Verfassung immer der auf dem donkosackischen Königsthron sitzt, der die donkosackische Königin donkosackt.«

Loly schüttelte zweifelnd den Kopf. »Ich glaube nicht, dass deine Worte die Verfassung exakt wiedergeben … und dass es so auf Papier und Mattscheibe steht.«

»Es ist *meine* Interpretation«, zischte Vladymyr. »Und als Vladymyr aus dem Hause Thiergarten, Zillionter seines Namens, König der Sandalen und des Roggenbrots, Lord der Weiß-der-Henker-wie-vieler-Königslande und Beschützer der Elfen, ist *meine* Interpretation die einzig gültige.« Er tätschelte seine strähnige blonde Mähne und fügte hinzu: »Schau dir außerdem mein Haar an. Wenn *das* nicht das Haar eines Königs ist, dann weiß ich es nicht.«

»Es ist fraglos wunderschön«, grunzte Loly. »He, wenn du dich mal von dir losreißen kannst, komm doch mal her.«

»Warum?«

»Ich muss dir etwas zeigen.« Loly wandte sich der Magistrata Illinois zu und befahl: »Hebe dich von hinnen, Zofe. Mein großer Bruder und ich müssen mal allein sein.« Nach Illinois' Abgang wiederholte Loly: »Komm doch mal her.«

»Wie Ihr wünscht, künftige Königin.« Während Vladymyr den Raum durcheilte, fragte er: »Wie nennen die Donkosacken noch mal ihre Königin? Es fängt mit einem K an, und sie schreiben es immer in Großbuchstaben.«

»KÖNIGSBRATZE.«

»Richtig, KÖNIGSBRATZE. Stimmt es, dass sie es früher in *Kursivschrift* geschrieben haben?«

»Exakt«, erläuterte Loly. »Aber die Druckmaschinen der Donkosacken sind nicht besonders toll entwickelt, weswegen ihre *Kursivschrift* immer ziemlich unansehnlich aussah, deswegen sind sie zu GROSSBUCHSTABEN übergegangen.«

»Verstehe.«

»Gut. In einigen Tagen werde ich also KÖNIGS-

BRATZE Lolyta sein. Ist das nicht geil? Die jüngste KÖNIGSBRATZE in der Geschichte Donkosackingens!«

»Ganz wunderbar, Schwesterlein. Und warum sollte ich zu dir kommen?«

»Kannst du mir schnell einen Gefallen tun?« Loly löste vier Rechtecke und sagte: »Kannst du mich bitte mal in den Nippel zwicken?« Sie deutete auf ihren bloßen Busen.

Vladymyrs ganzes Gesicht runzelte sich angesichts des schwesterlichen Nippels. »Was ist das, Loly?«, erkundigte er sich.

»Ein Nippel. Vielleicht hast du schon mal einen gesehen. Hast du bestimmt. Wenn auch keinen so perfekten wie diesen.«

»Er ist nicht so perfekt wie der der Bratze, die dich auf RTL2 spielt.«

»RTL *was?*«

»Ist nicht wichtig«, erklärte Vladymyr. Er verschob die anschwellende Beule in seinem Schritt. »Ich habe schon jede Menge perfekte Nippel gesehen. Knaben haben so was nämlich auch.«

»Soll das heißen, du hast schon mal die Nippel anderer Knaben gesehen?«, fragte Loly.

»Ähm, nein. Nein. Nein! Ich habe meine eigenen Nippel gesehen, und sie sind perfekt. Und Frauennippel. Massenhaft Frauennippel. Unmengen von Frauennippeln. Und noch mehr. Außerdem weiß ich ganz genau, was man mit ihnen machen kann, darauf kannst du dich verlassen.«

Loly lächelte. »Perfekt. Ich habe gehofft, dass du weißt, was man mit ihnen machen kann, weil ich nämlich möchte, dass du es mit den meinen machst.«

Vladymyr spitzte die Lippen, als sei seine Zunge tief in

einer Riesenzitrone verklemmt. »Das tu ich lieber nicht. Das ist doch ekelhaft.«

»Wieso ist es ekelhaft?« Loly befreite ihre zweite Brust. »Wir sind doch Geschwister. Und laut Papier und Mattscheibe machen Geschwister das miteinander. Sie machen mit den Nippeln ihrer Geschwister rum. Unter anderem.«

»Ich würde es lieber nicht tun.«

»Ich hätte es lieber, wenn du es tätest.«

»Es wäre aber ekelhaft.«

»Es wäre herrlich. Als zukünftige KÖNIGSBRATZE befehle ich dir, Vladymyr aus dem Hause Thiergarten, Zillionter seines Namens, König der Sandalen und des Roggenbrots, Lord der Weiß-der-Henker-wie-vieler-Königslande und Beschützer der Elfen, so fest in meine Nippel zu zwicken, wie du kannst, und erst aufzuhören, wenn ich entweder kreische oder blute.«

Vladymyrs blasse Miene erbleichte bis zum Punkt der Transluzenz, und auf seiner Stirn materialisierten sich mehrere Schweißperlen. »Wenn du darauf bestehst«, hauchte er und streckte behutsam die Rechte aus, um den rechten Nippel seiner Schwester mit dem kleinen Finger zu streifen. Dann zuckte die Hand zurück, als sei Lolys Busen glühend heiß, was er vermutlich auch war, wenn auch nicht so heiß wie der der Bratze, die sie in der ersten Staffel auf RTL2 gespielt hatte.

»Wirklich, Vladymyr?«, sagte Loly. »Wirklich? Ist das schon alles? Mehr hast du nicht drauf? Das kann ja jede *Ente* besser!«

Vladymyr schüttelte den Kopf. »Wieso bist du nur so von Enten besessen? Du bist der einzige Mensch in Osterhasién, der immer über Enten rumquakt. Alle anderen in dieser abgedrehten Geschichte interessieren sich nur für Turniere, Throne, Gefechte, Könige, Stürme, Schwerter, Feste, Krähen, Tänze, Drachen, Matsch und Zwiebeln. Aber bei dir dreht sich alles immer nur um Enten!«

Loly zog ihr Kleid aus und sagte: »Und *ich* verstehe nicht, warum du so von Drachen besessen bist.«

»Drachen sind scharf«, sagte Vladymyr mit spitzer Schnute.

»Drachen sind ausgestorben«, sagte Loly. »Sie sind den Leuten einfach schnuppe. Verdammt noch mal, nicht mal in *Herr der Ringe* kommen Drachen vor.«

»Ja, aber im *Hobbnix*[7] wohl«, sagte Vladymyr. »Wenigstens einer: Smaug.«

Loly winkte ungnädig ab. »Tolkien ist ein Arsch«, sagte sie. »Wie kann man nur jemandem trauen, der so viele Rs in seinem Namen hat. Also wirklich: J.R.R.? Das kann man doch nicht ernst nehmen.« Sie hielt inne. Dann: »Also hör zu: Zwickst du nun, verflucht noch mal, in meine Nippel oder nicht?«

»Nein.«

»Na schön«, giftete sie. »Dann hau ab, du Heulsuse!«

»Ich bin keine Heulsuse!«

»Mach nur so weiter. Rede es dir nur ein, Vladymyr. Und schick Illinois wieder rein. Ich brauche ein Bad.«

Nachdem die Magistrata die Wanne gefüllt hatte, stieg Loly hinein und positionierte sich so, dass ihr Kopf der einzige Körperteil war, der sich nicht unter Wasser befand. Als sie es sich gemütlich gemacht hatte, wandte Illinois

7 Auch hier handelt es sich natürlich nicht um die korrekte … Ach, Sie wissen schon. Beachten Sie auch die Anzeigen am Ende dieses Buches.

sich zum Gehen, doch bevor sie einen Schritt machen konnte, sagte die künftige KÖNIGSBRATZE: »Rühr dich nicht vom Fleck. Ich muss es jetzt tun.«

Die Magistrata atmete tief durch und fragte: »Müsst Ihr wirklich?«

»Ich muss«, sagte Loly.

»Obwohl ich bei Euch bin?«

»Ich muss«, wiederholte Loly. Sie spreizte die Beine und rubbelte sich an der Stelle, an der sich praktisch alle dreizehn Jahre alten Mädchen in Osterhasién gern rubbeln. Ihr Mund ging auf, ihre Augen gingen auf Halbmast, ihr Atem beschleunigte sich. Die Magistrata bedeckte ihre Ohren, da sie schon wusste, was als Nächstes kam.

»Oh, meine Götter!«, rief Loly. *»Gib's mir! Gib's mir! Ja, genau da! Fester! Jetzt sanfter! Jetzt mehr im Kreis! Im Kreis! Im Kreis! Ja, ja, ja, gib's mir. Gib mir deine Frühlingszwiebeln, du Hengst! Zwieble mich wie nie zuvor!«*

Nachdem Loly (zweimal) fertig geworden war, sagte die Magistrata Illinois: »Braucht Ihr mich noch, Mylady?«

Loly keuchte errötet: »Gib mir eine Minute, um mich zu erholen. Das war ein guter. Vielleicht waren es auch zwei gute.« Als sie ihre Fassung wiedererlangt hatte, beschwerte sie sich: »Hätte mir dieser blöde Vladymyr wie erbeten in die Nippel gezwickt, wäre vielleicht sogar ein Hattrick drin gewesen. Kannst du mir mal mein Gewand reichen?«

»Wie Ihr wünscht, Lolyta.«

Loly hatte ihr Gewand gerade angelegt, als jemand fest an die Tür klopfte, und zwar so fest, dass die Mauern wackelten. Loly und Illinois wechselten einen nervösen Blick, woraufhin Loly fragte: »Wer ist da?«

Keine Antwort. Es wurde erneut geklopft. Diesmal noch lauter.

Loly zog das Gewand eng um sich. »Leck mich«, knurrte sie. Dann schlenderte sie zur Tür hinüber und riss sie auf. Sie wurde von einem Anblick begrüßt, der alles, was sie je gesehen hatte, in den Schatten stellte.

Loly begaffte das Geschöpf von oben bis unten und betrachtete sein langes ölig-schwarzes Haar, seinen aufgeblasenen Brustkorb, seine muskulösen Arme, seinen flachen Bauch, seine fantasievolle Gesichtsbehaarung, seine vier Beine, seinen zotteligen Schweif und seinen gewaltigen Pferdepimmel. Ihre Augen – bzw. ihre Blicke – trafen sich, und nach einem scheinbar endlosen Glotzwettstreit sagte Loly: »Iwan Drago, nehme ich an.«

Der Pferdemensch grunzte nickend: »Uga Buga. Bunga Bunga. Muh, muh. Puh, puh, puh.«

Loly schenkte ihm ein Halblächeln. »Ihr sprecht ein wahres Wort, Schönling. Kommt doch rein, und vergesst euren Schweif nicht.«

Als Iwan Drago über die Schwelle hopste, wurde er von Lolyta Tornadotuss, Prinzessin von Entenhausen, mit den Worten begrüßt: »Wie haltet Ihr's eigentlich mit dem Nippelzwicken?«

Juan

Da Juan Nieve nun einmal ein Vollhorst war, war ihm auch bewusst, dass man ihn nie zu den Feierlichkeiten einladen würde, die man zur Ankunft der königlichen Familie aus dem Hause Bartresen veranstaltete. Doch hinderte ihn dies nicht daran, vor der Burg herumzulungern, um sich das anzuschauen, was viele das Ereignis der Saison nannten … was angesichts der Tatsache, dass die Saison einen ganz schön langen, wenn auch unbestimmten Zeitraum umfasste, einiges besagte.

Normalerweise war Juan nicht der Typ, der ohne Einladung oder ohne darum gebeten zu haben, eingeladen zu werden, bei solchen Veranstaltungen aufkreuzte, aber a) wenn er nicht hinging, hätte er eines der wenigen Kapitel verloren, in denen er auftrat, und auch noch ein relativ wichtiges, da er ohne einen Auftritt in diesem Kapitel einer anderen Figur nicht begegnet wäre, die ein schmerzhaftes und überraschendes Ende finden wird, und b) war er ziemlich geil, sodass er meinte, es stünde ihm besser an, am Schloss abzuhängen, um zu sehen, ob er mit seiner Blutsverwandtschaft zur Familie Quark den einen oder anderen allein anreisenden weiblichen Festgast beeindrucken konnte, statt zu Hause zu bleiben, sich eine Handvoll Ölmatsch zu greifen und sich mit sich selbst zu vergnügen. Wenn das keine Wirkung zeigte, konnte er noch immer seinen tollen Schattenpanda – er hatte ihn Böses Omen getauft – als Köder einsetzen. Und wenn das auch nichts brachte, ging er eben nach Hause, packte sich eine Handvoll Ölmatsch und vergnügte sich mit sich selbst.

Juan positionierte sich seitlich des Bauwerks und lugte durch ein offenes Fenster. Er hielt das Fest für einen sehenswerten Anblick und einen Geruch, den man gerochen haben musste. Die Innen- und Außenwände des Schlosses waren mit Bannern der beiden teilnehmenden Häuser bedeckt. Die Quark-Wahrzeichen kennt ihr ja schon. Die Bartresens wurden von einem flauschigen schwarzweißen Kätzchen repräsentiert, und die Gäste trugen ihren feinsten Zwirn. Auf den langen Tafeln lag so viel zu beißen, dass ganz Sommerpeltz davon satt geworden wäre: Yak mit Ebersoße, Eber mit Yaksoße, Wolfsläufe in Zitruscoulis; dicker Eintopf mit irgendwelchen roten Klumpen, die Juan nicht so ohne Weiteres identifizieren konnte; Zwiebelsuppe, Zwiebeltorte, Zwiebelsaft, Zwiebelsteaks sowie ganze Zwiebeln, die in Zwiebelpürree schwammen.

Ein zur Quark-Familie gehörender Charakter nach dem anderen spazierte über den roten Teppich des Speisesaals, wobei sie von einer schlanken rothaarigen lauten Frau angesprochen wurden, die ihnen einen langen Stock ins Gesicht hielt und eigenartige Fragen stellte, etwa: »Was tragt Ihr heute?« Oder: »Könnt Ihr mir etwas über Euer neuestes Projekt sagen?« Dies verwirrte und langweilte Juan so sehr, dass er beschloss, woandershin zu gehen.

Als er sich neu vor dem Schloss positioniert hatte, erspähte er Sör Slaime Sinister, von dem er den Blick nicht abwenden konnte: Slaime war eine osterhasische Legende und wurde von den Bewohner des Kontinents sowohl verehrt als auch gefürchtet. In den letzten Sommern hatte er Dutzende von Herrschern zu ermorden versucht, z. B. König Rychard den Drytten, König Hoynrych DeAchte, König Salomon DeEinzije, König Kong DeGrylla, König Pylsener, König Byskuit Toost, König Byrger Kyng und Gnat Kyng Kohl. Sein Angriffsplan war so mutig wie nur was: Er stürmte jedes Schloss ganz allein, zückte sein eigenartig gekrümmtes Schwert und haute alles nieder, das sich ihm in den Weg stellte, um an den Thron zu gelangen und den jeweiligen Herrscher gnadenlos niederzumachen, da er bestrebt war, die Region im Namen des Hauses Sinister zu übernehmen.

Seine Versuche waren ausnahmslos auf sensationelle Weise gescheitert, denn sein schlappes Schwert, das aus allem anderen hergestellt war, nur nicht korinthischem Leder, war eine nutzlose Waffe. Slaimes Attacken waren so schwächlich ausgefallen, dass die unter Beschuss stehenden Könige, sobald sie ihn nur sahen, unweigerlich Lachkrämpfe bekamen, was dazu führte, dass sie sich an Zwiebeln verschluckten und starben, ohne sein Schwert je geschmeckt zu haben. So war Sör Slaime zu dem Spitznamen »der Königsnichtmörder« gekommen.

Nachdem selbiger Slaime über die Schwelle des Hauses Quark getreten war, wurde er von der rothaarigen Nervensäge angesprochen. »Slaime Sinister, wie war Eure Zusammenarbeit mit Martyn Skorsisi?«, fragte sie.

Auch diesmal sprachlos und der Vorgänge satt, rief Juan Böses Omen. Der Schattenpanda, in bloßen drei Tagen zur Größe eines Ponys herangewachsen, torkelte zu seinem Herrchen. Juan glotzte die Schnauze seines Haustiers an und fragte: »*Santo mierda bolas*[8], Böses Omen, was hast du denn jetzt wieder angestellt?« Er ging in die Knie und begutachtete die Schnauze des Tieres, die rundherum voller rosalila Flecken war. Böses Omen schleckte Juans Gesicht ab, und der Vollhorst erkannte augenblicklich den Ursprung der Verfärbung. »Dein Atem riecht wie eine Destille. Wie im Namen der *Dios*[9] bist du an den Grog gekommen, Böses Omen?«

Böses Omen rülpste, schleckte Juan erneut ab, brach dann auf der matschigen Erde zusammen und schlief auf der Stelle ein. Juans Blick suchte die Umgebung ab, da er sich sorgte, denn Böses Omens Schnarchen konnte ja jemanden auf sie aufmerksam machen.

Tja, und schon hörte Juan einen Mann aus nicht allzu weiter Ferne rufen: »Wer wagt es, sich aufs Fest der Feste zu schleichen? Ich wette, es ist irgendein Vollhorst!«

Juan, der die Stimme erkannte, lächelte und sagte: »Ich bin nicht irgendein Vollhorst. Ich bin *el mas grande mas enorme, apestosa*[10] Vollhorst!«

Als der Mann Juan erreichte, scherzte dieser: »Das kann man wohl sagen, Juan Nieve. Und ob man das sagen kann!« Dann umarmten sich die beiden.

»Bänkjen Quark«, rief Juan aus. »Mein Onkel von einer anderen Mutter!«

»Das bin ich wohl, Juan Nieve, und wie ich es bin. Wir stehen also, wie üblich, draußen und schauen hinein. Was für ein Pech. Möchtest du, dass ich dir für deinen Köter was einpacke?«

---

8 Heilige Scheißhäufchen.

9 Götter.

10 Der größte, längste, übel riechendste.

Juan streichelte seinen Bauch und gestand: »Der dicke rote Eintopf da sieht wahrlich lecker aus. Weißt du, woraus er besteht?«

»Wildbret mit roten Zwiebeln«, erläuterte Bänkjen.

»Genau danach verlangt es meinen Magen«, frohlockte Juan. »Ein gehäuftes Portiönchen, *por favor*[11]. Je mehr, desto besser. Ich muss kräftig sein.«

»Wofür?«, fragte Bänkjen.

Juan deutete nach Norden und rief: »Ich muss die Mauer beschützen!«

Bänkjen deutete nach Süden und erklärte: »Ich glaube, die Mauer liegt dort.«

»Bist du sicher?«, fragte Juan.

Bänkjen kratzte sich am Kopf. »Genau genommen eigentlich nicht. Sämtliche Landkarten Osterhasiéns sind so klein, dass auf ihnen kaum was zu erkennen ist. Besonders die Karte in der Taschenbuchausgabe.«

»Und die Sonderausgabe ist schwer zu finden.«

»Ich weiß, Mann.«

»Mudo[12] Blogger«, sagte Juan quengelnd.

»Na egal«, sagte Bänkjen. »Was zieht dich überhaupt in die Nähe der Mauer?«

»Ich möchte so sein wie du, Bänkjen. Ich möchte zum Bund der Nachtwächter gehören.«

Einen langen Seufzer später sagte Bänkjen leise: »Ich glaube, ich weiß, warum du Nachtwächter werden möchtest.«

---

11 Bitte (Eigentlich hätten wie dies nicht für Sie zu übersetzen brauchen, aber da Sie dieses Buch nun schon mal gekauft haben, meinen wir, dass es Blödsinn wäre, Sie auch noch geistig zu fordern.)

12 Schwachmatische Oberdeppen. Oder so was in der Art.

»Wirklich?«, fragte Juan. »Und warum?«

Bänkjen legte seine große Hand auf Juans Schulter und sagte: »Mein Freund, egal wie schwer du arbeitest; egal wie viele Menschenleben du rettest; egal wie viele von den Anderen du tötest …«

»Wir sind nicht die Anderen!«, schrie eine Stimme aus der Ferne. *»Wir sind die Großartigen, Arschloch!«*

»… wirst du trotzdem immer ein Vollhorst bleiben«, sagte Bänkjen.

»Ich verstehe, *compadre*[13]«, sagte Juan. »Doch warum sollte ich nicht danach streben, der beste Vollhorst zu sein, den das Haus Quark je gesehen hat?«

»Warum?«, rief Bänkjen aus, wobei seine Miene sich ärgerlich umwölkte. *»Warum?* Weil du nicht weißt, wie es auf der Mauer ist, Mann! Du weißt ja gar nicht, wie tief man dort in der Scheiße sitzt! Du weißt ja überhaupt nicht, wie es ist, wenn dir die Schlitzaugen da Tag für den Tag in den Nacken atmen und man weiß, dass irgendein Kommi-Scharfschütze seine Knarre schon in dem Moment auf dich richtet, wenn du aufstehst, und zwar bis zu der Sekunde, in der du einschläfst. Du weißt ja nicht, wie es ist, wenn du zuschaust, wie dein Kumpel den Löffel abgibt, wenn du ihn in den Armen hältst und ihn mit dem letzten Atem sagen hörst: ›Vergiss bloß nicht, Schantalle und den Gören zu sagen, dat ick sie lieben tu, wa.‹« Bänkjen wischte sich einen dünnen Schweißfilm von der Stirn. Dann fuhr er fort. »Auf der Plusseite ist das Acid unten an der Mauer allererste Sahne, Alter.«

---

13 Kumpel. Glaub ich.

»Nichts von allem, was du sagst«, brüllte Juan, »wird meine Meinung ändern! *Nada!*«[14]

»Wirklich nicht?«, fragte Bänkjen. »Hast du schon mal vom Rauschjahr gehört, Klein-Juan?«

»Nein.«

»Ah«, machte Bänkjen. »Das Rauschjahr! Es ist die reinste Hölle. Erniedrigend. Beleidigend. Peinlich. Da wird nur gesoffen. Da werden nur langweilige Wettkämpfe ausgetragen, bei denen die Story auf der Stelle tritt. Mehr kann ich dir nicht sagen, weil ich geschworen habe, darüber stillzuschweigen.«

Juan holte tief Luft und sagte prahlerisch: »Das alles kann mich nicht schrecken, *ese.*«

Bänkjen zuckte die Achseln. »Sollte es aber.«

»Tja, tut es aber nicht. Ich werde um Aufnahme bitten, ob es dir gefällt oder nicht.«

Bänkjen klopfte Juan auf die Schulter. »Tu, was du tun musst, Juan Nieve. Du wirst es natürlich nicht überleben.« Er schaute zum Schloss hinüber. »Na schön, dann auf zum Zwiebelfest.« Und er ging hinein.

Juan spürte, dass sich Zorn in seiner Seele rührte. Es war ein Gefühl, das anders war als alles, was er je erlebt hatte. Er fuhr herum, lief drei schnelle Schritte, stolperte über den schlafenden Böses Omen und fiel auf einen im Matsch sitzenden Mann. Juan sprang auf und sagte: »Tut mir leid. Ich habe Euch nicht gesehen.«

»Das ist das erste Mal, dass das jemand zu mir sagt.« Nachdem der Mann sich zu seiner vollen Größe aufgerichtet hatte, begriff Juan, was er meinte.

---

14 Nichts.

Der Vollhorst gaffte den spindeldürren Riesen an und fragte: »Wie groß bist du?«

Der Riese zuckte die Achseln. »Keine Ahnung, welches Maß man hier verwendet. Fuß? Meter? Ellen? Matschbällchen? Eier?« Er reichte Juan die Hand und sagte: »Ich bin Triton Sinister, der amtierende Juxmeister des Hauses Sinister.«

Juan schüttelte seine Hand. »Juan Nieve, amtierender Vollhorst des Hauses Quark.«

Triton rief grinsend: »Du bist ein Vollhorst? Götterverdammt noch mal, ich bin auch einer!«

»Hör auf, mich zu foppen, *comediante*.[15] Du siehst doch aus wie ein Sinister.«

Triton deutete auf seine langen Beine. »Sehen diese Beine etwa aus wie Sinisterbeine? Ich mag ja ein reinblütiger Sinister sein, aber wenn man der Einzige in der Familie ist, der den Kopf einziehen muss, wenn er von einer Kammer in die nächste geht, wird man wie ein Vollhorst behandelt. Ich spüre deinen Schmerz, Alda.«

»Wie kann man dich zurückweisen? Du siehst doch genauso aus wie der Königsnichtmörder.« Juan deutete auf Tritons blonden Schopf.

»Um Götterswillen.« Triton zuckte zusammen. »Slaime ist so hässlich, als wäre er von einem hässlichen Baum gefallen und auf dem Weg nach unten gegen alle Äste geschlagen. Er ist so hässlich, dass seine Mutter den Arzt nach seiner Geburt geohrfeigt hat. Er ist so hässlich, dass es eine Beleidigung für alle hässlichen Menschen wäre, ihn hässlich zu nennen.«

---

15 Hanswurst. Oder so.

Juan schaute zum Schloss zurück. »Ich weiß nicht. Mir kommt er ziemlich attraktiv vor.«

»Du hältst ihn für attraktiv? Nun ja, ich bin zwar nicht von *diesem* Ufer, aber das ist ja toll. Wenn du willst, lege ich ein gutes Wort für dich ein. Aber eigentlich ist er schon vergeben. Und mit *ihr* willst du dich doch sicher nicht anlegen. Sie ist noch verrückter als er. Und ebenso hässlich. Oder besser gesagt, ähnlich hässlich.«

Böses Omen äußerte ein Knurren, und Juan warf dem Riesen ein schräges Grinsen hin. »Du erheiterst mich, Ulkmeister.«

Triton klopfte sich selbst auf den Rücken und sagte: »Dafür blechen andere 'ne Menge Schotter, Alda.« Er zog ein Lederbeutelchen aus der Gesäßtasche und warf es Juan zu. »Möchtest du eine Nase? Wir könnten uns was reinziehen und uns über die Freuden des Vollhorstdaseins unterhalten.«

Juan, der sich zum ersten Mal seit langer Zeit für voll genommen fühlte, nahm das Beutelchen, zog sich eine Nase rein und lallte: »Nichts würde mich glücklicher machen.«

Kätzeleyn

Mit geschlossenen Augen, offenem Mund und sich hebendem und senkendem Brustkorb stöhnte Lady Kätzeleyn Quark: »Ja, sooo. Ja, sooo. Genau da. Wartet… nicht so schnell, nicht so schnell.«

Nett veränderte seinen Rhythmus und seufzte dann: »Ich weiß nicht, was ich Bobbert sagen soll. Soll ich oder soll ich nicht?«

Kätzeleyn krallte ihre Fingernägel in die Schultern ihres Gatten und keuchte: »Macht, Geliebter! Macht! *Macht* es!«

»Einfach so?«, fragte Nett. »Soll ich meine Familie einfach so im Stich lassen? Meinem Königsland entsagen? Ich bin der Herr des Hauses Quark! Ich kann doch nicht einfach aufstehen und *gehen!«*

Kätzeleyn schlang die Beine um ihn und stöhnte: »Wenn Ihr etwas schneller werdet, könnte ich zumindest *kommen.«*

Nett wurde mechanisch schneller, dann erklärte er: »Wenn ich zum rechten Fuß des Königs ernannt werde, ist es mit dem Leben, das wir bisher geführt haben, vorbei.«

»Wenn Ihr Euch nach links lehnt und etwas beschleunigt«, wies Kätzeleyn ihn an, »wäre wenigstens dieser Akt gleich vorbei.«

Nett, der den Frust seiner Gattin natürlich bemerkte,

sagte: »Verzeiht mir« und vollzog den Akt an seiner Gattin auf diejenige Weise, wie es einem Mann von Adel zustand.

Dies ging drei weitere Sekunden so, dann flog die Tür auf, und ein älterer weißbärtiger Herr streckte seinen Kopf in das Gemach hinein. »Mylord, Mylady, ich …«, begann er ohne jegliche Präambel.

»Haut ab!«, schrien Nett und Kätzeleyn unisono.

Die Tür wurde noch weiter geöffnet, und der Mann kam noch weiter in das Gemach hinein. Er legte eine Hand hinter sein Öhrchen und sagte: »Verzeiht, aber ich habe Euch nicht verstanden. Könnt Ihr das noch mal wiederholen?«

Kätzeleyn schob den Gatten von ihrem nackten Leib und auf den Boden, hüllte sich in ein Laken und schrie ihn an: *»Ich dachte, du wolltest mein lila Zopfband an die Tür hängen, wenn wir beschäftigt sind!«*

Meyster Bleyster, so der Name des weißhaarigen Herrn, der Nett seit den letzten zwei Sommern als Vertrauensassistent diente, sagte: »Das habe ich auch gedacht, Mylord.«

»Hab's vergessen«, sagte Nett, ohne einen Gedanken an seine unbekleidete Präsenz zu verschwenden. »Die Sache mit dem Fuß hat mich abgelenkt. Was ist Euer Begehr, Bleyster?«

Bleyster schaute zur Decke hinauf. »Würde Mylord sich vielleicht verhüllen?«

Nett winkte desinteressiert ab. »Wir sind doch alle Freunde. Was führt Euch in unser Ehegemach?«

Bleyster, noch immer zur Decke blickend, reichte ihm ein kleines quadratisches Päckchen. »Dies wurde für Euch abgegeben. Von einem *Raben.*«

Kätzeleyn stand auf, schlang ein Bettlaken um ihren Brustkorb und höhnte: »Uuuuuuh, ein *Rabengramm!* Nichts kann wichtiger sein als ein *Rabengramm.* Hinter *Rabengrammen* hat alles andere zurückzustehen.« Sie hockte sich auf alle viere und schaute unters Bett. Dann fragte sie ihren Gatten: »Hast du meinen Geheimvorrat irgendwo gesehen, Nett?«

Nett, der seine Gattin einfach überhörte, nahm Bleyster das Päckchen ab und entfernte vorsichtig das Packpapier. Dann öffnete er die Schachtel. In der Schachtel befand sich eine kleinere Schachtel. In der kleineren Schachtel befand sich eine noch kleinere Schachtel. In der noch kleineren Schachtel befand sich eine noch kleinere Schachtel. Es ging ungefähr sechs Schachteln so weiter, bis Nett endlich einen Umschlag fand. Ohne sich anzuschauen, was in dem Begleitbrief stand, sagte er: »Es muss von deiner Schwester sein.«

Kätzeleyn, unter dem Bett, sagte: »Hat sie schon wieder die Schachtelnummer abgezogen?«

»Kann man wohl sagen.« Nett grunzte, öffnete das Schreiben und las es stumm. Nach etwa zweiminütigem Schweigen bellte er: *»Ha!«*

»Was ist?«, fragte Kätzeleyn.

»Hör dir das an«, fauchte Nett. »Deine liebe Schwester glaubt, dass Quanti von einem Sinister ermordet wurde. Lyserg glaubt allen Ernstes, eine dieser unfähigen Dumpfbacken hätte sich durch die Wälder geschlagen, wäre über die Berge gestiegen, hätte sich an den Haupttorwachen vorbeigepirscht, sich an Quantis Leibwache vorbeigeschlichen und ihn dazu gebracht, sich totzulachen! Triton Sinister wäre doch übers erste Stöckchen gestolpert. Shuft

Sinister wäre auf dem ersten Hügel zusammengebrochen. Shurk Sinister hätte man schon in Eisen gelegt, bevor er auch nur in die Nähe des Thrones gekommen wäre.«

Kätzeleyn, die nun aufspürte, was sie gesucht hatte, schlängelte sich unter dem Bett hervor, schnappte sich ein Zündholz und hielt es an das kleine Krautbällchen. Sie atmete einmal tief ein und hustete. »Ich glaube auch nicht, dass es Triton, Shuft oder Shurk waren, aber ich finde, es riecht nach Slaime Sinisters Machenschaft.«

Netts Erektion schwoll ab. »Ja, nicht wahr?« Er riss ein Kissen an sich, das auf dem Bett lag, und bedeckte seinen Unterleib. »Hmmm, *Ränke*«, murmelte er. »Plötzlich, nach mehreren relativ ereignislosen Kapiteln, wird die Lage spannender. Vielleicht sollte ich Bobberts Angebot doch annehmen. Vielleicht sollte ich doch sein rechter Fuß werden.«

»Vielleicht solltest du es wirklich werden«, murmelte Kätzeleyn. Sie schenkte ihrem unbefriedigten Schoß einen wehmütigen Blick und seufzte. »Ich kann auch selbst für mich sorgen. Wie üblich.«

Lord Netthard Quark lächelte. »Gut, einverstanden. Ich werde mich nach Königsafter begeben! Ich muss die Neuigkeit noch verkünden!« Er ließ das Kissen fallen und verließ, noch immer nackt, den Raum.

Kätzeleyn schaute ihm hinterher. »Und da, guter Mann, geht er von hinnen, Euer Lord«, sagte sie zu Meyster Bleyster. Es erfüllt Euch gewiss mit Stolz, ein Teil der Quark-Denkfabrik zu sein, nicht wahr?«

»Und ob, Mylady«, sagte Bleyster. »Und ob.«

Ariola

Ariola Quark musterte ihre Schwester Salsa so finster, als sei sie ein auf Schleichwegen in die Küche vorgestoßenes mehrschwänziges Nagetier, das sich nun durch einen frisch erlegten Yak fraß, der eigentlich dazu bestimmt war, den Mittelpunkt des Feiertagsschmauses für die Brigade jener Ritter abzugeben, die Osterhasién vor dem Angriff eines außerirdischen Lebewesens bewahrt hatten, das so riesig und stark war, dass nur moderne Naturwissenschaftler es hätten beschreiben können, doch da es in Osterhasien keine modernen Naturwissenschaftler gab, musste es unbenannt und unbeschrieben bleiben, wobei es aber dennoch von den Rittern bezwungen worden war, die schließlich einen anderen Yak verspeisten, sodass sich am Ende doch noch alles zum Guten wandte.

Von ihrer atemberaubenden Makkaroniskulptur ganz in Anspruch genommen, nahm Salsa Quark den finsteren Blick ihrer Schwester gar nicht wahr.

Ariolas Wut war teilweise auf die Tatsache zurückzuführen, dass ihre Makkaronikunst nicht so gut war wie die Salsas. (Natürlich war sie nicht so gut: Bis zum Vortag hatte man in dieser Klasse genäht, doch Rektor Rectum, der Schulleiter, hatte verkündet, Nähen sei in Osterhasién eine brotlose Kunst – nur zu verständlich, denn in Osterhasién war es unmöglich, Gewänder zu nähen, die die ständig wechselhaften Elemente überleben konnten. Ariola pfiff auf das Wetter. Sie nähte nun mal gern. Ariola mochte keine Nudeln. Aber es war gleichgültig, was ihr gefiel oder nicht gefiel, denn ob es um Makkaroni oder ums Nähen ging: Es musste immer eine Art Wettstreit geben, mit dem man demonstrieren konnte, dass die Quark-Schwestern sich liebende Rivalinnen waren … ohne die Liebe natürlich). Ariolas Kreise waren Ovale, ihre Quadrate waren Dreiecke, und sie wusste ums Verrecken nicht, wie man Schichten legte. Salsa war nach nur wenigen Stunden Übung zur Nudelzauberin geworden, eine Expertin mit dem Geschick einer dreimal so alten Nudelkünstlerin, und das, ohne je zuvor eine Spaghetti angefasst zu haben. Im Moment arbeitete sie an ihrem Meisterstück: der Büste ihres netten Vaters Nett. Der Rest der Klasse begaffte sie bewundernd, und der Gesichtsausdruck der Lehrerin, Schwestyr Glynda Rosy Raegan Melvyn, zeigte eine Mischung aus Stolz und Ekstase.

Ariola hätte Salsas Statue gern in eine Million kleine Scherben zerschlagen und diese dann dazu verwendet, um der Schwestyr das Grinsen aus dem Gesicht zu kratzen. Doch da sie ein resolutes kleines Mädchen war, machte sie sich wieder an die Arbeit, entschlossen, ihre Statue genau so aussehen zu lassen, wie Salsas Torso aussehen würde, wenn man ihr die Gliedmaßen ausriss; nicht wie ein ovales Rechteck. Oder vielleicht wie ein rechteckiges Oval.

Sie hatte allerdings Probleme mit der Konzentration, da Salsa und ihre Freundinnen in einer Lautstärke quatschten, die für jeden Fusilli-Unterricht unpassend war. (Hätte Ariola gewagt, dies laut zu sagen, hätte Schwestyr

G.R.R.M. ihr Gesicht mit ihrem berüchtigten rostigen Schwert bearbeitet). Das Thema war, wie immer, Salsas Liebesleben.

Salsas blonde Freundin Jennyfer quäkte: »Doophy Bartresen is ja so in disch valiept!«

Ihre brünette Freundin Jennyfer fügte hinzu: »Untu lieps ihm ja auch so tolll!«

Ihre rothaarige Freundin Jennyfer prophezeite: »Ihr tut pestimmt pald heyroten!«

Ihre schwarzhaarige Freundin Mischelle meinte: »Dann kriekste pestimmt fille Kinders!«

Salsa warf eine Handvoll Ziti zu Boden und sagte: »Oh. Meine. Götter. Ihr habt ja alle *ein* an der Waffel! Ich glaub, ich glaub, ey, ich muss abkotzen. Äh, *bähhh!*«

Ariola musste sich heftigst zusammenreißen, um Salsa ihr ovales Rechteck nicht in die Kehle zu schieben.

Salsa fuhr fort: »Gestern geh ich so spazieren, und da steht der Doophy plötzlich vor mir, und er so ›Hei‹, und ich so ›Hei‹, und er so, ›Du siehst ja heute entzückend aus‹, und ich so ›Ich weiß‹, und da hab ich gesehen, wie er mich überall rum angeglotzt hat, ey, und ich so: ›Alda, du kux ja meine Titten‹, und er so ›Keineswegs.‹ Und da is er abgehauen. Krass, oder?«

Alle fünf Mädchen fingen an zu gackern wie Küken, die Mama um ein Frühstück oder ein Mittagsmahl anbetteln, und Ariola musste an sich halten, um sich nicht zu übergeben.

Exakt in diesem Moment kniete sich die Schwestyr neben Ariola hin, begutachtete ihr Ditalini und spöttelte: »Nennst du das etwa *Kunst,* Mädchen?«

»Nein«, spöttelte Ariola zurück. Sie deutete auf Salsas

Schöpfung und fügte hinzu: »Das da ist übrigens *auch* keine.«

»Nun, wie«, erkundigte sich die Schwestyr, »würdest du es dann nennen?«

»Mittagessen.«

»So spricht man nicht mit einer Schwestyr, junge Dame. Man macht auch keine unpassenden Bemerkungen.«

Ariola deutete auf die schnatternden Mädchen und meinte: *»Die* machen unpassende Bemerkungen.«

»Wenn jemand wie Salsa ein geniales Werk erschafft, machen wir eine Ausnahme«, räusperte sich die Schwestyr.

Ariola zog eine einzelne Braue hoch. »Noch nie hat jemand die Wörter *genial* und *Salsa* im gleichen Satz verwendet. Meine Schwester ist dümmer als ein Meter Feldweg. Die dumme Nuss macht alles über ihr Aussehen.« Dann fügte sie leiser hinzu: »Genau wie ihre Mutter.«

Schwestyr G.R.R.M. deutete auf die Tür und schrie: »Es ist mir gleichgültig, ob du eine Quark, eine Sinister, eine Thiergarten, eine Ahorn, eine Bartresen bist oder einer Familie aus den Bänden drei oder vier angehörst, deren Namen niemand aussprechen und/oder sich merken kann! Mit einer Schwestyr spricht man nicht in diesem Ton! *Raus!*«

Ariola warf eine Handvoll dreifarbiger Gemmeli in die Luft. »Mit Freuden!«, schrie sie und fegte durch den Raum, die Treppe hinunter und zur Eingangstür hinaus, wo sie dem tröstenden Pelz ihres geliebten Schattenpandas Miefi entgegeneilte. Miefi schleckte das Gesicht seiner Herrin schlabbernd ab, dann machte er ein fröhliches Schattenpandageräusch, denn soeben erspähte er seinen Bruder Böses Omen. Die beiden Tiere hampelten herum, als gäbe es keine Sorgen auf der Welt, was Ariola so wütend machte, dass sie Miefi befahl: *»Fass!«*

Miefi schaute Ariola fragend an, dann schenkte er Böses Omen einen noch schlabberigeren Schleck als ihr. Ariola stierte ihr Haustier und das andere voller Abscheu an und sagte: »Weicheier!«

»Maniqui[16], wie kannst du es wagen, meinen Schattenpanda zu dissen?«

Ariola wirbelte herum und lächelte ihren Vollhorst-Bruder Juan an. Dann eilte sie in seine ausgebreiteten Arme und sagte: »Götter sei dank, ein Quark mit Hirn!«

Juan drückte sie an sich, doch als er den Ausdruck auf ihrem Gesicht bemerkte, sagte er: *»Mierda*[17], den Blick kenne ich doch!«

»Ja.« Ariola zog eine Schnute. »Salsa ist ganz die Alte!«

Juan nahm ihre Hand. »Komm, *mi querido*[18], ich habe etwas, das dich aufmuntern wird.« Er führte Ariola zum Turnierplatz hinter dem Schloss, wo eine Schar junger Männer in Rüstungen paarweise und schwerfällig mit Schwertern aufeinander einschlugen. Am anderen Ende der Wiese blies ein in ein kurzärmeliges Kettenhemd und zu enge Kettenhöschen gekleideter Mann in eine Pfeife und schrie: »Also echt, ihr Süßen; das ist wirklich die jämmerlichste Zurschaustellung eines Fechtmanövers, die ich seit Sommern gesehen habe! Nun aber hurtig die Knie fünfzigmal gebeugt! Und wenn ich auch nur einen sehe, der keinen Matsch frisst, darf er ein paar Runden drehen!

---

16 Dummfutz (Aber er hat es *ganz ganz* lieb gesagt, weil er Ariola gern hat. Ist das nicht süß?)

17 Kot!

18 Meine Liebe.

Ach was, ihr werdet *alle* ein paar Runden drehen!« Er lief zur Platzmitte und schlug zwei Knaben auf den Helm. »Ihr beiden Dummerchen, lasst eure Schwänze los und packt euer Eisen! Ich möchte euch ein bisschen kämpfen sehen!«

»Jawoll, Sör Detleff!«, schrien die Knaben wie aus einem Munde.

Als Sör Detleff sich von den Knaben entfernte, bemerkte er Juan, deutete auf ihn und sagte: »Meine Damen, da ist ein Kerl, den Sie sich mal anschauen sollten! Er ist ein Vollhorst, aber er hat's echt drauf.«

»Jawoll, Sör Detleff«, wiederholten die Knaben.

»Möchtet Ihr meine Klasse übernehmen?«, fragte der Lehrer Juan. »Diese Stoffbeutelträger treiben mich noch in den Wahnsinn!«

Bevor Juan antworten konnte, zirpte einer der von Sör Detleff zusammengeschissenen Knaben: »Ich bin kampfbereit, Sör.«

»Ich ebenfalls!«, piepste der zweite.

Juan beugte sich zu Ariola hinüber und sagte: »Kommen dir die Stimmen bekannt vor?«

Ariola grinste. »Bobb und Doophy!«

»Correcto!«[19]

Ariolas Grinsen wurde breiter, dann zischte sie: »Es könnte spaßig werden. Bobb wird den Boden mit ihm aufwischen. Salsas Freund wird in die *Knie* gehen!«

Juan runzelte die Stirn. »Ich fürchte, das wird er nicht tun.«

»Du wettest gegen Bobb?«, fragte Ariola. »Er ist doch viel besser als Dooph. Sogar *ich* bin besser als Dooph.«

---

19 Stimmt!

»Es kommt nicht darauf an, wer *besser* ist«, erläuterte Juan. »Es geht um Politik.«

Bevor Ariola fragen konnte, was Politik mit einem Kampf zu tun hatte, vernahm sie das vertraute Geräusch von Stahl, der auf Stahl schlug. Nach fünf Klirrern in der ersten Runde fiel Bobb laut klatschend auf den matschigen Boden. »Autsch, autsch, autsch«, sagte er mit leiser Stimme. »Nie zuvor war mir eine solch peinliche Niederlage beschieden. Ich weiß nicht, was mehr schmerzt: meine Seele oder mein Bein.«

Dooph hob sein Schwert in die Luft, sprang auf und ab und kicherte. »Ja, ich, ich, ich! Ich bin der größte Fechter aller Zeiten! Ja, ich, ich, ich!«

Bobb stand auf. Er wirkte nicht im Geringsten beschädigt und nahm seinen Helm ab. »Ja, du bist der Größte, Dooph«, sagte er. Dann schauten er und Sör Detleff sich an und verdrehten die Augen im Kopfe.

»Bobb hat ihn gewinnen lassen, was?«, sagte Ariola zu Juan.

»Si.« Juan nickte.

»Warum?«

»Weil Dooph ein *quejumbrosa poco perra*[20] ist. Wenn er von einem Quark geschlagen wird, wird er seinem Vater was vorheulen. Und wenn er seinem Vater was vorheult, wird sein Vater Lord Quark was vorheulen. Wenn der König Lord Quark was vorheult, wird Lord Quark Bobb was vorheulen, und dann hört das Geheul nicht mehr auf, weil Dooph ein *quejumbrosa poco perra* ist.«

Ariola erkundigte sich mit einem boshaften Grinsen:

20 Kleine Heulsuse.

»Weiß Salsa, dass ihr künftiger Gatte eine *quejumbrosa poco perra* ist?«

»Nein«, erwiderte Juan. »Die *Idiota*[21] ist vor Liebe blind.«

Dooph stolperte auf sie zu, nahm den Helm ab und fragte Ariola: »Ich entschuldige mich, dass du es mit ansehen musstest. Es muss dir sehr peinlich sein zu sehen, wie deinem Blute Böses widerfährt.«

Ariola sah über Doophs Schulter hinweg: Bobb zeigte dem jungen Prinz Bartresen einen Vogel. Ariola biss sich auf die Zunge, um vor Lachen nicht herauszuplatzen. »Ich habe noch nie eine solche Vorstellung gesehen und muss wirklich sagen, dass du dir nicht vorstellen kannst, wie peinlich berührt ich bin.«

Als Dooph davongaloppierte, sagte Ariola zu Juan: »Doophrey Bartresen und Salsa Quark sind dermaßen füreinander bestimmt, dass man es nur im Himmel ausgekocht haben kann.«

Juan setzte eine finstere Miene auf. »Oder im *infierno.*«[22]

---

21 Idiotin. (Dies war eigentlich nicht das Wort, nach dem Juan gesucht hatte, aber allem Anschein nach gibt es kein spanisches Wort für »Schwachmatin«. Wenn Sie eins kennen, kontaktieren Sie uns bitte unter Sommerpeltz@gmail.com)

22 Hölle. (Boah ey, wie dramatisch. Ganz ganz *ganz* dramatisch.)

Brandy

Brandy Quark ließ eine Serie qualvoller Tröter ab, die noch zwei Etagen unter ihm spürbar waren, und schaute seufzend aus dem Fenster. Unten auf der Wiese standen Bobb und Juan und schossen Pfeile auf eine frisch errichtete Matschstatue ab, die Doophrey Bartresen verdächtig ähnlich sah. Juan schoss etwas besser als Bobb. Bei jedem Fehlschuss fauchte Bobb *»Bastard«*. Juan reagierte darauf mit »*Vollhorst,* meinst du wohl«. Brandy hatte keine Ahnung, worüber sie sprachen, aber es war ihm auch egal. Er wollte eigentlich nur eins: Bei seinen Brüdern sein, wenn sie etwas erlebten. Leider, er wusste es, würde es dazu nie kommen. Nicht nur, weil er halt noch ein Dreikäsehoch war; auch wegen seiner unbeherrschbaren Flatulenzen.

Brandy mühte sich redlich, seine gastrointestinalen Angelegenheiten zu steuern, und befolgte den Ratschlag der besten sommerpeltzischen Ärzte: »Iss massenhaft rohe Zwiebeln!« Brandy vermutete inzwischen, dass das Gemüse an seinem Problem schuld war, doch um seine Eltern nicht zu verärgern, mampfte er bei jeder Mahlzeit eine Riesenzwiebel. Er wusste, dass es unangenehm war, wenn andere sein Kommen und Gehen rochen, aber vielleicht zeigte das Heilmittel ja irgendwann Erfolg.

Von seinem Schlafgemach gelangweilt, hüpfte Brandy

aus dem Fenster und zog sich aufs Schlossdach hinauf. Das Dach war seine zweite Heimat, ein Ort, an dem er mit seinen Gedanken und Fürzen allein sein konnte; ein Ort, an dem ihn niemand aufzog, weil er klein war und übel roch; ein Ort, an dem er er selbst sein konnte.

Brandy fiel auf, dass Bobb und Juan das Bogenschießen eingestellt hatten und auf ihren Schattenpandas herumritten. Er schüttelte den Kopf, denn er wusste, dass er seinen Lecki nie besteigen würde. Es war erniedrigend, und wenn es jemanden gab, der wusste, wie es war, wenn man erniedrigt wurde, dann er. Bobb und Juans Schattenpandas hatten bald auch die Schnauze voll vom Vergnügen ihrer Herrchen: Sie warfen sie ab und liefen in Richtung Stadt, wobei Bobb und Juan ihnen dichtauf folgten. Erneut gelangweilt strolchte Brandy am Rand des Schlossdaches entlang und balancierte über den Sims, als hätte er nie etwas anderes getan.

Als er am Eckwasserspeier vorbeikam, hörte er aus dem Raum unter sich die Stimmen eines Mannes und einer Frau. Beide klangen hochnäsig und transportierten eine Arroganz, bei der es ihn schüttelte. »Netthard Quark wird nie im Leben ein guter Fuß sein«, sagte der Mann. »Er regiert so ungelenk, wie ein Dodo fliegt.«

»Ist dir eigentlich klar, wie grauenhaft deine Metaphern sind?«, erwiderte die Frau.

»Meine Metaphern sind großartig«, gab der Mann quengelnd zurück. »Sie sind wie matschige Blumen an einem warmen Sommertag.«

»Hör bloß auf«, sagte die Frau. Nach einer kurzen Pause fuhr sie fort: »Hinsichtlich deiner Bewertung des gegenwärtigen Regimes will ich aber nicht mit dir streiten. Die

Steuern sind hoch, die Arbeitslosigkeit auch, und die Zinsen sowieso.«

»Das Volk macht aber einen glücklichen Eindruck«, sagte der Mann.

»Das Volk, das Volk«, fiel die Frau ihm ins Wort. »Es geht immer um das Volk. Wer immer nur an das Volk denkt, kann kein guter Führer sein. Schau dir König Schorsch vom Haus Busch an. Dem ist das Volk kotegal, und das Haus Busch herrscht über die reichste Region Osterhasiéns. Wenn du Doophys Fuß werden willst, solltest du den kleinen Sack dazu bewegen, es König Schorsch nachzumachen.«

»Gute Idee. Hör mal, hast du schon mit Tante Kola und Onkel Pepsi gesprochen?«

»Nein. Ich muss ihnen noch ein Rabengramm schicken.«

»Tja, darüber brauchst du dir keine Sorgen mehr zu machen.«

»Wieso?«, fragte die Frau.

»Weil sie im Schloss auf uns warten.«

Die Frau stöhnte auf. »Die kreuzen immer auf, ohne uns vorher ein Rabengramm zu schicken. Wir sind nie auf sie vorbereitet.« Sie hielt kurz inne und fragte dann: »Da wir gerade von vorbereitet sprechen, was ist eigentlich da unten los? Macht dir irgendwas Sorgen?«

»Was?« Der Mann kicherte, klang aber in Brandys Ohren nervös. »Ich soll mir Sorgen machen? Ich mach mir überhaupt keine Sorgen. Mir geht's gut. Offen gesagt, geht es mir *großartig.*«

»Was hält dich dann auf?«

»Ich bin müde«, jammerte der Mann. »Ich kann nicht immer auf Befehl arbeiten.«

»Geh nicht in die Defensive«, sagte die Frau. »Das passiert vielen Kerlen.«

»Aber doch nicht mir!«, stieß der Mann hervor.

»Abgesehen von letzter Woche«, sagte die Frau.

»Ich war betrunken.«

»Meinetwegen.« Nach einer kurzen Pause sagte die Frau: »Möchtest du, dass ich ihn küsse?«

»Das wollte ich ja von Anfang an.«

»Warum hast du das nicht gesagt?«, fragte sie. Dann hörte Brandy schlürfende Geräusche, die ihn zum Kichern brachten. Er legte eine Hand auf seinen Mund, um sich nicht zu verraten.

Ein, zwei Minuten später sagte die Frau: »Noch immer nichts.«

»Komm, lass mich mal was versuchen«, sagte der Mann.

Brandy hörte ein leises Klatschgeräusch. Er kniete sich hin, um besser zu erkennen, was sich da abspielte, doch dann rutschte er aus und fiel vom Dach. Wäre es ihm nicht gelungen, den Fenstersims des Raumes zu packen, dessen Bewohner er belauschte, wäre er am Boden aufgeschlagen.

Als er sich hinaufzog, schrien der Mann und die Frau gleichzeitig auf. Als er die Nase über die Fensterbank schob, sah er Königin Cerevix Bartresen und Sör Slaime Sinister, ihren auch als Königsnichtmörder bekannten Zwillingsbruder. Die Königin lag bis auf ihre mit Juwelen besetzte Krone unbekleidet auf dem Bett, während der Königsnichtmörder pudelnackt seine schlaffe, schrumpfende Männlichkeit wie ein Schwert umfasst hielt. Es war zwar nur ein Kurzschwert, aber dennoch ein Schwert.

Slaime ließ seinen Penis los, riss ein Bettlaken an sich

und hüllte sich darin ein. »Was hast du gesehen?«, wollte er wissen.

»Was ich gesehen habe?«, erwiderte Brandy. »Einen Bruder und eine Schwester, die das tun, was auch die meisten anderen Brüder und Schwestern in Osterhasién tun, weil laut jenen, die dergleichen schon mal gesehen haben, Osterhasién das Land ist, in dem Brüder und Schwestern dergleichen tun. Was ich gesehen habe, wurde bereits auf Papier und Mattscheibe ausführlich dokumentiert. Deswegen ist es unmöglich, nicht zu wissen, was ich hier gesehen habe.« Er hielt kurz inne und meint dann: »Nachdem all dies gesagt ist, weiß ich aber eigentlich nicht genau, was ich gesehen habe. Aber nach viel sah es nicht aus.«

»Genau, Brandy«, spöttelte Königin Cerevix. »So viel war es auch nicht.«

Slaime fuhr zu seiner Schwester herum und brüllte: *»Du sagst doch selbst, das kann jedem mal passieren!«*

»Nein«, erwiderte die Königin. »Ich habe gesagt, es passiert vielen. Dreh mir die Worte bloß nicht im Mund herum.« Sie stand auf und packte ihr Gewand. »Und wenn wir schon mal dabei sind: Dreh mir überhaupt nichts im Mund herum! Wir sind hier fertig.«

Slaime wurde knallrot, und wenn es überhaupt möglich war, schrumpfte seine Männlichkeit noch mehr zusammen. *»Wir sind fertig, wenn ich sage, dass wir fertig sind!«*, schrie er.

Die Königin deutete auf den Schritt ihres Bruders und sagte: »Sag ihm das!«

Nach einem lautlosen Schrei fuhr Slaime Sinister zu Brandy herum und zischte vorwurfsvoll: »Das ist deine

Schuld, du Quark-Abschaum. Es hat alles geklappt, bis du hier reingeplatzt bist.«

Cerevix lachte kurz und bellend auf. Dann bellte sie weiter: »Natürlich, liebstes Brüderlein. Natürlich.«

Slaime ignorierte sie. »Dafür wirst du zahlen, Bube«, sagte er zu Brandy.

Die Königin deutete lachend auf Brandy und spöttelte: »Zieh ihm das Höschen runter und schau nach, ob er seine Chance nutzen möchte, liebstes Brüderlein.« Sie ließ das Gewand von ihren Schultern gleiten und enthüllte ihre straffen Brüste. »Gefallen sie dir, Brandy?«

Brandy stammelte errötend: »Ich … ich … ich … habe nichts, womit ich sie vergleichen könnte.«

Einen Sekundenbruchteil später kniete Slaime genau vor Brandy. Ihre Nasen waren nur wenige Zoll voneinander entfernt. »Hör zu, Bube«, sagte der Königsnichtmörder leise. »Erstens hat meine Schwester die schönsten Möpse in ganz Osterhasién; also solltest du ihnen lieber gebührenden Respekt zollen. Zweitens: Alles, was du hier gesehen hast, hast du *nicht* gesehen. Verstanden?«

»Was ich gesehen habe?«, wiederholte Brandy. »Einen Bruder und eine Schwester, die das tun, was auch die meisten anderen Brüder und Schwestern in Osterhasién tun, weil laut jenen, die dergleichen schon mal gesehen haben …«

»Wie gesagt, Brandy, du hast nicht *viel* gesehen«, fiel Cerevix ihm ins Wort.

»Du hast jede Menge gesehen!«, brüllte Slaime. Dann stieß er ein wortloses Grollen aus, packte Brandy am Kragen und warf ihn zum Fenster hinaus.

Auf dem Weg nach unten ging Brandy der eigenartigste

Gedanke aller Zeiten durch den Kopf; ein Gedanke, der in ihm den Eindruck erweckte, dies schon mal erlebt zu haben; ein Gedanke, der sowohl aus dem Nirgendwo wie aus dem Überall kam; ein Gedanke, der ihm wie aus rechtlichen Gründen ins Kapitel eingefügt vorkam: *Ist dergleichen nicht schon mal passiert? Und ist es nicht auf andere Weise passiert – auf ernsthaftere, weniger komische? Und vielleicht ist es gar nicht mir passiert, sondern einer anderen Version meines Ichs … Einer Version meines Ichs, die liebenswert und knuddelig ist und überhaupt nicht weiß, was Inzest ist. Und die auch viel seltener furzt …*

Nachdem er am Boden angekommen war, entlud sich Brandy mit einem Geräusch, das wie ein Winseln klang. Dann wurde die ganze Welt braun.

Triton

Am meisten hasste Triton Sinister eigentlich das Problem, dass er nicht inkognito durch die Straßen schlendern konnte. Soweit er wusste, war er der größte Mensch des Kontinents – der größte Angehörige der königlichen Familie war er ohnehin –, und so überraschte es ihn auch nicht, dass die Mehrheit der normal großen Bürger ihn jeden Tag aufs Neue begafften. Weh tat es ihm aber trotzdem. Heute Morgen schlenderte er durch das Wahlmarkt-Einkaufszentrum in der Innenstadt von Sommerpeltz und spürte Hunderte von abschätzigen Blicken. Wie immer ging es ihm mächtig auf den Keks. Als er sich auf den Rückweg machen wollte, stolperte er über etwas, von dem er wusste, dass es ihn aufheitern würde: seinen Neffen.

Doophrey Bartresen stand vor der Auslage eines Krämers. Er war in ein flauschig-weißes Piratenhemd und die für ihn typischen rosafarbenen Pluderhosen gekleidet und gaffte einen turmhohen Diamantenhaufen an. Dann nahm er den dicksten Edelstein in die Hand, hielt ihn dicht ans Auge und inspizierte ihn, als wüsste er, was er da sah. Schließlich klemmte er ihn zwischen die Zähne, biss zu und spuckte ihn dann zusammen mit drei Zähnen aus. »Ich nehm ihn«, lispelte er dem Krämer zu.

Während Dooph seiner Börse eine Handvoll Scheine

entnahm, eilte Triton auf leisen Sohlen zu ihm hin, blieb linkerhand ein Stück hinter ihm stehen, langte über Doophs Kopf hinweg und tippte auf seine rechte Schulter. Der Knabe wirbelte nach rechts herum, sah aber nur ein Nichts. Dann wechselte Triton huschend auf Doophs andere Seite und tippte auf seine linke Schulter. Dooph fuhr erneut herum, sah aber auch diesmal nichts. Als Triton begriff, dass er den ganzen Tag so weitermachen konnte, sagte er: »He, Alda, 101 n. Chr. hat angerufen. Es möchte seine Frisur zurück.«

Doophrey strahlte. »Onkel Triton! Du bist so witzig!«

»Wie schön, dass es wenigstens einen Menschen gibt, der in dieser Sache mit mir übereinstimmt. Und wenn es auch nur ein Sekundärbegabter wie du ist, der Ziegenpeter für einen Namen hält.«

Dooph kratzte sich am Kopf. »Was meinst du damit?«

»Ach, lass nur«, sagte Triton. »Hast du schon gehört, was dein Kumpel Brandy gemacht hat?«

»Hat er gefurzt?«

Triton verdrehte die Augen im Kopfe und seufzte. »Natürlich hat er gefurzt, Alda. Nein, er ist vom Dach gefallen. Er wird wahrscheinlich sterben. Vielleicht aber auch nicht.« Eine Sekunde später fügte er hinzu: »Eigentlich weiß ich ja, was mit ihm passiert, aber ich darf es nicht sagen, weil ich nicht weiß, wie viel finstere Omen ich hier vom Stapel lassen darf.«

Dooph gaffte ihn sinnleer an.

»Du weißt nicht, was ein Omen ist, was?«

Dooph schüttelte den Kopf.

»Hätte ich auch nicht vermutet.« Triton nahm einen der Diamanten des Krämers an sich und reichte ihn

Dooph. »Hier, noch was zum Nachtisch, Einstein. Viel Vergnügen.«

»Danke.« Dooph grinste und schob sich das Juwel in den Mund. Ein neuer Biss, ein neuer abgebrochener Zahn. Und ein weiteres Augenrollen Onkel Tritons.

»Gütige Götter, Dooph, du wirst mit jedem vergehenden Tag königlicher. Kann's kaum erwarten, dass Bobbert ins Gras beißt und du das Kommando übernimmst.« Einen Atemzug später meinte er: »Scheiße. Ich glaube, ich habe zu viel ge-oment. Geh lieber Lord Nett und Lady Kätzeleyn besuchen und sag ihnen, dass dir die Sache mit Brandy leidtut.«

Dooph nahm einen weiteren Diamanten an sich. »Aber es tut mir doch gar nicht leid.«

»Das ist doch egal. Du bist Politiker. Sei also politisch. Sei brav. Und zwar sofort.«

»Will ich aber nicht«, heulte Dooph los. »Du bist doch nicht mein Herr!«

»Hör mal, Junge, ich habe nur noch einen Nerv, und auf dem trampelst du herum. Besuch jetzt die Quarks!«

»Nein!«

»Nein?«

»Nein!«

Triton stierte Dooph an und murmelte: »Bring mich nicht dazu, dich zu zitzen, Alda.«

»Na, mach doch. Zitz mich ruhig, Onkel! Wenn ich etwas nicht will, will ich es eben nicht. Dagegen kannst du nichts machen!«

»Na schön. Mach dir mal eine geistige Notiz dieser ... Ach, warte, ich sehe, du hast kein Papier mehr. Wahrscheinlich rennst du deswegen immer unbewaffnet in einen geistigen Wettstreit. Normale Menschen leben und lernen, du aber lebst nur. Aber fang jetzt bloß nicht an zu denken; du könntest dir das Hirn verrenken. Du weißt ja, dass wir mit den Affen verwandt sind, aber du bist ihnen ein besonders naher Verwandter. Ich würde dich ja fragen, wie alt du bist, aber ich bezweifle, dass du so weit zählen kannst. Hör mal, kannst du mir mal dein Gesicht leihen? Mein Arsch möchte nämlich mal Urlaub machen …«

Dooph, dem die Tränen übers Gesicht strömten, rief: »Hör auf! Hör auf! Ich geh ja schon! Ich geh ja schon!« Und dann lief er zum Quark-Schloss, wobei er auf dem ganzen Weg vor sich hin quengelte.

Triton, nun wieder gut gelaunt, pfiff ein lustig Liedchen, dann wandte er sich auf dem Absatz um und prallte gegen Sandsturm Leguan, den Leibwächter der Familie Bartresen. »Hab gesehn, was Ihr Prinz Doophrey angetan habt, Triton«, fauchte der Dreiarmige. »Es gefällt mir nicht.«

Triton packte Sandsturms Männlichkeit und erwiderte: »Wirklich? Tja, wie gefällt dir das, Graubacke? Wenn Hässlichkeit ein Verbrechen wäre, würde man dich köpfen. *Ssssst!*«

Sandsturm lag im Matsch. Als hätte man ihm einen Dolch ins Herz gestoßen. Als er von hinnen kroch, drohte er dem Riesen mit der Faust und rief: »Ihr werdet noch von mir hören, Triton Sinister!«

Triton schaute den Juwelenkrämer achselzuckend an. »Wenn das kein böses Omen ist.«

Der Krämer nickte. »Und was für eins!«

Lolyta

Lolyta Thiergarten war nackt, aber sie schämte sich nicht im Geringsten.

Die Sonne näherte sich dem Horizont. Der Wind wehte aus östlicher Richtung. Das Gras wogte. Die Blätter wiegten sich in der Brise. Loly hielt das Gesicht in die Sonne und strahlte. Als die gelbe Kugel ihr Antlitz wärmte, rührte sich etwas in ihren Lenden. Da sie nicht anders konnte, ließ sie sich ins warme Gras sinken, legte sich auf den Rücken, schob eine Hand in Richtung Unterleib und Zeige- und Mittelfinger in die Wärme zwischen den Beinen. Da ihr empfindlichster Bereich immer feuchter wurde. Die Welt verschwand, und es gab nur noch sie. Sie allein.

Als Loly sich der Schwelle näherte, hörte sie eine Stimme sagen: »Du machst mich echt scharf, Schnucki.« Loly öffnete die Augen, und da war Vladymyr. Er kniete neben ihr. Seine Hände schwebten über ihrem Nippel. »Möchtest du, dass ich mal Zwicki-Zwicki mache?«, fragte er.

Lolys Hirn sagte »Nein«, aber ihr Mund sagte »Ja.«

»Wie du möchtest, meine KÖNIGSBRATZE.« Und dann, als sie die Feuchtigkeit zwischen ihren Schenkeln streichelte, zwickte Vladymyr Thiergarten so fest wie er nur konnte, in den Nippel seiner Schwester.

Genau dann, in eben diesem Moment, als der Schmerz am größten war, spürte Loly die Entladung, nach der sie sich in jedem einzelnen Moment jedes einzelnen Tages sehnte. Sie stieß ein lautloses Stöhnen aus, und dann …

Loly öffnete die Augen. Die Wirklichkeit brach mit voller Wucht über sie herein. Sie lag gar nicht auf einer wunderschönen Wiese und wurde auch nicht von ihrem Bruder bearbeitet: Sie lag in ihrem Bett, am Morgen des Tages, an dem sie Iwan Drago ehelichen sollte. Einen kurzen Augenblick lang wusste sie nicht, was ihr verlockender erschien: die Zärtlichkeiten der Hand ihres weibischen Bruders oder jemanden zu heiraten, der halb Mensch, halb Pferd war. Nachdem sie eine Weile darüber nachgesonnen hatte, legte sie fest, dass sie unentschlossen war. Aber wenn sie in den Hafen der Ehe einlief, kriegte sie einen Riesenhaufen Geschenke, also stand sie auf, zog ihr Hochzeitskleid über (das aus einer Kordel und zwei Federn bestand), rief die Magistrata Illinois, damit sie den Vorhochzeitsbrunch besorgte, und latschte dann ins Speisezimmer.

Was gab es für ein tolles Essen!

Die Vorspeise bestand aus einer drei Fuß langen, zwei Fuß dicken Zitronenbrotscheibe, die mit rohen Klumpen Eber-, Yak-, Kalb-, Fasan- und Eidechsenfleisch belegt war. Nachdem sie es mit Bullensamenbutter bestrichen hatte, verzehrte sie jeden einzelnen Zoll der Scheibe und schleckte anschließend den Teller ab. Dann brachte Illinois Loly den ersten Gang, einen fußhohen Haufen mit Baumrinde gewürztes Schnabeltierrührei. Auch diesmal aß die künftige KÖNIGSBRATZE jeden Krümel auf und schleckte alles Übrige vom Teller. Dann kam der Hauptgang: drei Dutzend fein gehackte Zwiebeln, zu einer Skulptur von Iwan Dragos Männlichkeit geformt. Nachdem Loly dieses Kunstwerk angeschaut hatte, fiel sie darüber her, als hätte sie in einer Million Sommer weder eine Zwiebel noch eine Männlichkeit gesehen. Das Dessert war der am wenigsten erinnerungswürdige Teil der Mahlzeit, aber trotzdem beeindruckend: Matschobst, besprüht mit einer Zutat, von der die Donkosacken glaubten, sie sei ihre größte kulinarische Leckerei: Matsch. Auch diesmal säuberte sie den Teller, ohne ihn jedoch abzulecken.

Nachdem sie sich vom Tisch abgestoßen hatte, rülpste Loly und rief der Magistrata zu: »Yo, Illinois, jetzt lassen wir's krachen! Was kommt als Nächstes?«

Illinois kam in den Raum gelaufen und sagte: »Ihr werdet Eure Geschenke entgegennehmen, KÖNIGSBRATZE. Danach begebt Ihr Euch ins Zentrum der Stadt, um Iwan Dragos Angetraute zu werden.«

Loly klatschte wie ein Kind in die Hände (was sie ja auch war, wenngleich mit der Libido dreier Erwachsener) und quietschte: »Hurra! Hurra! Hurra! Geschenke! Geschenke! Geschenke! Her damit! Her damit! Her damit!«

Die Magistrata Illinois reichte Loly dann ein Geschenk nach dem anderen, doch nicht eins fand sie auch nur im Geringsten knorke, denn alles war nur Nippes und von Donkosacken für Donkosacken gemacht. Doch die Familie Thiergarten war, von Vladymyr abgesehen, eine gut erzogene Brut, weswegen Loly zu Illinois sagte: »Schick Danksagungen an alle. Aber denk daran, dass diese Leute nicht lesen können: Investiere nicht zu viel Zeit in sie.«

»Wie Ihr wünscht, KÖNIGSBRATZE.« Illinois knickste. »Aber es gibt noch ein weiteres Geschenk.« Sie reichte Loly eine große unauffällige Schachtel, auf der ZERBRECHLICH stand.

»Die kann nicht von einem Donkosacken sein«, sagte Loly lächelnd. »Weil die gar nicht wissen, was *zerbrechlich* bedeutet.« Dann brachen die beiden in ein endlos langes Gelächter aus.

Als sie wieder Haltung gewonnen hatte, öffnete Loly die Schachtel, und nachdem sie sich durch einen Haufen Styropor gegraben hatte, entnahm sie derselben ein blaues Ei. Und dann ein rotes. Und dann eins in lila. Und dann ein grünes. Und dann ein oranges. Und dann ein gelbes. Und dann einen Zettel, den sie der Magistrata reichte.

Illinois räusperte sich und las vor: »An die einzige und künftige KÖNIGSBRATZE. Ich offeriere Euch diese Eier. Ich weiß nicht, um welche Art Eier es sich handelt, aber ich weiß, dass sie wichtig sind, also lasst sie nicht fallen. Und lasst sie mindestens 249 Seiten lang ausbrüten. Was Ihr auch tut, BALANCIERT SIE UNTER KEINEN UMSTÄNDEN AUF EUREN SCHULTERN, WÄHREND IHR DURCH EIN FEUER SCHREITET.«

Die Magistrata fragte Loly: »Warum sollte jemand mit Eiern auf den Schultern durch ein Feuer schreiten?«

Loly zuckte die Achseln. »Keine Ahnung. Das ist ja wohl das Albernste, was ich je gehört habe. Durch ein Feuer zu schreiten – mit Eiern auf den Schultern … Was für ein einmalig lächerlicher Quatsch.« Sie nahm das blaue Ei in die Hand und ließ es prompt fallen.

Ohne das gefallene Ei zu bemerken, las die Magistrata auch den Rest des Schreibens vor: »P.S. Lasst die Eier nicht fallen. Besonders nicht das blaue.«

»Was ist denn so Besonderes an dem blauen Ei?«, fragte Loly. »Warum nicht das gelbe? Oder das grüne?« Bevor sie den Gedanken beenden konnte, wurde sie von einem Gestank überwältigt, der schlimmer war als eine donkosackische Kläranlage. Als sie aus dem Raum floh, wäre es ihr beinahe hochgekommen.

Nachdem sie den üblen Geschmack mit etwas Zwiebelsaft von ihrer Zunge entfernt hatte, hetzte Loly zu einer großen Haube in der Stadtmitte, unter der Iwan Drago, ein donkosackischer Geistlicher und Vladymyr schon auf sie warteten. Bevor sie jedoch unter die Haube kam, zog Vladymyr sie beiseite und hauchte ihr zu: »Vergiss nicht, wenn Fury hier stirbt, bin ich König.«

»Oder Königin«, murmelte Loly.

»Das habe ich gehört«, nuschelte Vladymyr, wirbelte herum und marschierte direkt in das Hinterteil eines Donkosackers. Dieser bockte instinktiv und versetzte ihm einen Tritt in die Bauchgegend. Vladymyr klappte zusammen, setzte sich auf den Boden und zuckte. »Gottverdammt noch mal«, heulte er. »Du hast Matsch über meinen Anzug verstreut.«

Iwan Drago grunzte Loly an, dann winkte er sie zur Haube. Er nickte dem Geistlichen zu und sagte: »Uga buga.«

Der Geistliche erwiderte sein Nicken und sagte zustimmend »Uga buga.« Schließlich wandte er sich den versammelten Donkosacken zu und predigte. »Buga buga bugitty buh! Unga dunga Iwan Drago bobbity bobbity bobbity Lolyta Thiergarten, Prinzessin von Entenhausen, zippa-di-du-da! Blahbitty blah blah, na na na na, hey, hey, giggidy giggidy guh, zabida babida zabida KÖNIGSBRATZE!«

Die Menge stieß ein fast gewalttätiges Jubeln aus, woraufhin der Geistliche Loly und Iwan Drago signalisierte, dass sie sich küssen sollten. Iwan Drago kniete sich hin und schob sein Gesicht ein bis zwei Zoll vor Lolys Gesicht, scheinbar aufgeregt, weil er den ersten Schritt tun musste. Nach einer peinlichen Minute packte Lolyta Iwan Dragos langen Pferdeschwanz, zog sein Gesicht näher heran und drückte ihre Lippen auf die seinen. Iwan Drago stöhnte auf, und seine Pferdemännlichkeit schwoll aufgrund von dem, was verdammt noch mal, in den Adern eines Donkosackers kreist, an.

Loly und Iwan Drago lösten sich voneinander, dann sang die Menge aus voller Kehle: »Bunga bunga KÖNIGSBRATZE! Bunga bunga KÖNIGSBRATZE! Bunga bunga KÖNIGSBRATZE!« Dann schüttete man Flaschen über Flaschen donkosackischen Weins über beide Thiergartens aus.

Die Thiergartens leckten den Wein von ihren jeweiligen Lippen und fielen gleich darauf mit dem Gesicht nach unten in den Matsch.

Die Menge verfiel in Schweigen. Iwan Drago und der Geistliche musterten die gestürzten Thiergartens für den Bruchteil einer Sekunde, dann stieß der Geistliche Vladymyr vorsichtig mit dem Zeh an. Vladymyr regte sich nicht. Der Geistliche schaute Iwan Drago an. Iwan Drago schaute den Geistlichen an. Der Geistliche atmete tief durch und sagte: »Was hältst du davon?«

Iwan beugte sich über Loly und hielt eine Hand vor ihren Mund. »Perfekt. Am Leben, aber ohnmächtig.« Er wandte sich zur Menge um und sagte: »Na gut, in zehn Minuten sind sie wieder wach; zünden wir also diese Kerze an. Hiermit erkläre ich den fünfzehnten Kongress der Bruderschaft des Politbüros der Donkosacker zur Errichtung eines marxistischen Staats für eröffnet. Der erste Punkt unserer Tagesordnung ist der letzte Punkt der letzten Tagesordnung und besagt, dass wir eine Entscheidung über unseren Wahlspruch treffen. Ich persönlich meine, unser Wahlspruch sollte etwas über unsere gemeinsame Philosophie aussagen, und nicht über uns als Pferdevolk.«

Jemand rief aus der Menge heraus: »Wieso denn? Alle Pferdemenschen sind gleich! Alles dreht sich nur um die Gleichheit der Massen!«

»Das ist mir klar, Iwan Bill«, verkündete Iwan Drago. »Aber wenn alle Pferdemenschen gleich sind, was bringt es uns dann, dies gesondert zu erwähnen? Das ist doch eine Selbstverständlichkeit. Wenn wir uns darauf konzentrieren, bringen wir nichts voran, sondern stellen nur das Offensichtliche fest. Falls du dich erinnerst, Iwan Bill, hat Iwan Dave gesagt: ›Die Geschichte wiederholt sich; zuerst als Tragödie, dann als Farce, und schließlich als epische Fantasy.‹ Was unsere Philosophie meiner Meinung nach recht gut zusammenfasst. Wir werden alle aus unseren Fehlern lernen und aus der Zukunft einen besseren Ort machen müssen, in dem jeder in einem aus seinem Blickwinkel erzählten Kapitel den Star spielen kann, selbst wenn er später im Buch sterben muss. Womit hast du bei der letzten Sitzung noch mal gekontert?«

»Alle für einen, einer für alle«, sagte Iwan Bill.

Iwan Drago schüttelte den Kopf. »Welchen Bezug hat das denn zum Marxismus? Und wo wir gerade dabei sind: Zu was hat es *überhaupt* Bezug?«

»Es ist eine simple Zusammenfassung der kommunistischen Theorie«, erklärte Iwan Bill.

»Meiner Ansicht nach etwas *zu* simpel«, rief eine weibliche Stimme aus dem Hintergrund. »Und doof.«

»Wir wär's, wenn wir darüber abstimmen?«, meinte

Iwan Bill. »Iwan Daves Karl-Marx-Kopie gegen meine eingängige kleine Parole?«

»Sie ist nicht eingängig«, sagte die Frau. »Sie ist doof. Wenn wir simplistisch sein wollen, könnten wir auch ›Alle Macht dem Proletariat‹ oder so was rufen.«

»Das ist von Lenin!«, rief jemand. »Wir sind aber Marxisten!«

Genau in diesem Moment ließ Vladymyr ein lautes Schnarchen ertönen. Iwan Drago sagte: »Ach, Scheiße! Sie werden schon wieder wach. Die Sitzung wird vertagt. *Hasta la victoria siempre!*«

Und die Menge schrie: »Dem Sieg immer entgegen!«

Einige Sekunden später setzte Loly sich hin, blinzelte Iwan Drago an und sagte: »Was ist passiert?«

»Uga buga«, sagte ihr neuer Gatte und zwickte sie in den Nippel.

Loly schenkte ihm ein schlüpfriges Grinsen. »Wie wär's, wenn wir unsere Ehe vollziehen?«

Iwan Drago deutete auf seine angeschwollene Pferdemenschenmännlichkeit, dann auf die Haube und sagte: »Bugi ugi ugi?«

Loly, die annahm, dass er gleich hier und jetzt, vor den Augen aller Anwesenden, die Ehe vollziehen wollte (was eine korrekte Annahme war, da der Vollzug vor aller Augen eins der Dinge ist, die die Literaturkritiker als besonders erinnerungswürdiges [wenn nicht sogar eine Spur fetischistisches] Plotelement zitiert haben), zuckte die Achseln, legte ihr winziges Hochzeitskleid ab, spreizte die Schenkel, streichelte die Pferdemännlichkeit ihres Gatten und sagte: »Klar, Iwan Drago, scheiß der Hund drauf, lass uns bunga bunga.«

Juan

Juan schlich auf Zehenspitzen in Brandys Schlafgemach. Der Zustand des Knaben erschreckte ihn. »Mein armer *hermano seudo*[23]«, brummte er. »Ich werde den *cabron*[24] vernichten, der dir wehgetan hat! Der Mann, der dich in dieses Bett gebracht hat, wird dafür mit seinem Leben bezahlen!«

Brandy machte die Augen auf. »Oh, he, Juan.« Er lächelte. *»Cómo está usted*[25], Vollhorst?«

Juan legte die Hand auf Brandys Schulter. »Sag mir, wo es dich schmerzt, *semental pastels*[26].«

Brandy reckte sich, als sei er gerade aus einem tiefen und friedlichen Schläfchen erwacht (und so war es auch). »Nirgendwo«, sagte er.

»Hier auch nicht?« Juan haute auf Brandys Bizeps.

»Ja, *jetzt* schon.« Brandy strich über die ihn nun schmerzende Stelle.

Juan tätschelte den Arm des Knaben und sagte leise: »Na, komm, kleiner Soldat. Du bist bald wieder heil.«

»Ich bin jetzt schon heil.« Brandy setzte sich hin, um den Versuch zu wagen, aus dem Bett zu steigen. Bevor

---

23 Pseudobruder.

24 Bitte eigenes Schimpfwort einfügen. Je vulgärer, desto besser.

25 Wie geht's, Vollhorst?

26 Bürschlein.

seine Füße den Boden jedoch berührten, boxte Juan ihm in den Magen. Brandy klappte hustend zusammen. »He, lass den Quatsch!«

»Du bist ziemlich schwach, Brandy.« Juan versetzte seinem Bruder mit dem Handrücken eine Ohrfeige. »Du musst dich ausruhen. Leg dich hin und schlafe.«

»Aber ich bin doch gar nicht müde, und ich kann jetzt bestimmt nicht wieder einschl...«

Bevor Brandy den Satz beenden konnte, drosch Juan mit dem Knauf seines Schwertes auf seine Schläfe.

Als Brandy gänzlich besinnungslos war, streichelte Juan liebevoll und sanft seine Wange. »Ruhe, braves Prinzlein«, sagte er leise. »Erhole dich. Werde gesund. Dann bist du im Nu wieder auf den Beinen.« Er schlich auf Zehenspitzen zur Tür zurück. Bevor er den Raum jedoch verlassen konnte, prallte er mit jemandem oder etwas zusammen. *»Mil perdones*[27]«, sagte er.

»Hör mit dieser komischen Sprache auf, Vollhorst. Ich befehle dir: Sprich einen sonderbaren, schrägen Dialekt! Du bist in Sommerpeltz, wo sich alle Menschen eines sonderbaren, schrägen Dialekts befleißigen. Warum sie dies tun, weiß ich auch nicht. Ich weiß nur, dass man hier ›götterverdammt‹ statt ›gottverdammt‹ sagt, Sir mit ›ö‹ schreibt und bei vielen Worten das ›e‹ am Ende weglässt.«

Juan wirbelte herum. Er stand Lady Kätzeleyn Quark von Angesicht zu Angesicht gegenüber. Sie schauten sich eine Weile an, dann fragte er: »Warum seid Ihr immer so grob zu mir, Mylady? Warum mögt Ihr mich nicht?«

»Hm«, machte Kätzeleyn nachdenklich. »Ja, wieso mag

27 Bitte tausendmal um Vergebung.

ich dich eigentlich nicht? Lass mich nachdenken. Ach ja: *Mein Gatte hat irgendeine Schlampe gepoppt, und du bist das Ergebnis.«* Sie atmete tief durch, rieb sich die Schläfen und entschuldigte sich. »Entschuldige. Ladys sollten sich nicht so vulgär ausdrücken. Aber ich habe einen langen Tag hinter mir, und Brandy hat solche Schmerzen …«

Brandys Augen öffneten sich, und er rief: »Mir tut überhaupt nichts weh, Mutter!«

Juan haute ihm mit der flachen Seite seiner Klinge auf den Kopf, und Brandy verlor erneut die Besinnung.

Kätzeleyn schaute ihren schlafenden Sohn an und sagte: »Wie ich gesagt, bevor ich auf *grobe* Weise unterbrochen wurde: Ich habe einen langen Tag hinter mir und muss mich erst mal entspannen.« Sie zog ein Häufchen Götterkraut aus ihrer Handtasche und fragte den Vollhorst: »Willst du auch was?«

»El infierno a los que si, perra![28]*«*, rief Juan lächelnd aus.

»Hab zwar keine Ahnung, was es bedeutet, aber ich nehme mal an, es heißt ›Lass uns was rauchen.‹«

»Sozusagen.«

Eine Viertelstunde später lagen Kätzeleyn und Juan auf dem Boden und stierten zur Zimmerdecke hinauf. Ihre Köpfe berührten sich. »Schlangen sind arme Bewohner der Hölle«, schwafelte Kätzeleyn. »Sie schlängeln sich durchs hohe Gras, bis sie die Tümpel der undurchsichtigen Eidechsen sehen. Versuchen ins sonnige Los Angeles zu kommen, buh-ja. Es ist der abscheuliche Dufflecoat, der mich aussehen lässt wie einen kontraproduktiven selbstmörderischen Möchtegernstrolch.«

---

28 Her mit dem Zeug, du Luder!

»Keine Ahnung, was das bedeuten soll«, sagte Juan, »aber es *soplando mi mente*[29].« Er hielt kurz inne und fügte dann hinzu: »Aber wenn ich ganz ehrlich bin, wäre es mir lieber, Ihr würdet *que sopla mi polla*[30].«

»Keine Ahnung, was das bedeutet.« Kätzeleyn inhalierte. »Aber es klingt echt gut.« Nach dem Ausstoß einer endlosen Rauchwolke fragte sie: »Was habe ich da vernommen? Du willst dich um Aufnahme in den Bund der Nachtwächter bewerben?«

»Oh, *caca*[31], ich muss mich ja noch von Ariola verabschieden!«

»Warum gerade von Ariola?«, fragte Kätzeleyn. »Wir sind doch gerade erst 101 Seiten weit gekommen, und du hast, soweit bekannt, gar keine echte Beziehung zu ihr. Wir wissen, dass du Brandy nahestehst, da du ihn ja am Krankenbett besucht hast …«

»Ich bin nicht krank«, rief Brandy.

»… und da du mit Bobb Bogenschießen warst, wissen wir, dass ihr Kumpane seid«, fuhr Kätzeleyn fort. »Und wir wissen auch, dass Nett, mein Gatte, dein Vollhorst-Vater ist.«

»Was wollt Ihr damit sagen?«, fragte Juan.

»Damit will ich sagen«, erwiderte Kätzeleyn, »dass du aus wer weiß wie vielen Gründen zur Mauer ziehst, um dort die Sau rauszulassen, und Ariola ist die einzige Angehörige meiner Familie, bei der du dich verabschieden willst? Was hat das zu *bedeuten*?«

Juan stand auf und bemühte sich, das Gleichgewicht zu

---

29 Erweitert mein Bewusstsein.

30 … mir den Schwanz lutschen.

31 A-A

halten. Als seine Beine auf festem Boden standen, rieb er seine roten Augen und sagte: »Was habt Ihr gerade gesagt?«

Kätzeleyn setzte sich hin und kratzte sich am Kopf. »Warte mal, worüber haben wir gesprochen?«, fragte sie.

»Hab ich vergessen«, sagte Juan.

»Ich auch.«

»Dann kann es nicht so wichtig gewesen sein.« Juan räusperte sich. »Also, ich geh dann mal zum Bund.«

»Falls die Lage an der Mauer schwierig wird, Vollhorst, vergiss eins nie: Bist du in deiner normalen Spießerstadt und hast einen normalen Spießertagtraum, vergiss ihn und warte auf den nächsten. Wie der Huh-hah-Typ damals gesagt hat: Spiel auf deiner Klampfe, Kleine; spiel auf deiner Klampfe.«

Eine einzelne Träne lief über Juans Wange. »Hab noch immer keine Ahnung, was das bedeuten soll, aber es ist sauschön, Mann.« Sie schauten sich mit bedeutungsvollen Blicken wortlos in die Augen, dann zog Juan sich auf leisen Sohlen zum Treppenhaus zurück. Doch bevor er den Raum verlassen konnte, prallte er mit irgendjemandem oder irgendetwas zusammen. *»Mil perdones, otra vez*[32]*«*, sagte er.

»Pass auf, wo du hingehst, Alda.«

Juan fuhr herum. Er stand Triton Sinister Auge in Brustkorb gegenüber. Sie stierten einander ein Weilchen an, dann sagte Juan: »Wer ist Alda?«

»Ist doch wurscht. Was hab ich da gehört: Du willst dich um Aufnahme in den Bund der Nachtwächter bemühen?«

---

32 Boah, ist mir das peinlich.

»*Wow*[33], das hat sich aber schnell rumgesprochen!«

»Hab mein Ohr ständig am Boden, Alda. Hör mal, wie kommst du denn zur Mauer?«

»Bänkjen Quark und ich reiten zusammen hin«, erläuterte Juan.

»Bänkjen Quark?!«, schrie Triton. »Er ist so hässlich, dass er blinde Kinder weinen macht! Aber das kann ich ihm nicht sagen, weil er, ähm, ähm, nämlich wahnsinnig ist. Hat er dir je die Geschichte von Hamburger Hill erzählt?«

»Nein.«

»Und von der Operation Eagle Pull?«

»Nein.«

»Dem Ho-Chi-Minh-Befehl?«

»Nein.«

»Der zweiten Schlacht von Quang Tri?«

»Nein.«

»Von der Tet-Offensive? Er *muss* dir doch von der Tet-Offensive erzählt haben.«

»Hat er nicht.«

»Ja, gut, ist auch besser so. Auf jeden Fall schließe ich mich dir an, Alda.«

»Warum?«

»Wir Vollhorste müssen zusammenhalten.« Triton lächelte. »Außerdem muss ich Sommerpeltz verlassen. Dieser Ort ist so aufregend wie das Beobachten von Farbe, die auf einem Grashalm trocknet.« Da Juans Miene keinerlei Reaktion zeigte, fragte Triton: »Ist wohl nicht witzig?«

»Eigentlich nicht«, erwiderte Juan.

---

33 Boah, ey!

»Ahhh, komm, lach mal, Zwiebelatem«, murmelte Triton. »Nicht jeder Witz kann gut sein. Wir sehen uns also morgen an der Stadtgrenze. Halt nach einem großen Mann Ausschau, der wie ich aussieht.« Dann schritt er von hinnen.

Juan ging rückwärts und auf Zehenspitzen treppab. Bevor er das Parterre erreichte, prallte er mit jemandem oder etwas zusammen. *»Mil perdones, otra vez, otra vez*[34]*«*, sagte er.

»He, pass auf, wo du hintrittst, Süßer.«

Juan fuhr herum und schaute ins Angesicht von Ariola Quark. Sie begutachteten sich eine Weile, dann sagte Juan: »Ich werde …«

»Ja, ja«, sagte Ariola, »ich weiß: Du wirst dich dem Bund anschließen.«

»Woher weißt du das?«, fragte der Vollhorst.

»Du hast es in diesem Kapitel millionenfach erwähnt.«

»Ach, wirklich?« Juan nickte. Dann zückte er sein Schwert, schwang es über die Schulter und schlitzte dabei ein unbezahlbares Gemälde auf. »Bevor ich gehe, möchte ich dir ein Geschenk machen.«

»Niemand macht mir Geschenke«, erwiderte Ariola grinsend. »Geschenke kriegt nur Salsa, was ganz schön doof ist, weil sie so eine Nervensäge ist.« Sie umarmte Juan und sagte: »Juan Nieve, du bist der beste Vollhorst-Bruder, den ein Mädchen haben kann.«

Juan lächelte, dann streckte er sein Schwert aus.

Ariola schluckte. »Das kann ich doch nicht annehmen.«

Juan schraubte den Schwertgriff ab und zog aus dem

---

34 Das ist mir ja noch viel peinlicher!

langen Schwert ein kürzeres heraus. Er schraubte den Griff des kürzeren Schwertes ab und entnahm diesem ein noch kürzeres. Dann schraubte er den Griff des noch kürzeren Schwertes ab und entnahm diesem ein noch kürzeres. Dieses Wäffchen hielt er Ariola hin und sagte: »Das kannst du doch annehmen, oder?«

Ariola nahm ihr Geschenk aus Juans Hand entgegen, hielt es zwischen Daumen und Zeigefinger und schwenkte es durch die Luft. »Es ist wunderschön. Ich werde es *Spritze* nennen.«

Netthard

König Bobbert Bartresen stierte traurig in seinen gewaltigen Grogkrug und sagte: »Bist du Googlit Altavista schon mal begegnet?«

»Ich glaube nicht«, erklärte Lord Netthard Quark. »Wer ist er? Oder ist er eine Sie? An den Namen, die die Leute auf diesem götterverlassenen Kontinent ihren Rotznasen geben, kann man nie erkennen, was für'n Geschlecht sie haben.«

»Sie ist eine Sie. Und flüchtig.« Bobbert seufzte. »Die liebliche Googlit Altavista. Freundlich. Herzlich. Prächtig. Ohne Würgereflex. Hat nie ausgespuckt. Aber ich hab sie sausen lassen.« Er trank einen Schluck aus dem Krug und sagte dann: »Ich bin ihr bei einem Turnier begegnet. Sie mochte mich sofort. Damals war ich ja auch viel dünner …«

»Stimmt«, sagte Nett.

»… und hatte mehr Haare. Und ich hab ihn *immer* hochgekriegt, wenn ich wollte, und so *oft* ich wollte.«

Nett, dem es unangenehm war, in welche Richtung sich das Gespräch entwickelte, sagte: »Müssten wir nicht längst unterwegs sein? Königsafter wartet auf uns.« Er deutete auf die vielen hundert Männer, Frauen, Kinder und Pferde, die ihren Lagerplatz umgaben. »Und ich bin mir auch sicher, dass diese Leute nach Hause, ihren osterhasischen

Pflichten nachkommen und all ihre Verwandten sehr liebhaben wollen.«

Ein Gluckern ertönte, dann sagte Bobbert: »Königsafter und diese Leute können mich am Arsche lecken.« Er wurde lauter, schwenkte die Faust und rief seinem Gefolge zu: *»Ihr seid eine undankbare Bande!«* Er schaute Nett an und prophezeite: »Ich gebe dir zwei Wochen, dann wirst du jeden Bewohner dieses götterverdammten Ortes hassen. Nein, sagen wir *eine* Woche. Ach was, einen Tag! Oder sagen wir ein Kapitel. Ach, was, höchstens eine Seite. Und jetzt zurück zu Googlit und ihrer Kehle: Sie war tiefer als tief. Sie hat mir ihre Zunge immer …«

»Na schön«, wurde er von Nett unterbrochen. »Es reicht.«

»Bitte«, sagte Bobbert. »Du bist ja vielleicht der hinterletzte Spießer.« Er leerte seinen Krug und meinte: »Wir beide, Quarki, haben etwas gemeinsam, obwohl du wahrscheinlich gar nichts davon weißt.«

»Was denn?«, fragte Nett.

»Vollhorste. Ich habe auch einen.«

»Danke, dass du es mir mitteilst«, sagte Nett.

»Eigentlich«, nuschelte Bobbert, »habe ich sogar zwölf.«

Nett verschluckte sich fast an seinem Grog. *»Zwölf?!«*

Bobbert zuckte die Achseln. »Vielleicht auch mehr.«

»Weiß Cerevix davon?«

»Wen interessiert das schon?« Bobbert zuckte die Achseln. »Die Schlampe liebt mich ja nicht mal. Außerdem ist sie so frigide, wie die Mauer kalt ist. Und außerdem ist sie eine Schlampe.«

Nett hätte ihm gern zugestimmt, aber er hielt seine Zunge im Zaum.

»Überall laufen Vollhorste von mir rum«, fuhr Bobbert fort. »Ich habe hier einen und da einen. Hier hab ich einen Vollhorst, da hab ich einen Vollhorst, und überall hab ich auch noch einen.«

Er rülpste. Nett wich der zu ihm hinüberwehenden Alkoholfahne seines Freundes aus. Dann stand er auf und riet dem König in seiner neuen Funktion als sein rechter Fuß: »Ist Zeit, dass wir gehen. Kannst du noch fahren? Oder soll ich die Zügel halten?«

Der König hievte sich von seinem Hocker hoch und landete prompt mit dem Hintern im Matsch. »Nee, ich bin voll da«, behauptete er.

Nett und Bobberts Reise nach Königsafter war lang und langweilig und es überhaupt nicht wert, sie zu erzählen. Wenn Sie sich jetzt übers Ohr gehauen fühlen, lesen Sie diesen Absatz 261mal, dann wissen Sie genau, wie lang und monoton ihre Reise war.

Als die Bartresen-Quark-Reisegesellschaft – zu der aus vielleicht nicht ganz ersichtlichen Gründen (vielleicht aber doch) – auch Salsa und Ariola gehörten, *endlich* ihren Bestimmungsort erreichte, wurde sie am Schlosstor von einem blassen engelhaften Männlein empfangen, das ihnen vorlog: »Es ist mir eine große Ehre, den König und seinen neuen Fuß daheim willkommen zu heißen! Nichts auf der Welt erfreut mich mehr, als dass ich meinen Blick auf diese beiden transluziden Wesen richten darf. Ich bin während dieser meiner Worte, wie man bei uns daheim zu sagen pflegt, vor Entzücken steif.«

»Er ist nicht steif«, sagte Bobbert zu Nett. »Er ist ein Eunuch.«

»Ich bin *kein* Eunuch«, sagte das Männlein stur. Es

schnallte seinen Gürtel auf und fragte Nett: »Wollt Ihr, dass ich es Euch beweise?«

Nett rieb seufzend seine Schläfen. »Nein, ist schon in Ordnung. Ich glaube Euch.«

Bobbert sprang von seinem Ross. »Darf ich dir meinen Sekretär vorstellen? Lord Pitter Varikose Bayliss. Du kannst ihn Piephahn nennen. Er ist vielleicht klein, aber er erledigt die Arbeit von zwei Männern.« Netts und Piephahns Fäuste pufften aufeinander, dann fragte Bobbert Piephahn, ob ihm, während er in Sommerpeltz gewesen war, etwas entgangen sei.

Piephahn schaute listig nach rechts, dann nach links und murmelte schließlich: »Es gibt Neuigkeiten aus Donkosackingen. Man erzählt sich, Lolyta Thiergarten sei an den König der Zentauren verhökert worden.« Nach einigen weiteren listigen Blicken sagte er leise: »Es heißt, sie hätten es *im* Schloss miteinander getrieben.«

Bobbert rollte mit den Augen. »Unsinn«, quakte er. »Jeder weiß doch, dass die Donkosacken es nur unter freiem Himmel treiben, damit alle zuschauen können.« Er schaute Nett an. »Sag nichts, bevor du es selbst versucht hast.«

Nett kam das Frühstück hoch.

»Sonst noch was?«, erkundigte sich der König bei Piephahn.

»Bevor Ihr ginget, batet Ihr mich, mir für den Tag Eurer Rückkehr eine gute Vorahnung aus den Fingern zu saugen. Hier ist sie: Kommt keine Schlacht des Geistes mit dem Angehörigen einer rivalisierenden Familie zustande, wird Quanti Ahorns Sohn Bobbby über das Haus Ahorn herrschen, bevor der Sommer da ist.«

»Eine ausgezeichnete Vorahnung, Piephahn; einfach ausgezeichnet.« Bobbert fragte Nett: »He, Quarki, wann kommt der Sommer noch mal?«

Nett zuckte mit den Achseln. »Keine Ahnung. Ich weiß nur, dass er naht.«

»Weißt du das genau?«, fragte Bobbert. »Weißt du genau, dass der Sommer naht?«

»Ja, Hoheit. Der Sommer naht.«

»Ich will's ganz genau wissen: Der Sommer naht also?«

»Ja, der Sommer naht.«

»Um es ganz deutlich zu sagen: Naht der Sommer?«

»Ja, der Sommer naht.«

»Damit es auch hundertprozentig klar ist: Der Sommer naht?«

»Ja, der Sommer naht.«

»Ich kann also fest davon ausgehen, dass er naht?«

»Ja, der Sommer naht.«

»Toll.« König Bobbert lächelte. »Der Sommer naht. Und jetzt, wo das geklärt ist, gehen wir rein und trinken einen drauf.«

Kätzeleyn

Kätzeleyn Quark stand am Bett ihres Sohnes Brandy. Meyster Bleyster stand an der anderen Seite. Beide schauten den schlafenden Knaben traurig an. Kätzeleyn seufzte. »Keine Veränderung, hm?«

Bleyster ahmte Lady Quarks Seufzer nach und erklärte: »Nicht im Geringsten.«

Brandys Augen öffneten sich, und er sagte: »Natürlich verändert sich nichts. Weil es nichts gibt, das sich verändern könnte. Ich fühle mich großartig.«

Bleyster sagte mit einem Nicken: »Da bin ich mir ganz sicher, junger Mann.« Er flüsterte Kätzeleyn zu: »Er ist im Delirium.«

»Das hab ich gehört«, sagte Brandy laut. »Ich bin überhaupt nicht im Delirium!«

»Genau das würde jemand sagen, der im Delirium ist«, sagte Kätzeleyn leise.

»Ha-a-a-llo«, sagte Brandy. »Ich bin *hier*. Ich kann euch *hören.*«

Bleyster tätschelte seinen Arm und tröstete ihn. »Na, na, junger Freund … Bald wird es dir besser gehen.« Dann haute er dem jungen Quark fest auf die Nase.

Brandy keuchte: »He, das tut weh!«

»Ich weiß, dass du Schmerzen hast, Schätzchen«, sagte Kätzeleyn. »Aber bald wird es dir wieder gut gehen.«

Brandy brüllte *»Argh!«* und zog sich die Bettdecke übers Gesicht.

»So ist es richtig, mein Prinzchen«, sagte Kätzeleyn. »Schlaf dich gesund. Bald geht es dir wieder gut.«

Brandy schrie noch einmal *»Argh!«* und verfiel dann in Schweigen.

Genau in diesem Moment stürzte Bobb Quark in den Raum hinein und brüllte: »Lady Kätzeleyn, kommt mit hinunter! Ihr seid die nächste Kandidatin beim …« Dann versagte seine Stimme.

Nach einem Augenblick peinlicher Stille fragte Kätzeleyn: »Ich bin die nächste Kandidatin beim was?«

Bobb kratzte sich am Kopf. »Ich hab's vergessen. Wie geht's Brandy?«

»Bin quietschfidel«, sagte Brandy unter der Bettdecke hervor.

»Hat furchtbare Schmerzen«, widersprach Kätzeleyn.

»Ich bin sicher, er wird sich schnell erholen«, meinte Bobb. »Ma, da Pa jetzt den ganzen Scheiß in Königsafter regelt, müssen wir mal über die Kommandostruktur reden. Wer schmeißt hier den Laden?«

»Keine Ahnung«, sagte Kätzeleyn.

»Tja, das bin dann wohl ich«, führte Bobb aus. »Erstgeborene Knaben stehen über der Dame des Hauses. Also ich, und zwar immer.«

»Stimmt das?«, fragte Kätzeleyn. Sie hatte die endlose Charta des Hauses Quark seit vielen Jahreszeiten nicht mehr gelesen: Wenn man in einem irrsinnig langen Buch *mitspielt*, ist es fast unmöglich, darin auch noch ein irrsinnig langes Buch zu *lesen*, also bestand die Möglichkeit, dass Bobb recht hatte.

»Klar«, sagte Bobb. »Was? Glaubst du mir etwa nicht? Glaubst du, ich erfinde irgendein irres Gesetz, bloß damit ich den Anführer spielen kann? Hältst du mich für einen machtbesessenen Säbelrassler, der dieses Haus nur aus dem Grund in einen Krieg stürzen will, damit er erfährt, wie Blut schmeckt?«

Brandy schob den Kopf unter der Bettdecke hervor und sagte: »Ja.« Da stieß Meyster Bleyster den Knaben mit dem Ellbogen gegen den Kopf, sodass Brandy für den Rest des Kapitels in Schweigen verfiel.

»Ich bin der Erstgeborene, und jetzt hab ich das Sagen. *Ich hab das Kommando.*«

Von der Heftigkeit ihres Sohnes überrascht trat Kätzeleyn einen Schritt zurück. »Na schön, na schön, du hast das Kommando. Du hast das Kommando. Ich fass es nicht.« Dann dachte sie: *Das ist ja toll. Dann brauche ich ja in diesem Saftladen gar nichts mehr zu tun.*

Bobb verzog das Gesicht. »Warte mal, was soll das heißen, du brauchst nichts mehr zu tun?«, fragte er. »Und hältst du dieses Schloss wirklich für einen Saftladen?«

»Habe ich etwa laut gedacht?« Als Bobb nickte, grinste sie. »Ich hab nur gescherzt. Es war nur ein Ulk, Leute!«

Bobb sagte kopfschüttelnd: »Überlass die Witze Triton Sinister, Mama. Na schön, ich bin schon wieder weg. Meyster Bleyster, was haltet Ihr davon, wenn wir austüfteln, wie, wann und wo wir ein bisschen was in die Luft sprengen können?«

»Jawohl, Mylord-Stellvertreter.« Bleyster verbeugte sich.

Nachdem die beiden Männer gegangen waren, zog Kätzeleyn etwas Götterkraut zwischen ihren Brüsten hervor, steckte es an, inhalierte ein wenig und ließ sich auf dem Boden nieder. Als sie an der Wand lehnte, kam sie zu dem Schluss, dass es eine gute Idee war, einen Plan auszuarbeiten, wie sie das Haus Quark in Ordnung halten konnte, solange Nett fort war und den Fuß mimte und Bobb damit beschäftigt war, ein machtbesessener Säbelrassler zu sein. Doch dann kriegte sie Hunger und verlor den Faden.

Einige Züge später hörte sie auf der anderen Seite des Schlosses das Miauen einer Katzenschar … doch dies war alles andere als ungewöhnlich, da Geräuschhalluzinationen eine Nebenwirkung des Götterkrauts waren. Doch das Miauen wurde lauter und realer, also hievte sie sich auf die Beine und stolperte den Korridor entlang in die Richtung, aus der das Miauen kam: aus der Bibliothek.

Kätzeleyn zählte ein Dutzend Katzen, die wie benommen in der dunklen kleinen Bibliothek herumstrolchten, und zwar deswegen benommen, weil neben der Fantasy-Abteilung ein kleines Häufchen Götterkraut vor sich hin schwelte. Sie erinnerte sich nicht daran, in der Bibliothek gegötterkrautet zu haben, doch da sie dazu neigte, sich sowieso nicht an viel zu erinnern, war sie nicht sonderlich besorgt.

Nachdem sie das Feuerchen ausgetreten hatte, kehrte sie in Brandys Zimmer zurück, wo sie … sich selbst begegnete. Kätzeleyn lächelte ihre Doppelgängerin an und sagte: »Jessas, bist du ’ne schöne Frau!«

Die Lady sagte lächelnd: »Wie auch Ihr, Mylady. Ich entschuldige mich für mein unangemeldetes Eindringen, aber ich wollte Euch schon seit Langem kennenlernen, weil ich glaube, dass wir tolle Freundinnen werden werden, weil ich, abgesehen von der Tatsache, dass wir uns bemerkenswert ähnlich sehen, auch weiß, dass Ihr am Altar Rastamarleys betet.«

»Man sagt, dass ich es gelegentlich tue«, gab Kätzeleyn zu.

Ihre Doppelgängerin zog einen zwiebelgroßen Ballen Götterkraut aus dem Nichts hervor und hielt ihn ihr hin. »Ich entbiete Euch dieses Geschenk, Mylady. Ein Geschenk von einer Verehrerin an die andere.«

Kätzeleyn gaffte den Krautballen an. »Der ist aber groß«, sagte sie. »Den kann ich ja allein gar nicht durchziehen. Wollt Ihr Euch nicht zu mir gesellen?«

»Nein«, sagte die Doppelgängerin. »Er ist für Euch ganz allein. Es ist mir eine Freude. Und ich möchte Euch noch darauf hinweisen, dass er so rein ist, dass man ihn kauen kann.«

»Dann werde ich ihn kauen«, rief Kätzeleyn aus und schob einen dicken Klumpen zwischen Wange und Zahnfleisch.

Ein Schlucken später verschwand der Raum, und Kätzeleyn Quark fand sich schwebend in einer roten Leere wieder. Das Herz schlug ihr bis zum Halse. Schweiß brach ihr aus, bis sie klatschnass war, und sie fing an zu keuchen. Als sie durch das scharlachfarbene Nichts trieb, bebte ihr Körper so heftig, als ritte sie einen hungrigen Gaul, der nach Hafer und Zwiebeln gierte. Dann wurde ihr gesamter Leib von hellem warmem Licht eingehüllt und sie empfand ein transzendentes Gefühl des Friedens.

Kätzeleyn hatte keine Ahnung, wie lange es dauerte, bis sie ihre geistigen Fähigkeiten zurückerlangte, doch als sie sich in etwas fand, das einem normalen Bewusstsein ähnelte, blutete ihre Hand. Ihr Fast-Zwilling lag zusammengesackt in einer Ecke; das Gesicht eine Mischung aus Schwarz, Blau und Blut. Kätzeleyn schaute sich im Zimmer um und sichtete auf Brandys Bett ein blutiges Messer. Sie zählte zwei und zwei zusammen, und obwohl sie dabei auf Fünf kam, begriff sie, dass die falsche Kätzeleyn versucht hatte, Brandy zu töten.

In diesem Moment beschloss Lady Kätzeleyn Quark, dass es äußerst wichtig (nein, lebenswichtig; nein, unerlässlich) war, ihre Truppen zu sammeln und nach Königsafter zu reisen, weil das alle Adligen in Sommerpeltz taten, wenn jemand versuchte, einen Angehörigen ihrer Familie zu töten: Man rief einen Trupp aus Menschen und Rössern zusammen und begab sich von einem Ort zum anderen.

Triton

Triton Sinister und Juan Nieve begaben sich auf die Reise zur Mauer, die so lang und langweilig war, dass es sich nicht lohnt, sie hier zu beschreiben. Falls Sie wissen wollen, wie der Trip so ausfiel, schauen Sie sich *Easy Rider* ohne Ton an und lauschen dabei Marionetta Schlomka, die Ihnen die Welt erklärt, Sie dummes, unwissendes Kind.

Salsa

»Oh. Meine. Götter. Schnucki, du bist, ähm, *voll* endslieb und so!«

Schnucki, Salsa Quarks Schattenpanda, war zwar alles andere als die schärfste Zwiebel im Einkaufsnetz, aber das hinderte Salsa nicht daran, das Tier zu lieben, als wäre es so klug wie der große osterhasische Wissenschaftler Styfen Hoffkyng. Salsa liebte, streichelte und drückte Schucki und nannte ihn George, was Schnucki ganz schön verwirrte, weil er, obwohl nicht sonderlich helle, seinen Namen kannte.

Die beiden schlenderten am matschigen Ufer des matschigen Königsafter-Flusses entlang, wobei der Matsch ihre Füße und Pfoten bematschte, und waren völlig sorglos mit nichts Besonderem beschäftigt. Jedenfalls glaubte Salsa dies. In Wahrheit aber hatte sie nichts anderes im Kopf als Doophrey Bartresen und seine Ritterlichkeit, und dass sie ein tolles Paar abgeben würden. Und dass sie ihn lieben und streicheln und an sich drücken und George nennen würde. Aber sie wusste nicht genau, ob ihm dies gefallen würde. Deswegen war sie sich, sobald es um Dooph ging, keiner Sache mehr sicher.

Salsa hörte eine Stimme »Denk schneller!« rufen, dann spürte sie einen Schlag auf ihren Hinterkopf.

»Oh. Meine. Götter«, jammerte sie vor sich hin. »Das tut *voll* weh!«

Ariola holte Salsa ein – ihr Schattenpanda Miefi folgte ihr auf dem Fuße – und sagte lachend: »Du Waschlappen. Dabei hab ich nicht mal feste geworfen!«

»Egal«, sagte Salsa aufgebracht und stampfte von hinnen. Schnucki blieb jedoch stehen und fing an, Miefi zu hätscheln … wobei sein Gehätschel unterhalb von Miefis Gürtellinie stattfand.

Noch immer lachend sagte Ariola: »Joi, sieht ganz so aus, als würde die Inzestphilosophie unseres Volkes auch vor der Schattenpanda-Gemeinschaft nicht haltmachen.«

Salsa hielt inne und fragte: »Was, ähm, is'n Inzest?« Sie wandte sich um und sah, dass Schnucki Miefi mit seiner langen Schattenpandazunge verwöhnte.

»Das da«, sagte Ariola, »ist Inzest.«

»Bäääähhhh«, heulte Salsa los. »Das ist ja *voll definitiv* endseklig!«

»Wenn Lebewesen, gleich welcher Art, sich nicht in diesem Tun üben – Schattenpandas, Menschen und alle anderen –, stirbt ihre Rasse aus. Kein Vorspiel bedeutet keinen Zeugungsakt, und kein Zeugungsakt bedeutet kein Leben.«

Salsa kratzte sich am Kopf. »Check ich ned.«

»Was checkst du nicht?«, fragte Ariola.

»Alles.«

Ariola verzog das Gesicht und fragte: »Hat Mutter denn nicht mit dir darüber gesprochen?«

»Vielleicht ja, und ich hab's nur vergessen.«

Ariola deutete zu Boden und befahl: »Setzen.« Als die Mädchen es sich im Matsch bequem gemacht hatten, sagte sie: »Wenn zwei Menschen sich ganz ganz ganz doll lieb haben, kriegen sie gewisse Gefühle. Sie empfinden Erregung, und ihre Geschlechtsorgane – das des Mannes heißt Penis, das der Frau wird Vagina genannt – werden dann ganz ganz ganz berührungsempfindlich … aber auf eine schöne Weise.« Dann erklärte die jüngere Quark-Schwester der älteren, wie Lord Netthard und Lady Kätzeleyn so eine weitere Quark-Schwester erschaffen konnten, sollte ihnen der Sinn danach stehen.

Nachdem Ariolas Vortrag beendet war, schnippte Salsa ein wenig Matsch auf ihr Kleid und verkündete: »Oh. Meine. Götter. Das ist ja *voll definitiv* madig.«

»In ein paar Jahren denkst du wahrscheinlich anders darüber.« Ariola zuckte die Achseln. Dann bebte der Boden, und ein Ross kam aus dem Wald gesprengt, das von Doophrey Bartresen geritten wurde. Als Ariola Salsas bewundernden Blick gewahrte, sagte sie: »Vielleicht auch schon in ein paar Minuten.«

Salsa winkte Dooph zu und löste sich vom klebrigen Matsch. Als Doophs Ross vor ihnen anhielt, sagte sie: »Du siehst *voll* porno aus, Dooph. Aber *voll*, ey!«

Dooph schenkte Salsa ein Lächeln, mit dem man Zwiebeln hätte verspeisen können, und stimmte ihr zu. »Finde ich auch.« Dann: Schweigen.

»Glaubst, ich seh auch bombe aus, Dooph?«, fragte Salsa.

»Was? Oh. Ja. Sicher. Du siehst großartig aus.«

Salsa kicherte, schlug den Blick züchtig nieder und sagte: »Ähm, danke. Komm doch mal runter. Wir ham was zu labern.« Nachdem Dooph von seinem Ross gehüpft war, nahm Salsa seine Hand und zog den zögerlichen Thronanwärter zum Flussufer. »Ich hab nämlich heute was *voll* Krasses gehört.«

»Was denn?«, erkundigte sich Dooph.

»Na schön, also … Wenn zwei Menschen sich, ähm, ganz ganz ganz doll lieb haben, kriegen sie, ähm ganz ganz dolle Gefühle, erregende Gefühle oder so, und ihre Geschlechtsteile werden dann krass berührungsempfindlich.« Die ältere Quark-Schwester erläuterte dem noch dümmeren Bartresen-Nachwuchs, wie man mittels Geschlechtsverkehr weiteren Bartresen-Nachwuchs erschaffen konnte, sollte einem der Sinn danach stehen.

Nach dem Ende ihrer Rede gaffte Doophrey Salsa an und sagte: »Wie abstoßend.«

Salsa betrachtet die anschwellende Beule unter Doophs rosafarbenem Beinkleid und sagte: »Meinste? Könnte auch voll *krass* sein.« Sie machte einen Schritt auf Dooph zu und küsste ihn auf die Wange. Dooph zuckte zusammen und stieß sie fort. Obwohl sein Schubser kein fester Schubster gewesen war, blieben Salsas Füße im Matsch stecken, weswegen sie das Gleichgewicht verlor und in den Fluss stürzte.

Ariola, die vergessen hatte, dass sie erst vor wenigen Kapiteln eine ernsthafte Rivalin ihrer Schwester gewesen war, trat mitten in Doophs Gesicht und fauchte: »Sie mag ja eine Idiotin und *voll* behämmert sein, und vielleicht ist sie auch eine Zicke und hält sich für die Göttin der Makkaronistatuen, aber sie ist meine *Schwester*, und der einzige Mensch, der sie ins Wasser werfen darf, bin ich.« Dann zog sie das Schwert namens Spritze hinter ihrem Ohr hervor. »Du hast meine Familie beleidigt, deswegen werden wir nun bis zum Tod kämpfen. Am besten passt du gut auf, weil nämlich gleich hinter der nächsten Ecke massenweise Kämpfe bis zum Tod stattfinden. Und hinter der übernächsten Ecke auch. Und hinter der über-übernächsten.« Dann murmelte sie: »Jessas Chrystus, in dieser Mistgegend kämpft wirklich jeder um sein Leben. Irgendwann muss einfach jemand sagen, dass es nun genug ist. Wo sind die guten Lektoren, wenn man sie braucht?«

»Ich, ähm«, stotterte Doophrey, »glaube, ähm, nicht, dass dies eine, ähm, gute Idee ist, weil, ähm, du ein, ähm, kleines Mädchen bist, und ein Bartresen nicht mit dem Schwert in der Hand in den Krieg zieht, um gegen kleine Mädchen zu kämpfen.«

Ariola nahm Kampfposition ein und sagte provozierend: »Sagst du das vielleicht nur aus *Feigheit?«*

Doophrey klopfte auf seinen Brustkorb. »Ich fürchte mich vor nichts!«

Ariola stieß ihr Schwertchen in sein Gesicht, und er keuchte auf.

»Sicher, Dooph«, höhnte Ariola. »Du fürchtest dich vor nichts!« Sie tat das Schwert weg. »Du hast meine Familie beleidigt«, sagte sie. »Also müssen wir uns schlagen. Wenn Schwerter nicht deine Sache sind, darfst du eine andere Waffe wählen.«

Dooph schlug erneut auf seinen Brustkorb ein. »In einer Gripsschlacht wirst du mich niemals schlagen. *Niemals.«*

»Im Ernst?«, fragte Ariola. »Wir sollen unsere geistigen Kräfte messen?«

Dooph nickte zuversichtlich und prahlte: »In einem geistigen Wettstreit hat mich noch niemand geschlagen. *Niemand!«*

»Weil dich jeder gewinnen lässt, Blödmann«, sagte Ariola.

»Ich gewinne meine Kämpfe fair und anständig«, sagte

Dooph zuversichtlich. »Und jetzt wird es nicht anders sein. Du darfst sogar das Thema bestimmen.«

»Okay. Melvis Pressby.«

»Was ist Melvis Pressby?«

»In welchem Jahr«, fuhr Ariola fort, »hat Melvis sein Lied ›Du bist doch bloß 'ne Hunddogge‹ erstmals öffentlich vorgetragen?«

»Sein *was?*«

»Falsch! Es war im Jahr 8 nach König Ronybalds Geburt.«

»Moment mal …«

»Nächste Frage«, fiel Ariola ihm ins Wort. »Wer hat bei selbigem Lied und zahllosen anderen die Leitende Laute gespielt?«

»Häh?«

»Falsch! Es war Schrotty der Mohr, ein wahrer Künstler vor den Göttern.«

Dooph zog die Nase hoch und wischte sich etwas aus dem Auge. »Du bist wirklich, *wirklich* gemein, Ariola.«

»Reiß dich am Riemen, Bartresen. Die nächste Frage ist ganz einfach: Welches angelländische Knabenquartett hat Melvis Pressby über Nacht vom Thron geworfen, sodass keine Hunddogge mehr einen Knochen von ihm nehmen wollte, was ihn so depressiv machte, dass er sich zu Tode fraß?«

»Ähm, weiß isch ned. Vielleicht Moikel Tschexn?«

»Quatsch. Das war einfach nur geraten.« Ariola musterte Doophs Miene. »Hör mal, heulst du etwa?«

Dooph wischte sich eine Träne von der Wange und zog erneut das Näschen hoch. »Ich hasse dich, Ariola Quark! Du bist *doof!* Ich hoffe, du fällst tot um! Das erzähle ich alles meiner Mama!« Dann rannte er dem Forst entgegen, wobei er die ganze Zeit über vor sich hin quengelte.

»He!«, rief Ariola hinter ihm her. »Du hast dein Ross vergessen!«

Als Dooph außer Sichtweite war, drehte sie sich zu ihrer Schwester um. »Tja, ich schätze, ich hätte es mir sparen können, dir zu sagen, wie man Kinder macht, hm?«

Salsa schaute bewundernd zum Forst hinüber und sagte: »Oh. Meine. Götter. Doophrey Bartresen ist, ähm, *voll* der süßeste Checker ever. Ich werd mit seinem Penis *voll* gern Liebe machen.«

Ariola Quark kam der kalte Kaffee hoch.

Netthard

»Ihr Götter, bin ich hungrig«, quengelte Lord Netthard Quark. Er saß neben dem Thron und den Füßen des Königs auf dem Boden.

König Bobbert setzte seinen mit 1-A-Grog gefüllten Krug ab, stierte den dickflüssigen dunkelpurpurnen Inhalt an und sagte: »Wenn man jeden Tag ein paar Flaschen von diesem Zeug kippt, kommt einem die Fresslust eigentlich nicht mehr wie ein Problem vor. Oder besser gesagt: *Nichts* kommt einem dann noch wie ein Problem vor.«

Jetzt besinnungslos zu werden, kam Nett verlockend vor. Er war wirklich versucht, sich mit Grog zuzuschütten, denn Bobberts Prophezeiung hatte sich als wahr erwiesen: Es war Mist, einem König als rechter Fuß zu dienen. Abgesehen davon, dass er die zunehmend unberechenbarer werdende Hoheit auf der Spur halten musste, hatte er ständig Ärger am Hals: Wenn Königin Cerevix sich nicht gerade über den grauenhaften Zustand des Schlossmatschraums beschwerte, heulte Doophrey sich darüber aus, dass jemand sein Nynthendo 3DSDS gestohlen hatte. War Piephahn nicht gerade damit beschäftigt, das bisschen Autorität zu untergraben, das Nett hatte, greinte sich irgendein Bürger bei ihm darüber aus, dass sein Nachbar sein Weib, seinen Knecht, seine Magd und seinen Esel begehrte, ganz zu schweigen davon, dass er zu laut musizierte. Zog man all das in Betracht, war es eigentlich kein Wunder, dass Bobbert neunzig Prozent seines wachen Daseins im Rauschzustand zubrachte.

Ein anderer Grund, aus dem Nett mit seinem Freund sympathisierte, war der Thron.

Nett kannte die geheime Geschichte des Throns nicht, auf dem der König von Königsafter saß. Sie interessierte ihn nicht einmal, weil der, der den Thron entworfen hatte, ein sadistischer Spinner sein musste. Wer hat schon die Zeit, etwas über sadistische Spinner zu lesen, wenn kein Matsch drin vorkommt, den man durchwaten muss, keine Zwiebeln, die man essen muss, und keine Hauptdarsteller, die man töten kann? Die Thronrückseite war purer Standard – mit Juwelen besetzter schwarzer Samt, der, wenn er auch ein Blickfang war, sich am Rücken nicht gut anfühlen konnte –, aber ohne Armlehnen, und der Sitz ein weißes Porzellanrund mit einem riesigen Loch in der Mitte. Die Sitzgelegenheit selbst war hohl. Immer wenn König Bobbert ein Wind entfleuchte, was zwar nicht so oft vorkam wie bei Netts Sohn Brandy (aber dennoch ziemlich regelmäßig), hörte und spürte man das Echo im ganzen riesigen und ganz ganz ganz hohen Thronsaal. Manchmal hörte Nett auch andere Geräusche aus dem Thron kommen; Geräusche, die er weder identifizieren konnte noch wollte; Geräusche, die ihn froh machten, dass er nicht dort sitzen musste. (Der Thron der Königin, sollte man vielleicht noch erwähnen, war ein juwelenbesetzter Barhocker. Cerevix hatte versucht, die Verwaltung zu bewegen, ihr Geldmittel für einen echten Thronsessel zuzuweisen, war aber immer überstimmt worden; hauptsächlich weil es im Budgetkomitee niemanden gab, der sie leiden konnte.)

»Bevor ich einen hebe«, sagte Nett zu seinem Freund, »hätte ich gern etwas im Magen.«

Bobbert nickte. »Verstehe. Also lass uns was futtern gehen.« Er streckte die Hand aus. »Aber erst, wenn wir damit fertig sind.«

Nett blickte in die Richtung, in die Bobberts Finger zeigte, und sah seine jüngste Tochter, die sich im Griff von vier von Cerevix' Vettern wand. Man hatte Nett nach seiner Ankunft in Königsafter sämtlichen Sinisters vorgestellt, aber sie sahen alle so gleich aus, als pflanzten sie sich seit Jahrhunderten durch Inzucht fort. Ariola schrie und zappelte wie eine Kröte, die eine andere Kröte gefressen, aber nicht ganz verdaut hat; als spränge eben diese Kröte in ihrem Magen auf und nieder.

»Was geht da vor?«, frage Nett. »Hast du eine Kröte gefressen, ohne sie gänzlich zu verdauen?«

Königin Cerevix stolzierte so königlich in den Thronsaal, als sei sie eine Königin oder dergleichen. Ihr folgten vier blonde Sinister-Vettern. »Deine Tochter, Lord Quark«, erklärte Cerevix, »hat meinen Sohn zum Narren gemacht.«

»Was ist denn daran neu?«, lallte Bobbert.

»Ich weiß schon, wer heute Nacht auf dem Diwan schläft«, fauchte Cerevix. *»Wieder mal.«*

»Hm …«, knurrte Bobbert. »Du und welche Armee?«

Cerevix schenkte ihrem Gatten einen verwirrten Blick und sagte zu Nett: »Jedenfalls hat Ariola meinen Dooph mit einer tödlichen Waffe bedroht. Dann hat sie ihn beleidigt und schließlich noch sein Ross gestohlen. Er hat es nicht verdient, dass man ihn so behandelt, weder auf Papier noch auf der Mattscheibe.«

Nett schüttelte den Kopf. »Meine Königin«, meinte er dann. »Ariola kann doch kaum mehr wiegen als … Ähm, mit welchen Einheiten misst man hier? Mit Pfunden? Gramm? Mit Steinen? Mit Backsteinen?«

»Sagen wir einfach, sie ist ein dürrer kleiner Wildfang, und belassen es dabei«, sagte Bobbert.

»Schön«, stimmte Nett ihm zu. »Sie ist ein dürrer kleiner Wildfang, und Dooph ein strammer junger Mann …«

»Ich weiß nicht, ob *stramm* das richtige Wort ist«, sagte Bobbert. »Armer Tropf passt, glaube ich, besser zu ihm. Hast du schon mal einen Blick auf seine Beinkleider geworfen? In denen sieht er aus wie ein Waschlappen.«

»Ich schätze, ich weiß auch, wer *morgen* Nacht auf dem Diwan schläft«, fauchte Cerevix.

»Ach, wirklich?«, knurrte Bobbert. »Rutsch mir doch den Buckel runter.«

Cerevix schaute ihren Gatten verdattert an, dann sagt sie zu Nett: »Auf jeden Fall hat deine Tochter meinen Sohn beleidigt und sein Ross gestohlen.«

König Bobbert schnaubte höhnisch, dann kicherte er, dann lachte er schallend, und schließlich brüllte er vor Lachen. »Dein Sohn wurde von einem *Mädchen* verprügelt?«, sagte er schließlich, noch immer lachend.

»Er ist auch *dein* Sohn«, bemerkte die Königin.

»Kann schon sein«, erwiderte Bobbert achselzuckend. »Vielleicht aber auch nicht. Vielleicht werde ich die richtige Antwort irgendeines Tages erfahren.«

Irgendwo in weiter Ferne konnte man Juan Nieves Schattenpanda brummen hören.

»Ich schätze, ich weiß auch, wer *übermorgen* Nacht auf dem Diwan schläft«, fauchte Cerevix.

»Ach, wirklich?«, knurrte Bobbert. »Nun, ich weiß, dass du dort schläfst, aber wo werde ich schlafen?«

»Auf jeden Fall«, sagte Cerevix, »möchte ich wissen, Lord Quark, wie du deine Tochter zu bestrafen gedenkst?«

Nett sagte mit knurrendem Magen: »Ich kümmere mich später um sie. Wie wär's, wenn wir was beim Thai bestellen?«

Die Königin ignorierte den rechten Fuß ihres Gatten und sagte laut: »Ich weiß, was die perfekte Strafe ist: Drei Jahre schweren Inzest!«

Bobbert erhob sich von seinem Thron, machte den Deckel zu und sagte: »Cerevix, wir werden Ariola nicht mit Brandy schlafen lassen, weil der Junge mit einem Bein im Grabe steht …«

Fern von hier konnte man Brandy Quark »Mir geht's gut, danke der Nachfrage!« rufen hören.

»… und inzestuöses Verhalten ihn vielleicht umbringen könnte …«

Fern von hier konnte man Brandy Quark rufen hören: »Es würde mich zwar nicht töten, aber es wäre ekelhaft!«

»… aber ich möchte nicht, dass dieser Mist überhandnimmt, also denk dir eine Strafe aus, mit der wir alle leben können, und dann gehst du in deine Kammer und spielst mit Slaime oder etwas anderem.«

»Ich pflichte dir bei«, pflichtete Königin Cerevix ihm bei. »Ariola hat etwas getötet, das Dooph sehr wichtig war – seine Würde –, deswegen sollten wir etwas töten, das ihr ebenso wichtig ist … vielleicht ihren Schattenpanda.«

Netts Magen knurrte erneut, und er dachte: *Mensch, ein Schattenpandaburger mit gegrillten Zwiebeln klingt ver-*

dammt lecker, aber dann bemerkte er die lautlos über die Wangen seiner Tochter laufenden Tränen und sagte: »Cerevix, ich mache es selbst.«

Cerevix überhörte ihn, wandte sich dem Quartett der blonden Sinisters zu und schrie: »Was sagt ihr dazu, Leute? Tod dem Schattenpanda?«

»Tod dem Schattenpanda!«, brüllte ihre Mannschaft einstimmig.

Cerevix legte eine Hand an ihr Ohr. »Ich höre nichts!«

»Tod dem Schattenpanda!«

»Lasst es auch die Leute in Sommerpeltz hören, meine Süßen!«

»TOD DEM SCHATTENPANDA!«

Cerevix wandte sich Nett zu und lächelte. »Das Volk hat gesprochen!«

»Es war wohl eher das Rindvieh«, murmelte Bobbert. Dann schaute er Cerevix finster an und meinte: »Ich weiß, ich weiß, ich weiß; *ich* schlafe auf dem Diwan.«

Cerevix sagte zu Nett: »Wenn du also Wert darauf legst, nicht sämtliche Sinisters am Hals zu haben, rate ich dir, den Schattenpanda zu töten.«

»Ariola, es tut mir ja so leid«, sagte Nett zu seiner Tochter. »Aber würde ich keine Entscheidungen nach einem so rigiden wie sturen Moralkodex treffen, an den sich sonst niemand hält und der offenbar nur meiner Familie schadet, während die Schurken mal wieder ungestraft davonkommen, wäre ich nicht Nett Quark. Ich hoffe nur, dass diese unrealistische Besessenheit von moralischem Biedersinn nicht irgendwann in der Zukunft wie das Schwert eines Scharfrichters auf meinen Kopf herniederstößt.«

Ariola zuckte die Achseln. »Du musst tun, was du tun

musst. Pass nur auf, dass du nicht versehentlich Salsas Schattenpanda tötest. Schließlich sehen sie gleich aus. Man kann sie ganz schnell verwechseln, und dann tötet man den Falschen. Falls du *verstehst,* was ich meine.«

»Was meinst du denn?«, fragte Nett.

»Zum Henker«, sagte Bobbert. »Selbst *ich* weiß, was sie meint. Und ich bin blau.«

»Zum Henker«, sagte Cerevix. »Selbst *ich* weiß, was sie meint. Und ich bin eine Schlampe.«

»Zum Henker«, sagten die Vettern Sinister, »selbst wir wissen, was sie meint. Und wir sind eine Bande inzüchtiger Schwachmaten.«

Nett begab sich zu Ariola hinüber und fragte: »Wo ist deine Schwester?«

»Ich weiß nicht«, erwiderte Ariola. »Ich weiß auch nicht, wo Miefi ist. Aber Schnucki steht zufällig vor der Hintertür.«

Nett kratzte sich heftig am Bart, starrte meditierend an die Decke des Thronsaals, schaute dann nachdenklich auf den Boden, blickte brütend an die Wand und sagte, dem Willen seines ausgehungerten Magens folgend: »Wenn ich den Schattenpanda töten muss, muss ich den Schattenpanda töten.« Er zog Patschi aus der Scheide und marschierte, als hätte man Findlinge an seine Beine gebunden, sinnierend zur Thronsaaltür. Dort hielt er an und pausierte ein, zwei, drei Minuten. Schließlich holte er tief Luft, wandte sich um, schluckte einen Schluchzer herunter und fragte alle Anwesenden: »Wie wollt ihr ihn haben? Medium?«

Kätzeleyn

Lady Kätzeleyn Quark geb. Snulli und Meyster Bleyster standen hinter der geschlossenen Schlosstür. Kätzeleyn lugte in ihren Schulterbeutel und fragte: »Können wir die Kontrollliste noch mal durchgehen?«

»Natürlich, Mylady. – Kyndle-eReader?«

»Steht auf der Liste.«

»Tequila?«

»Steht drauf.«

»Schwimmbekleidung, zweiteilig und einteilig?«

»Steht drauf. Steht drauf.«

»Neutrogena-Sonnenmilch, Schutzfaktor 164?«

»Steht drauf.«

»Götterkraut?«

»Steht drauf.«

»Gläserne Götterkrautpfeife?«

»Steht drauf.«

»Kopfschmerztabletten?«

»Steht drauf.«

»Dann«, sagte Bleyster, »seid Ihr für Euren Ausflug gerüstet.«

»Warten die Komisch Benamsten Ritter schon draußen auf mich?«, erkundigte sich Kätzeleyn.

»Natürlich, Mylady: Sör Wyndboytel van der Putz, Sör Whiffenpoop Swoynshaxe, Sör Stingotz Stugotz, Sör

Ronybald Emm-Hah; Sör Wylly Nylly, Sör Baron von Raschke, Sör Rufus T. Frybir, Sör Schmocko Sakkgesycht, Sör Dyrk Dyggler, Sör Byssych Rottweiler, Sör Boris D'Spydor, Sör Bronski Motorboot, Sör Roher Kassler, Sör Föttchen Bürzel-Poarsch, Sör Banjo Dämelakk, Sör Royfbold Filibuster, Sör Schnautz Raygenschörm und, natürlich, Sör Taradiddel Torfkopp.«

»Was ist mit Sör Kwatsch Zwielaut? Ich kann Sommerpeltz doch nicht *ohne* Sör Kwatsch Zwielaut verlassen.«

»Sör Zwielaut hat sich verspätet, Mylady. Soll ich ihn nach seiner Ankunft hinrichten lassen?«

»Das würde ich zu schätzen wissen«, sagte Kätzeleyn nickend und fügte hinzu: »Tja, die Sonne versinkt wahrscheinlich schon im Meer, also muss ich zu meiner Reise aufbrechen.« Sie zog etwas Götterkraut aus ihrem Ausschnitt, nahm einen Zug, packte Bleysters Kopf, drückte ihre Lippen auf die seinen und blies den rauchigen Inhalt ihrer Mundhöhle in seine Kehle hinein. »Stehet aufrecht, haltet die Stellung, lasst Euch nicht besiegen.« Sie machte das Friedenszeichen.

Meyster Bleyster röchelte nur.

Kätzeleyn öffnete die Haustür und fand sich einen Schritt später mit dem Gesicht im Matsch wieder. Als sie sich bemühte, in eine sitzende Stellung zu gelangen, schaute sie sich um, da sie ergründen wollte, was ihren Sturz wohl verursacht hatte. Und es erwies sich, dass es kein *Was*, sondern ein *Wer* gewesen war. Ein kleiner Wer mit schriller Stimme.

»Wie kann ich Euch dienlich sein?«, erkundigte sich Kätzeleyn und wischte sich den Matsch aus dem Gesicht.

Das Männlein streckte ein winziges Händchen aus und

sagte: »Ich bin Lord Pitter Varikose Bayliss. König Bobbert hat mich gebeten, Euch nach Königsafter zurückzubegleiten.«

Kätzeleyn stand auf und fragte kopfschüttelnd: »Was meint Ihr damit, mich nach Königsafter *zurück*zubegleiten?«

»Nun, ich bin ja erst heute Morgen hier angekommen.«

»Wann seid ihr denn abgereist?«, fragte Kätzeleyn baff.

»Gestern Abend.«

»Wie seid Ihr hierhergekommen?«

Lord Bayliss deutete auf sein kleines Ross. »Auf ihm.«

»Und Ihr habt nur *einen* Tag dazu gebraucht?«

Lord Bayliss nickte. »Manche Leute sagen, dass ich die Arbeit von zweien erledige.«

»Beeindruckend.«

»Manche Leute sagen auch, ich könnte an zwei Orten zugleich sein.«

»Boah, ey.«

»Manche Leute sagen, ich wäre ein Eunuch. Aber um der Wahrheit die Ehre zu geben: Ich habe ein kleines Glied.«

»So genau wollte ich es gar nicht wissen.«

»Verstehe«, sagte der winzige Piephahn-Nichteunuch. Dann bot er Lady Kätzeleyn sein Ärmchen an. »Ich kenne einen wirklich wunderbaren Puff in Königsafter, wo ich Euch unterbringen könnte. Es ist der Beste in der Stadt. Ihr werdet wunderbar dort hineinpassen. Und Ihr könnt so viel Opium futtern, wie Ihr wollt? Wollen wir?«

Kätzeleyn griff nach unten, nahm seinen Ellbogen und lächelte. »Au ja.«

Als sie ihre jeweiligen Rösser bestiegen, sagte Piephahn:

»Ach, ich sollte vielleicht noch erwähnen, dass es Triton Sinister war, der den Mordauftrag gegen Euren fast toten Buben erteilt hat.«

Aus Brandys Kammer: *»Götterverdammt noch mal, mir geht's gut!«*

»Es ist eine längliche Geschichte, die ich Euch während unserer länglichen Reise erzählen werde. Es ist auch ein packendes Garn, voller Intrigen, Gewalt, tückischen Dolchstößen in den Rücken, Verrat und schmutzigem Sex. Es ist 'ne Schande, dass außer Euch und mir niemand diese Geschichte hören wird. Geschweige denn lesen.«

Abgesehen von der Tatsache, dass sämtliche Komisch Benamsten Ritter außer Roher Kassler während einer beiläufigen Schlacht ums Leben kamen, die mit der Haupthandlung nichts zu tun hatte, war Kätzeleyns und Piephans Reise nach Kapitalien so lang und langweilig, dass sie es nicht wert ist, hier erwähnt zu werden. Würde diese Geschichte im Kabelfernsehen laufen, wäre jetzt höchste Zeit für einen Werbespot. Aber wir sind ja hier nicht beim Kabelfernsehen. Wir sind beim Heyne Verlag.

Netthard

König Bobbert war wegen irgendeiner Besorgung unterwegs – hätte Nett auf die Natur der Besorgung wetten müssen, hätte er auf Grog getippt –, deswegen war es als neuer rechter Fuß nun seine Pflicht, der wöchentlichen Konferenz des Hohen Rates im Hause Bartresen vorzusitzen. Als Nett sich am Tisch umschaute – er war mit zahllosen Tellern bedeckt, auf dem die besten Zwiebeln lagen, die Königsafter aufzubieten hatte –, fragte er sich, nach welchen Kriterien Bobbert seine Berater auswählte, denn in seinen Augen waren sie nur ein dämlicher Haufen.

Der ein vielfarbenes Seidengewand tragende Piephahn saß zu seiner Linken, während ihm gegenüber ein Mann Platz nahm, der auf den Namen Bix Byderbek hörte und kleiner als Piephahn und dicker als König Bobbert war. Auf der gegenüberliegenden Tischseite fläzten sich vier weitere Gestalten: Ein hasenzahniger Kahlkopf namens Olfreyd E. Noyman; ein Bürschlein namens Krygstroyber Bagelthorp (der so dünn war wie Byderbek dick); ein einarmiger Einbeiniger, der Kaffé Theeodamich hieß, und ein wütend aussehender Taubstummer, der unter dem Namen Skeip bekannt war.

Nett haute mit der Faust auf den Tisch. Er tat dies so fest, dass sechs Zwiebeln sich veranlasst sahen, auf den Boden zu fallen, was Skeip noch wütender aus der Wäsche schauen ließ. Dann verkündete er: »Also, hiermit erkläre ich die Konferenz für eröffnet. Der König hat es leider versäumt, mir, bevor er in die Stadt ging, irgendwelche Notizen zu übergeben. Möchte also irgendjemand anfangen?«

Piephahn hob sein Händchen und meinte: »Ich habe einen Vorschlag, Fußschaft.« Nach einer länglichen Pause erklärte er: »Es fällt mir nicht leicht, ihn auszusprechen.«

Nett, der sich nichts mehr ersehnte als ein Kissen aus Zwiebeln, auf denen er ein Nickerchen machen konnte, knurrte: »Dann sprecht es halt *schwer* aus, Eunuch.«

»Ich bin kein Eunuch, Fußschaft.«

Nett begutachtete den Federbusch an seinem Hut und sagte schleppend: »Natüüürlisch net. Doch nun sagt Euer Sprüchlein auf.«

»Nun, wack're Fußschaft, der Rat ist der Meinung, dass Ihr Eure Garderobe noch einmal überdenken solltet.«

Nett begutachtete kurz sein braunes Jutejackett, seine graue Juteweste und sein khakifarbenes Jutebeinkleid und fragte: »Was stimmt nicht mit dem, was ich anhabe?«

»Schaut Euch doch mal an diesem Tisch um«, verlangte Piephahn. »Wir müssen hier einen gewissen Standard wahren.«

Nett musterte kurz die Garderobe seiner Kollegen: Byderbek trug ein enges weißes Hemd mit einem langen dünnen Stück Stoff, das um seinen Hals geschlungen war. Noymans Klamotten glichen seinen eigenen, wobei der größte Unterschied darin bestand, dass Noymans Jute dick und bunt war statt dünn und trist. Bagelthorp trug nur eine Weste, was aber, so sah Nett es jedenfalls, ein Fehler war, denn seine Rippen stachen dermaßen hervor, dass es aussah, als entrolle sich eine Schlange im Bauch einer Schwangeren. Theeodamich trieb Bagelthorps stilistische Extravaganz auf die Spitze, denn er trug *überhaupt* kein Hemd. Skeip war vom Hals bis zu den Füßen mit etwas bedeckt, das wie getrockneter Matsch aussah.

Nett bedachte Piephahn mit einem trotzigen Blick. »Ich weiß nicht. Ich glaube, ich falle in dieser Umgebung nicht aus dem Rahmen.«

Piephahn schüttelte den Kopf. »Da bin ich anderer Meinung«, entgegnete er. »Wenn man das Haus Bartresen repräsentiert, muss man es mit Klasse und Eleganz tun.«

Nett deutete auf Skeip. »Aber der da ist nur mit Matsch bekleidet.«

»Es handelt sich um den klassischsten, elegantesten Matsch in ganz Königsafter«, sagte Piephahn.

»Was ist mit Bagelthorp?«, fragte Nett. »Könnte er sich nicht ein Hemd anziehen oder so was? Seine Rippen sehen ja ... abscheu... verwirrend aus.«

»Achtet auf Eure Worte.« Piephahn war zusammengezuckt. »Krygstroyber hat Jahre damit zugebracht, diesen Look zu kultivieren. *Jahre!*«

Nett rieb sich die Schläfen und seufzte. »Na schön. Ich besorg mir ein paar neue Sachen.«

Piephahn klatschte in die Hände. »Hurra! Wir gehen shoppen! Wir kaufen *zusammen* für Euch ein, dann seht Ihr im Nu aus wie ein schöner Fuß!«

»Wie schön«, sagte Nett unbegeistert. »Ich habe mich schon gefragt, wie diese Riesenmetropole zu dieser bunten Ratsmannschaft gekommen ist. Seid Ihr alle Herren bestimmter Länder?«

»Ich bin der Herr all dessen, was ich trage«, sagte Noyman. »Doch ansonsten von nicht vielem.«

»Ja, wie seid Ihr dann in diese Stellung aufgerückt?« Nett kratzte sein Haupt. »Es sieht ja fast so aus, als hätte man Euch alle aufgrund Eurer dramatischen optischen und kulturellen Unterschiede ausgesucht.«

»Man könnte auch sagen, wir wurden gewählt«, wandte Piephahn ein.

»Vom Volke? Seit wann sind wir denn eine Demokratie?«

»Nein, nein, Demokratie gibt es hier nicht. Wir wurden alle vom Autor auserwählt …«

»Von *wem?«*

»Ich, ähm, meine, vor vielen Sommern gelangte König Bobbbbbbb Bartresen zu der Ansicht, ein bunt gemischter Rat könnte verschiedenen Zielgruppen gefallen.« Dann sagte er leise: »Puh, das war 'ne schnelle intellektuelle Reaktion.«

Alle hatten sein Raunen gehört, aber niemand reagierte darauf. Weil alle darauf aus waren, dass diese Konferenz – und dieses Kapitel – so schnell wie möglich endete.

»Gibt es, ähm«, sagte Nett, »irgendwas Wichtiges zu besprechen? Etwas zu der Frage, wie man, ähm, Königsafter zu einem Ort machen könnte, an dem das Leben sich lohnt?«

Theeodamich meldete sich und sagte: »Hat schon mal jemand erwähnt, dass wir pleite sind?«

Nett blinzelte überrascht. »Pleite?«

»Jo«, bestätigte Theeodamich. »Pleite. Bankrott. Blank. Ohne einen Fennik. Verarmt. Mittellos. Wir haben keine Kröte mehr. Nada. Null.«

»Schön«, fiel Nett ihm ins Wort. »Ich hab's verstanden. Unser Konto ist leer.«

»Wir haben keine götterverdammte Mücke mehr in der Kasse. Es ist alles weg. Der ganze Schotter. Sämtliche Kohle. Das gesamte Pinkepinke. Alle Mäuse.«

Als er fertig war, fragte Nett: »Seid Ihr fertig?«

Theeodamich kratzte sich am Kopf. »Hab ich schon verarmt gesagt?«

Nett nickte.

»Ja, dann bin ich fertig.«

»Wie schön«, murmelte Nett eintönig. »Hat jemand eine Idee, wie wir aus dieser Scheißlage herauskommen?«

»Brennt alles nieder!«, schrie Bagelthorp. »Brennt die ganze götterverdammte Stadt nieder! Wir sind doch bis zur Halskrause versichert!«

Piephahn wirbelte zu Bagelthorp herum und brüllte: »Krygstroyber, kriegt es endlich in Euren feisten Schädel, dass es noch gar keine Versicherungen gibt und wir deswegen auch nicht versichert sind!«

»Erzählt das meinem Ergo-Vertreter«, murmelte Bagelthorp.

Nett tat so, als hätte er ihn überhört. »Hat noch jemand andere Ideen?«, fragte er. Da ihm niemand antwortete, sagte er: *»Ich* habe eine Idee. Wir könnten uns etwas *borgen.«*

»Von wem denn?«, erkundigte sich Noyman.

»Von einem anderen Land«, erläuterte Nett. »Von einem Land, das gutwillig, freundlich und wohlhabend ist und niemals auf die Idee käme, uns mit unverschämt hohen Zinsen über den Tisch zu ziehen: Chyna!«

Alle Anwesenden stöhnten auf. Dann sagte Byderbek: »Denen schulden wir doch schon vier Millionen Soundso.«

Nett verzog das Gesicht. »Was soll das heißen, *Soundso?«*

»Die monetären Einheiten Königsafters wurden nie genau benannt«, erläuterte Piephahn.

»Wie wär's, wenn wir sie im Rahmen unserer Diskussion einfach Kröten nennen, wie wir es in Sommerpeltz tun?«, schlug Nett vor.

»Ich weiß nicht«, sagte Bagelthorp. »Penunzen gefällt mir besser.«

»Ich stimme für Drachmen«, sagte Theeodamich.

»Wie wär's mit Euro?«, fragte Byderbek.

»Oh, nein.« Noyman winkte ab. »Klabusterbeeren sind mir lieber.«

»Kann ich mir vorstellen«, sagte Nett. »Aber die Entscheidung obliegt dem Fuß des Königs, und der Fuß sagt *Kröten*. Der Fuß sagt auch, dass wir uns weitere Soundsos, ähm, ich meine Kröten, von Chyna borgen. Wir zahlen sie zurück, sobald wir können …« Nach einer kurzen Pause sagte er dann: *»Vielleicht.«*

Als der Rat dies hörte, brüllte er vor Lachen.

Nett wischte sich die Tränen ab und sagte: »Ja, der war gut. Manchmal übertreffe ich mich selbst.« Er stand auf, klatschte einmal in die Hände und sagte: »In diesem Sinne, meine Herren: Die Ratssitzung ist vertagt.«

Nachdem außer Nett und Piephahn alle den Raum verlassen hatten, wandte sich der selbst ernannte Nichteunuch um und säuselte: »Ich habe eine Überraschung für Euch, Lord Quark. Wie steht Ihr zur Prostitution?«

»Nun«, erwiderte Nett, »ich stehe vielleicht nicht so auf sie wie Bobbert, aber ich hab nichts dagegen. Warum fragt Ihr?«

»Wollt Ihr die lange oder die kurze Fassung hören?«

»Die kurze Fassung, wenn ich bitten darf«, bat Nett,

»um Götterswillen die kurze! Bei diesem Tempo brauchen wir im Taschenbuch 574 Seiten, und in der Sonderausgabe werden das dann über 679!«

»Lady Kätzeleyn muss mit Euch reden«, sagte Piephahn. »Da sie inkognito bleiben musste, habe ich sie in einem Hurenhaus gebunkert.«

Nett erwiderte grinsend: »Ihr seid ein Genie! Im bisherigen Verlauf kam nämlich nicht mal annähernd genug nicht-inzestuöser Sex vor. Bringt mich zu den Nutten, Piephahn! Und zwar sofort!«

Im gleichen Moment, in dem Nett und Piephahn den Fuß ins Hurenhaus setzten, wurden sie von einem Mief aus männlichem Ejakulat, weiblichem Ejakulat, männlichem Schweiß, weiblichem Schweiß, Geld, Rush by Gucci, M by Mariah, Tommy Girl, Fantasy by Britney, Opium und Zwiebeln angegriffen. Lord Quark würgte. Piephahn atmete tief durch und sagte: »Ah, nichts bringt mich mehr in Fahrt als der Duft halb legaler Sündenpfuhle!«

Nett warf einen argwöhnischen Blick auf Piephans Unterleib und murmelte: »Da ist doch nichts, das in Fahrt zu bringen wäre.«

Piephahn, der ihn entweder nicht gehört hatte oder nur so tat, erwiderte: »Ich glaube, Lady Kätzeleyn ist in der Opiumhöhle.« Er deutete auf eine geschlossene Tür, die sich dem Eingang gegenüber befand.

Nett seufzte. »Natürlich ist sie dort.« Dann trottete er, von Piephahn gefolgt, die fünfzehn Weiber ignorierend, die auf dem Weg dorthin seine Männlichkeit streichelten, über den Boden.

Lady Kätzeleyn, die einzige Bewohnerin der Opiumhöhle, fläzte sich auf einem weißen Vinylsitzsack, das

Gesicht in einem Haufen pulverisierter Mohnsamen vergraben. Sie rollte sich auf den Rücken und schrie, ohne sich zu erheben: »Nett! Nett! Nett!« Dann warf sie das Pulver auf den Boden und breitete Arme und Beine aus.

Nett Quark mochte von Opium angetriebenen Sex so gern wie jeder andere Lord auch, aber er musste Fußarbeit erledigen, also nahm er Kätzeleyns Hände, zog sie auf die Beine und unterbreitete ihr einen Vorschlag: »Lass uns ins Schloss gehen.«

Kätzeleyn riss sich los und fauchte: »Nein! Nein-nein-nein-nein-neiiiiin! Ich bleibe hier! Vergiss den Adelskram! Ich will es für Geld treiben und so viel paffen, wie ich möchte!« Dann fiel sie auf den Sitzsack zurück.

»Liebling«, versuchte Nett sie zu beschwatzen. »Diese Diskussion führen wir jedes Jahr! Du wirst, ich wiederhole, du wirst *nicht* als Hure arbeiten.«

»Früher warste weniger spießig, Netti.« Kätzeleyn zog eine Schnute.

Piephahn piepste: »Haltet die Klappe, Durchlauchten, und hört mir zu: Triton Sinister steckt hinter der Verschwörung, Brandy zu ermorden.«

Lady Kätzeleyn schaute Lord Netthard an. Lord Netthard schaute Lady Kätzeleyn an. Lord Pitter Varikose Bayliss schaute Lord Netthard *und* Lady Kätzeleyn an. Lord Netthard und Lady Kätzeleyn schauten Lord Pitter Varikose Bayliss an. Nach mehreren Minuten gegenseitigen Anschauens sagte Kätzeleyn: »Scheiß der Hund drauf. Ich werde doch ’ne Hure werden.«

Juan

»Schneller, Nieve, du Vollhorst! Und hoch mit den Knien! Du bist ja steif wie ein Brett!«

Da Juan nicht antwortete, rief der Mann in dem schlampigen, matschbedeckten Anzug: »Hörst du mich, Proll? Du sollst schneller marschieren! Und mach dich größer! *Vorwärts, Marsch! Vorwärts, Marsch! Links, zwo, drei, vier!*«

»Sí, gilipollas[35]«, erwiderte Juan.

»Zum millionsten Mal: Was bedeutet *gilipollas*, verdammt?«

»Zum millionsten Mal: Lest die Fußnote!«

»Zum millionsten Mal: Was, verdammt, ist eine Fußnote?«

»Zum millionsten Mal: *Chingar a su madre!«*[36]

»Zum millionsten Mal: Was, verdammt, bedeutet *Chingar a su madre?«*

»Zum millionsten Mal: Lest die Fußnote!«

Bruda Alibert Korn schaute Juan finster an und brüllte: »In Ordnung, Nieve, lass dein Schwert fallen und trink ein Gläschen!«

---

35 Arschloch.

36 Fick deine Mutter. (Normalerweise wäre dies die gemeinste der Menschheit bekannte Beleidigung, doch in Osterhasién – der Heimat der Mutterficker – ist dieser Spruch sozusagen ein Kompliment.)

Juan entspannte seine nackten Pobacken. Das Schwert, das zwischen ihnen klemmte, fiel laut klatschend auf den matschigen Boden. Bruda Bluto warf Juan eine grüne Flasche zu und sagte: »Wohl bekomm's, Vollhorst!«

»Sowieso.« Juan seufzte. Dann zog er den Korken aus der Flasche und trank einen einzelnen Schluck. Er verzog das Gesicht. In seinem Magen loderte ein Feuer auf. In seinem Kopf drehte sich alles. Sein Gesicht wurde fast so grün wie die Flasche.

Ein böses Lachen drang an sein Gehör. Es konnte nur von einem Mann kommen: Bruda Otter. »Yo, Nieve, warum göbelst du nicht einfach los und bringst es hinter dich?«

Juan, entschlossen, sich am Riemen zu reißen, erwiderte: *»Yo, Otter, yo cago en la leche de tu puta madre.«*[37]

Otter lachte, dann fing er an zu singen: »Kotzen! Kotzen! Kotzen! Kotzen!« Die restlichen Bruderschaftsanwärter – Bluto, Flunder, Pinto und Didi – fielen in sein Mantra ein, und bald hatte Juan keine andere Wahl mehr: Er musste kotzen. Als er sah, dass sich sein Mageninhalt mit dem feuchten Matsch vermischte, wurde ihm noch übler. Er göbelte, bis er nicht mehr konnte. Als sein Magen leer war, applaudierten die anderen Rotärsche aus vollem Herzen.

»Das war wunderbar, Nieve«, sagte Bruda Korn, »aber jetzt musst du das Schwert wieder in deine Arschfalte klemmen und zum Basislager zurückmarschieren.«

»Gebongt, *ese.*«

»Ich frage nicht, was *ese* bedeutet«, merkte Korn an,

---

37 Ich scheiße in die Milch deiner Mutter. (Der ist echt gut, ne?)

»weil ich nicht glaube, dass es schon mal in einer Fußnote vorgekommen ist. Wenn es keine Fußnote dazu gibt, ist es entweder nicht wichtig, erklärt sich aus dem Zusammenhang oder ist so offensichtlich, dass es keiner Erklärung bedarf.«

Juan antwortete nicht, denn er dachte heftig darüber nach, wie sehr er den Bund der Nachtwächter hasste. Er war ja nicht nur hier, um den Kontinent zu verteidigen. Er war auch hier, um so etwas wie Akzeptanz zu finden, von der er in Sommerpeltz nicht allzu viel erfahren hatte. Doch schienen die Nachtwächter viel mehr Spaß daran zu haben, Konflikte zu erzeugen, wenn es keine gab, statt über die Mauer zu steigen und die Anderen zu bekämpfen. Vielleicht baute dieses Verhalten ja Spannung auf, aber es bedeutete auch, dass Juans Kapitel weniger wichtig waren als die Netthards (Juan wusste es genau, denn er hatte sie heimlich gelesen). Netts Kapitel behandelten große Themen wie Mord und Verschwörung, in den seinen wurde gekotzt. Und hier, an der Mauer, behandelten ihn seine sogenannten Brüda schlimmer als jeder Angehörige seiner Pseudofamilie. Lady Kätzeleyn war zwar nicht immer lieb zu ihm, aber wenigstens trommelte sie nie ihre Freunde zusammen, um, wenn sie seiner ansichtig wurden, im Chor »Vollhorst! Vollhorst!« zu schreien.

Die Rückkehr zu seinem Zelt erlaubte Juan, das Schwert aus den Pobacken zu entfernen, hinsetzen durfte er sich aber nicht, und ankleiden auch nicht. »Nieve, Pinto«, rief Bruda Korn nun. »Vorn und Mitte.« Beide Brüda eilten in die Mitte des Lagerplatzes, wo sie nebeneinander strammstanden. »Meine Herren«, sagte Korn, »es ist Zeit für Sie zu kämpfen.«

Otter fing, was niemanden überraschte, an zu singen: »Kämpft, kämpft, kämpft, kämpft!«

»Was denn für ein Kampf, Bruda Korn?«, fragte Pinto. Er schaute Juan nervös an, da dieser unter den Rotärschen der weitaus beste Fechter war.

»Diesmal ohne Schwert, Bruda Pinto.« Korn zog zwei Gegenstände hinter dem Rücken hervor und zeigte sie ihnen. »Meine Herren, wählen Sie Ihre Waffe.«

Juan gaffte das, was Korn in den Händen hielt, an. »Meint Ihr das ernst? Kissen? *Ay, chihuahua.*«[38]

»Einen Gegner mit einem Schwert zu erledigen, ist doch ein Kinderspiel«, sagte Korn. »Aber einen Gegner mit einem Kissen zu besiegen, das ist die hohe Kunst.« Er warf den beiden Knaben die Kissen zu. Juan fing das seine locker auf. Pintos Kissen fiel in den Matsch. »Die Regeln sind einfach«, erklärte Korn. Wer als Letzter auf den Beinen steht, hat gewonnen. Ich zähle bis drei. Eins … zwei …«

Bevor Bruda Korn das Anzählen beendet hatte, haute Pinto Juan voll auf den Kopf. Es tat nicht weh, denn Pinto war der kleinste Rotarsch, doch Juans Hirn spürte eine Veränderung in sich. Der wochenlange körperliche Raubbau, die Denksportaufgaben und die Kotzerei hatten ihn gestählt, deswegen fühlte er sich stärker und konzentrierter als in seinem ganzen bisherigen Leben.

Er duckte sich unter Pintos nächster Salve weg, ließ sein Kissen dreimal über sich kreisen und haute gegen Pintos Schläfe. Pinto wankte, blieb aber auf den Beinen. Bevor er sein Kissen zu einem neuen Angriff heben konnte, schlug

38 O weh.

Juan ihm auf die andere Schläfe und ballerte ihm gleich darauf noch einen Schlag unters Kinn. Diesmal fiel Pinto auf den Hintern. Er schaute eindeutig benommen zum Himmel hinauf.

»Na, komm schon, Pinto«, rief Didi. »Schick den Vollhorst über die Mauer!«

Juan hob eine Handvoll Matsch auf und schleuderte ihn gegen Didis Bauch. Obwohl der Wurf mit unglaublicher Schnelligkeit erfolgte, verfehlte er Didi knapp, sodass der Matschball ihn nicht am Solarplexus traf, sondern im Schritt. Didi erbleichte wie ein Gespenst und verlor das Bewusstsein. Die restlichen Rotärsche hielten die Klappe.

Pinto blickte Bruda Korn an, hob den rechten Arm und sagte: »Ich bin fertig.«

»Das kann man wohl sagen, Pinto«, sagte Juan zähneknirschend. Er warf sein Kissen zu Boden und stampfte von hinnen. Niemand rief etwas hinter ihm her.

Je näher Juan der Mauer kam, umso wütender wurde er. Um ein wenig Energie abzulassen, lief er drei Schritte und stolperte dann über einen im Schneidersitz im Matsch sitzenden Mann. Juan ruckte hoch und sagte: »Entschuldigung. Ich habe Euch nicht gesehen.«

»Das ist nun schon das zweite Mal, dass das jemand über mich sagt.« Der Mann begutachtete Juans nackten Leib und deutete auf das zwischen seinen Beinen baumelnde Anhängsel. »Mei, das Ding ist so klein, dass es verschwinden würde, wenn Ihr im falschen Winkel steht.«

Juan setzte sich. »Guten Tag, Triton.«

»Du solltest lieber damit aufhören, ständig über mich zu stolpern, Alda. Du könntest dich verletzen. Oder, noch schlimmer: Du könntest mich verletzen. Allerdings habe ich kaum Hoffnung, dass sich an dieser Sache etwas ändert, weil ich weiß, dass ein Trampel wie du sogar über einen schnurlosen Fernsprecher stolpern würde.«

»Einen schnurlosen *Was?«*, fragte Juan.

»Ein Trampel wie du könnte nicht mal den Ausgang aus einer Papiertüte finden, wenn sie an beiden Seiten offen wäre.«

»Was für eine Tüte?«

»Du bist so ein Trampel, dass ein Haufen A-A dich für etwas Übelriechendes hält.« Triton hielt inne, dann murmelte er vor sich hin: »Mann, da ist ja keine Logik drin.«

Juan stand auf. *»Joder este ruido, me voy de aqui. Paz a cabo, hijo de puta.«*[39]

Triton lächelte. »Ich weiß zwar nicht, welche Sprache du sprichst, aber eins kann ich sagen: Etwas, das so schön klingt, kann unmöglich eine Beleidigung sein.«

»Si, comediante. In meiner Sprache kann nichts beleidigend sein.«

Als Juan zum Lager zurückkehrte, wurde ihm bewusst, dass er gar kein Nachtwächter sein wollte. Er wollte auch kein Quark sein. Er wollte, verflucht noch mal, nur eins: in Ruhe gelassen werden. Als er in seinem Zelt war, schnappte er sich ein Hemd und eine Hose, doch bevor er sich anziehen konnte, packte Bruda Korn seinen Unterarm und zog ihn hinter einen Baum.

Juan zog den Arm wütend zurück und fragte: »Was wollt Ihr, *ese?«*

Korn hielt Juan einen Stapel Umschläge hin. »Für dich sind ein paar Rabengramme angekommen, Vollhorst.« Als

39 Scheiß der Hund drauf, ich bin weg. Bis später, Hurensohn.

Juan ihm die Umschläge entriss, sagte der Oberbruda: »Hast Glück gehabt, dass sie überhaupt angekommen sind. Bei den ganzen Internet-Cafés zwischen hier und Sommerpeltz verschicken die meisten Raben ihre Botschaften per E-Mail. Aber da es auf der Mauer kein W-LAN gibt, können wir sie leider nicht empfangen.«

Juan riss den ersten Umschlag auf. *Lieber Vollhorst,* stand da, *zu meinem Bedauern muss ich Dir mitteilen, dass dein Pseudobruder Brandy Quark aufgrund eines Sturzes vom Schlossdach sein Leben lang verkrüppelt bleibt. Schließe ihn bitte in Deine Gebete ein. Herzlichst, Lord Netthard Quark.*

Juan hielt seine Tränen zurück und las das zweite Schreiben. *Lieber Juan,* stand da, *ich wollte Dich nur wissen lassen, dass es mir großartig geht, egal was Meyster Bleyster auch sagt, und dass ich morgen mit Bobb reiten gehe. Mach ein paar Andere für mich kalt! Dein Brandy.*

Juans Herz wogte vor Freude. Er riss den dritten Umschlag auf. *Lieber Vollhorst,* las er, *Brandy leidet grässliche Schmerzen. Wenn Du auch nur ein Fitzelchen Mitgefühl für Deinen Bruder hättest, wärst Du jetzt an seiner Seite. Doch das Land ist Dir wohl wichtiger als Deine Familie. Ich hoffe, Du bist mit Dir zufrieden, du egoistischer Vollhorst.* XOX, *Lady Kätzeleyn.*

Mit dampfenden Ohren riss Juan den vierten Umschlag auf. *Lieber Juan,* stand da, *die treiben mich hier alle in den Wahnsinn. Ich halte es nicht mehr aus. Wenn Du kommst und mich holst, laufen wir beide zur Mauer, und ich bewerbe mich für die Aufnahme in den Bund der Nachtwächter. Ja, ich habe ›laufen‹ geschrieben, weil ich laufen KANN, egal was alle anderen sagen. Dein Brandy.*

Freudig öffnete er den fünften Umschlag. *Lieber Bruder,* las er, *Brandy ist verletzt, kommt aber wieder in Ordnung, weil ich jetzt das Kommando habe. Alles Gute, Bobb.*

Die Nachricht im sechsten Umschlag lautete: *Lieber Juan, mir geht es gut. Dein Brandy.*

Die nächste Nachricht: *Lieber Juan, Brandy ist tot. Dein Lord Quark.*

Dann: *Nein, bin ich nicht. Dein Brandy.*

Dann: *Ist er doch. Meyster Bleyster.*

Dann: *Ich kann Sie nicht ausstehen, Bleyster. Brandy.*

Dann: *Hör auf zu furzen, Brandy. Du stinkst. Alles Gute, Bobb.*

Sechsunddreißig Briefe später stand fest, dass Brandy gesund oder nicht gesund war und Bobb das Kommando hatte (oder auch nicht). Kätzeleyn war irre, vielleicht aber auch nicht, und Lord Netthard wusste über alles Bescheid oder auch nicht. Als Juan zu seinem Zelt zurücktrottete, dachte er: *Vielleicht ist der Bund der Nachtwächter doch gar nicht sooo übel.*

Ariola

Das haarlose Männlein im hautengen Strampelanzug klatschte dreimal in die Hände und fauchte: »Wie oft muss ich es Euch noch sagen? Wir beginnen mit einem doppelten Lutz und gehen dann in einen dreifachen Salchow über. Ich bleibe gern hier stehen, bis Ihr mit diesem götterverdammten Axel aufhört!«

Ariola Quark erhob sich von der kleinen Eisbahn in der Mitte des Matschfeldes hinter dem Schloss der Bartresens und sagte quengelnd: »Diese doofen Sprünge sehen doch alle gleich aus.«

Cyrano Forhaut, ihr neuer Schlittschuhlehrer, sagte: »Nun, mein Froylein, das sind sie ganz ganz eindeutig nicht.« Dann hub er an und erläuterte den Unterschied zwischen Lutzen, Salchows, Axeln, Zehnerschleifen und Flips. Es war eine verwirrende und absolut nutzlose Erklärung, die fast drei Stunden dauerte. Nach der ersten Hälfte der Lektion zog Ariola ernsthaft in Betracht, ihre Schlittschuhe abzuschnallen und dann seine und anschließend ihre Kehle damit aufzuschlitzen.

Als Cyranos ellenlange Predigt beendet war, meinte Ariola: »Cyrano Forhaut, Ihr könnt dieses Zeugs erläutern, bis Ihr blau im Gesicht werdet – was Ihr übrigens schon seid –, aber es wird nichts im Geringsten ändern, weil der Sommer naht, und wenn der Sommer naht, ist das ganze Eis weg.« Sie deutete auf den kleinen Kreis aus gefrorenem Matsch, auf dem sie das Gleichgewicht zu halten versuchte. »Wir haben ja jetzt schon kaum noch was, auf dem man laufen kann.«

Cyrano seufzte. »Ihr habt recht, Froylein«, sagte er zustimmend. »Aber das Haus Bartresen hat mir im Winter einen langfristigen Vertrag gegeben. Wenn ich nicht lehre, kriege ich kein Gehalt, und das geht nun mal gar nicht. Deswegen stellt Ihr Euch sofort aufs Eis und übt auf der Stelle die Lutz/Salchow-Kombination, sonst werde ich Euch ermorden.«

Ein weißglühender Zornesbolzen durchschoss Ariola. Sie zog ihr Schwertlein namens Spritze hinter dem Ohr hervor und höhnte: »Ihr seid nicht mein Vorgesetzter, Cyrano Forhaut!«

Cyrano warf die Arme in die Luft und alberte: »Boah, ey, edles Froylein, da habt Ihr aber eine erschröckliche Waffe! Habt Ihr etwas dagegen, wenn ich sie mir näher anschaue?«

»Mich legt Ihr nicht herein, Cyrano Forhaut! Ich gebe Euch meine Waffe nicht!«

»Ariola, bevor wir mit dieser ergötzlichen Diskussion fortfahren, möchte ich eine Zwischenfrage stellen: Warum beharrt Ihr darauf, alle Nase lang meinen gesamten Namen auszusprechen?«

»Weil, Cyrano Forhaut, Cyrano Forhaut der beste Name im ganzen Buch ist, und er, da Ihr nur in zwei Szenen vorkommt, so oft wie möglich genannt werden muss. Kapiert, Cyrano Forhaut?«

Er nickte. »Verstanden. Da wir das nun geklärt haben … Darf ich Euch etwas zeigen?«

»Solange es kein Lutz ist …«

»Es ist ganz eindeutig kein Lutz«, sagte Cyrano Forhaut, griff dann hinter sein Ohr und zog etwas hervor, das Spritzes kleine Schwester hätte sein können.

»Cyrano Forhaut«, keuchte Ariola auf. »Das Schwert da könnte Spritzes kleine Schwester sein!«

»Das würde ich auch sagen«, erwiderte Cyrano Forhaut. Dann sagte er: »Wie wäre es, wenn wir die Schlittschuhe abschnallen und ich Euch etwas beibringe, das Ihr in den späteren Kapiteln gebrauchen könnt?«

»Cyrano Forhaut!« Ariola strahlte ihn an. »Das ist die genialste Idee, die ich seit Wochen gehört habe! Ihr seid der Beste, Cyrano Forhaut!«

»Der Name gehört mir, nutzt ihn also nicht ab.« Er grinste.

»Zu spät, Cyrano Forhaut.« Dann nahm Ariola eine fast perfekte Fechthaltung ein, richtete Spritze auf ihr Gegenüber und befahl: »Schult mich, Cyrano Forhaut. Aber schult mich *gut.*«

Triton

An diesem Morgen trat Triton Sinister zum fünften Mal in einen Haufen warmer Kotze. »Götterverdammt noch mal«, murmelte er vor sich hin. »Diese Nachtwächterbrut ist blöder als … blöder als … blöder als …« Die Kotzsituation hatte ihn so durcheinandergebracht, dass ihm nicht mal einfiel, was »blöder als …« sein könnte.

Eine andere Sache, die ihn bezüglich der Brüda abstieß: Sie waren Schwächlinge. Drei Gläser, und die Typen waren fertig. Triton hingegen konnte sieben Dosen des potentesten osterhasiénsischen Grogs trinken und dann, als wäre es nichts gewesen, noch ein Ross reiten.

Triton ging zum Basislager zurück – langsam und vorsichtig, um nicht in einen anderen Haufen erbrochener Zwiebeln zu latschen –, doch bevor er sein Zelt erreichte, stieß er auf Bruda Alibert Korn. Er lächelte. »Ah, Herr Sinister! Ich hoffe doch, Euer Aufenthalt bei uns wird auch weiterhin glücklich verlaufen.«

»Diese Gegend ist todlangweilig«, sagte Triton. »Die Leute, die hier das Sagen haben, sind dumm. Die würden sich sogar von einem angebundenen Ross überrennen lassen.«

»Das ist 1-A-Material, mein Bester«, sagte Korn. »Na, dann sagt mir doch mal, wie lange Ihr noch bei uns bleiben wollt. Weil wir nämlich nordwärts ziehen. Ihr wisst ja: Der Sommer naht.«

»Ach ja. Der Sommer naht. Das hab ich schon seit zwei Kapiteln nicht mehr gehört. Ich kratz heute Abend die Kurve. Aber bevor ich mich auf die Socken mache, Herr Korn, hätte ich noch eine Frage an Euch: Wer göbelt auf dieser Kippe am besten?«

»Man hat mir gesteckt, ich sei ein ganz guter Göbler«, sagte Korn schüchtern.

»Wenn das der Fall ist, Alda, seid Ihr ganz eindeutig nicht das Paradebeispiel für den Spruch *Wer's selbst nicht kann, wird Lehrer,* weil die Knaben es eindeutig *nicht* können.«

Korn erwiderte mit beleidigter Miene: »Glaubt Ihr, dass Ihr es besser könnt? Glaubt Ihr, Ihr könnt mich beim Göbeln übertreffen?«

»Ich könnte Euch sogar beim Göbeln übertreffen, wenn man mir einen Darm auf dem Rücken festbinden würde.«

Korn zog sein Hemd aus und brüllte: »Triton Sinister hat mich zu einem Göbelduell herausgefordert!« Dann reckte er den Hals zum Himmel empor und erzeugte ein lautes Göbelgeräusch, woraufhin sämtliche Nachtwächter-Rotärsche angelaufen kamen – außer Juan Nieve, der herbeischlenderte. »Bluto!«, rief Korn. »Rezitiere Er die Regeln des Göbelduells!«

»Die erste Regel des Göbelduells«, sagte Bluto, »lautet, dass man über eine Herausforderung zum Göbelduell nicht redet.«

»Stimmt!«, brüllte Korn.

»Die zweite Regel des Göbelduells«, fuhr Bluto fort, »lautet, *dass man über eine Herausforderung zum Göbelduell nicht redet!*«

»Stimmt!«, brüllte Korn.

Die dritte Regel des Göbelduells«, fuhr Bluto fort, »lautet, dass der Wettstreit endet, sobald jemand ›Aufhören!‹ ruft.«

»Stimmt!«

»Die vierte Regel lautet, dass nur zwei Burschen sich duellieren dürfen! Die fünfte Regel besagt, dass es immer nur ein Duell geben darf! Regel sechs: Wer ohne Hemd und ohne Beinkleid kommt, darf nicht göbeln. Die siebente Regel besagt, dass alle Göbler so lange göbeln müssen, wie sie göbeln können. Regel acht: Wer herausfordert, hat Göbelpflicht.«

»Knorke«, grunzte Triton. »In Eure Ecke, Korn. Bereitet Euch vor. Und dann los.«

»Wartet, ich bin noch nicht fertig«, heulte Korn.

»Gut Göbel«, sagte Triton, nahm ein Kännchen Grog aus seinem Gepäck, kippte den Inhalt in drei Schlucken und zielte mit ihm auf Korns Haupt.

Korn murmelte »Aufhören«, und so war der Wettstreit laut den Regeln beendet.

Triton knurrte verächtlich »Warmduscher«, dann packte er Juan am Unterarm und sagte: »Du und ich, wir müssen uns mal unterhalten.«

Juan zog den Arm zurück und sagte quengelnd: »Ich möchte nicht mit Euch reden. Ich bin es leid, mir anzuhören, wie dumm ich bin. Außerdem bin ich nicht dick, deswegen könnt Ihr damit ebenfalls aufhören.«

Triton zwickte Juan in den Bauch und sagte: »Ich weiß ja nicht, Alda. Es sieht so aus, als hättest du schon wieder zugelegt. Wenn du nicht aufpasst, musst du drei Mädchen heiraten, wenn du mal umarmt werden willst. Weswegen ich übrigens auch mit dir sprechen möchte.«

»Ich bin kein Freund der Heirat«, sagte Juan.

»Ein Freund des Bumsens bist du allem Anschein aber auch nicht.«

Juan errötete. »Falls es Euch noch nicht aufgefallen ist, gibt es hier niemanden, mit dem man *hacer lo desagradable*[40] könnte.«

»*Hacer lo* was?«

»Mit Knaben mach ich nicht rum.«

»Ja, ich auch nicht. Ich glaube, das Mit-Knaben-rummachen ist eher etwas für meinen alten Freund Vladymyr Thiergarten. Ich möchte mit dir reden, damit du, falls du je eine Chance erhältst, mit einem Mädchen rumzumachen, vorbereitet bist.«

»Triton«, sagte Juan, »ich brauche keine …«

»Wenn zwei Menschen sich ganz ganz ganz doll lieb haben«, fiel Triton ihm ins Wort, »kriegen sie gewisse Gefühle. Sie empfinden Erregung, und ihre Geschlechtsorgane – das des Mannes heißt Penis, das der Frau wird Vagina genannt – werden dann ganz ganz ganz berührungsempfindlich … aber auf eine schöne Weise.«

»Triton, ich …«

»Hör zu, du brauchst diesen Unterricht, mein Freund, weil ich deinen Piepmatz gesehen habe, und das Ding so klein ist, dass du beim Pipimachen springen musst, weil du dir sonst auf die Eier schiffst.«

»Triton …«

»Dein Pimmel ist wie eine Landmine: klein, versteckt, und bei Berührung explodiert sie.«

»Tri…«

40 Schmutzige Dinge treiben.

»Dein Pimmel ist so klein, dass die Bakterien über ihn lachen.«

»Ach, wirklich? Nun, Eure Birne ist so weich, dass es wehtäte, wenn ich mit dem Knauf meines Schwertes draufhauen täte.«

»Der Spruch haut mich nicht um, Juan«, sagte Triton.

»Die Pointe kommt ja erst noch.« Juan zog Triton Sinister mit dem Knauf seines Schwertes eins über den Schädel. Als Triton auf dem matschigen Boden zu einem Häufchen zusammenfiel, rief Juan: »Vielen Dank euch allen! Lasst der Kellnerin ein Trinkgeld da, probiert den Kalbsbraten mit Zwiebeln und vergesst bitte nie: Wohin ihr auch geht, da seid ihr dann. Gute Nacht.«

Als Juan von hinnen schritt, sagte Triton grollend: »Der kleinpimmelige Vollhorst hat mir die Abschlusspointe versaut.«

Brandy

Dickopp, das jüngste Kind der Quarks, wurde von seinen Geschwistern verschmäht, weil er nur eine kleine Rotznase war und nichts zur Weiterentwicklung der Geschichte beitrug. Deswegen war ein Experte in Sachen Selbstunterhaltung geworden. Hauptsächlich unterhielt er sich mit Matsch. Niemand in Sommerpeltz backte besseren Matschkuchen, niemand baute bessere Matschmänner oder warf besser mit Matschbällen als Dickopp Quark.

Normalerweise hätte Brandy mit Dickopp und seinem matschigen Mumpitz nichts zu tun haben wollen, aber er war nun seit zwei Wochen in seiner Schlafkammer eingeschlossen – laut Meyster Bleyster würde er schneller gesunden, wenn er Tag und Nacht dort blieb –, und da war ihm so langweilig, dass die Erschaffung einer Matschskulptur in seinen Ohren gar nicht so übel klang.

Dickopp spielte, wie es seine Art war, auf dem Matschhügel gleich unter Brandys Schlafgemachfenster. Während Brandy seinem Brüderchen sehnsuchtsvoll zuschaute, beugte er sich immer weiter aus dem Fenster. Je weiter Dickopp sich vom Schloss entfernte, umso weiter beugte Brandy sich vor. Als Dickopp außer Sichtweite verschwand, stieß Brandy einen dumpfen Seufzer aus und ließ einen noch dumpferen Furz fahren, der ihn in die Luft hob und aus dem Fenster wirbelte.

Er fiel an drei Stockwerken vorbei und schlug geräuschlos am Boden auf. Dort blieb er einige Minuten lang liegen und machte eine Bestandsaufnahme seiner nicht vorhandenen Verletzungen. Dann löste er sich vom Matsch und schaute sich um, denn er wollte wissen, ob sein Fenstersturz bemerkt worden war. Da sich die meisten unserer Figuren in Königsafter aufhielten oder gerade von einem Ort zum anderen reisten, hatte niemand Brandys Fall mitbekommen. Er lief also zum Schloss hinüber und kletterte ohne ein ihm zum Vorteil gereichendes Seil die Wand hinauf. Drei Minuten später war er, ohne dass Meyster Bleyster etwas davon merkte, wieder in seinem Schlafgemach.

Nachdem er seine matschigen Kleider abgelegt hatte, krabbelte er ins Bett und dachte zum ersten Mal in seinem Leben an Olle Fettel, seine Kinderfrau, die eigentlich *vor* diesem Kapitel irgendwo hätte erwähnt werden müssen, aber ganz sicher nach diesem Kapitel nicht mehr erwähnt wird.

Mit der riesigen grünen Warze auf der Nasenspitze, ihrer schrumpeligen Haut und den drei Hängebrüsten war Olle Fettel noch immer das hässlichste Lebewesen, das Brandy in seinem Leben gesehen hatte. Ihr Blick war rheumatisch, ihr Atem abscheulich, und wo Brandys gasige Ausdünstungen entzückend waren, waren die Olle Fettels widerwärtig.

Als Brandy vor sich hin döste, wurde eine der vielen Märchen, die Olle Fettel ihm erzählt hatte, in seinem Kopf wieder lebendig: Das Märchen von den drei Anderen.

Laut Olle Fettel sollte die Hälfte der hinter der Mauer lebenden Anderen liebenswürdig und gütig sein. (Die anderen Anderen waren gewalttätige Rohlinge ohne jegliches Gewissen.) Vor ganz ganz vielen Sommern beschloss ein liebenswürdiger Anderer namens Schlyma Fynga, drei andere Andere zum Guten zu bekehren. Der erste Andere, den er ansprach, hieß Hader Lump.

»Hader«, sagte Schlyma, »ich glaube, dein Leben wäre erfüllter, wenn du damit aufhören würdest, anderen Anderen die Glieder auszureißen.«

Hader schaute Schlyma skeptisch an und sagte: »Ich glaube, dass du recht hast, aber ich werde mit dem Gliederausreißen nur aufhören, wenn du unseren mittleren Bruder überzeugen kannst, desgleichen zu tun.«

Mit singendem Herzen rutschte Schlyma zum Heim von Haders Bruder, der Dreckjer Lump hieß. »Dreckjer«, sagte Schlyma, »ich glaube, dein Leben wäre erfüllter, wenn du damit aufhören würdest, anderen Anderen die Glieder auszureißen.«

Dreckjer kratzte sich am Kinn und erwiderte: »Könnte sein, dass du recht hast. Geh zu unserem jüngsten Bruder. Wenn du ihn an Bord holen kannst, bin ich dabei.«

Auf Wolken schwebend schlitterte Schlyma zum Heim des jüngsten Lump, der Ober hieß. »Ober«, sagte er, »ich glaube, dein Leben wäre erfüllter, wenn du damit aufhören würdest, anderen Anderen die Glieder auszureißen.«

Ober schob sich einen Finger ins Ohr und sagte: »Ich würde ja gern sagen, dass es eine gute Idee ist, Schlyma, aber ehrlich, ich kann es nicht.« Dann riss er Schlyma den linken Arm ab. Das Blut spritzte nur so aus Schlymas ausgerissenem Glied und dem klaffenden Loch seiner Schulter und bemalte die Wände von Ober Lumps Haus, und ihn natürlich auch. Dann schob Ober Lump seine Faust in das Schulterloch und tastete darin herum als befände er sich auf Schatzsuche … was er, wie sich bald zeigte, auch war: Er brach ein dickes Stück von Schlymas Schlüsselbein ab, musterte es sinnierend und schob es sich dann in den Mund. Er brauchte mehrere Minuten, um es gänzlich zu zerkauen, während Schlyma natürlich verblutete. Dann rief Ober Lump seine Brüder, und als die sein Haus erreichten, fraßen sie Schlymas Leichnam auf, als sei es ihre allerletzte Mahlzeit … Was es, wie sich bald erwies, auch war, denn zufälligerweise hatte Schlyma die Blutgruppe AB negativ, und das war eine Blutgruppe, auf die das gastrointestinale Gekröse der Lumpen allergisch reagierte. Als Schlymas Blut auf das Gedärm von Hader, Dreckjer und Ober Lump einwirkte, explodierte ihr Magen, gelber Eiter quoll aus ihrem Mund, und sie starben einen grässlichen und schmerzhaften Tod. Die Moral von der Geschicht lautete, wie Olle Fettel erläutert hatte: *Lass dich nicht mit den Anderen ein.*

Noch Wochen nachdem Brandy diese Geschichte gehört hatte, hatte er von abgerissenen Armen und explodierenden Bäuchen albgeträumt. Irgendwann hatten Netthard und Kätzeleyn Wind von Olle Fettels Gutenachtgeschichten bekommen und sie schlussendlich gefeuert. Dies jedoch beendete die Albträume des Knaben keineswegs.

Als Brandy an den grausigen Höhepunkt der Geschichte dachte – und ihm seine zahllosen Albträume einfielen –, floh er aus dem Bett, sprang aus dem Fenster und landete mit einem Übelkeit erzeugenden matschigen Klatschen auf Dickopps Matschhaufen. Dort blieb er mehrere Minuten lang liegen und machte eine Bestandsaufnahme seiner nicht vorhandenen Verletzungen. Dann löste er sich vom Matsch und schaute sich um, denn er wollte wissen, ob sein Fenstersturz bemerkt worden war. Da sich die meisten unserer Figuren in Königsafter aufhielten oder gerade von einem Ort zum anderen reisten, hatte niemand Brandys Fall miterlebt … doch Brandy sah und hörte eine der Figuren: Bobb.

Sein großer Bruder stampfte im Hof herum und führte Selbstgespräche. Brandy spitzte die Ohren, um zu erlauschen, was Bobb sagte. Doch das, was er zu hören bekam, gefiel ihm kein bisschen.

»Das Haus Quark hat keinen Führer«, schwafelte Bobb. »Vater wird alt, Mutter ist eine Idiotin. Würden wir angegriffen, würde seine Lordschaft dem Feind einen Vortrag halten und ihm erklären, dass wir doch alle lieb zueinander sein sollen. Mutter würde eine Tüte Götterkraut kreisen lassen und ihnen einen Kuchen backen. Ich jedoch … Ich würde ein unbesiegbares Heer aufstellen und sie niedermetzeln. Ich würde sie alle niedermetzeln! *Buah hah hah hah!!!*«

Als Bobb außer Sicht- und Hörweite war, ließ Brandy den übelsten Wind los, der ihm je entwichen war. Er war so stark, dass er ihn vom Boden und die drei Etagen zu seiner Schlafkammer hinaufhob. Dort wischte er den Matsch von seinem nackten Leib ab, krabbelte ins Bett und kam zu dem Schluss, dass die Einzelhaft so übel nun auch nicht war.

Lolyta

In ihrem riesigen Matschbett, unter sechshundertfädige osterhasiénsische Baumwolllaken gekuschelt, lächelte Loly Thiergarten vor sich hin und dachte: *Wie schön es doch ist, die KÖNIGSBRATZE zu sein.*

Die letzten Monate waren die besten ihres Lebens gewesen: Man erfüllte jeden ihrer Wünsche. Alle in Donkosacken (natürlich ausgenommen Vladymyr) behandelten sie mit Respekt, und wie sich herausgestellt hatte, war Iwan Drago (nebst seinem riesigen Pferdepimmel) unter der Pferdedecke unheimlich gut. Insgesamt gesehen führte sie ein märchenhaftes Leben.

Wenn man von den Träumen absah.

In wirklich jeder Nacht fand Loly sich, offenbar wenige Minuten nach dem Schließen der Augen, auf einem gigantischen Platz wieder, auf dem es von Eiern aller Farben und Größen wimmelte. Viele dieser Eier lebten und versuchten, sie anzugreifen. Loly duckte sich und wich ihnen aus, doch die Eierattacke war so intensiv, dass nichts von dem, was sie tat, sie hundertprozentig schützen konnte, sodass sie am Ende unausweichlich eins übergebraten bekam. Die meisten Eier waren mit etwas gefüllt, mit dem ihrer Ansicht nach die meisten Eier gefüllt waren: schleimigem Weiß und schleimigem Gelb. Doch einige dieser Eier enthielten Küken, und die waren echt abscheulich:

winzig, gelb und mit flauschigen Federn bedeckt. Diese grässlichen Lebewesen versuchten sich mit Loly zu verständigen, doch leider konnte sie ihre Sprache nicht verstehen, die offenbar nur aus dem Wort *Quak* bestand.

Als Loly der Magistrata Illinois von diesen Träumen erzählte, bedachte diese sie mit einem eigenartigen Blick und erklärte: »Es klingt so, als hättet ihr von Enten geträumt, liebste KÖNIGSBRATZE. Ihr seid geradezu von Enten besessen. Himmel, Arsch und Zwirn – Ihr seid ja auch die Prinzessin von Entenhausen!«

»Das sind doch keine Enten, Magistrata. Enten sind groß; größer als man sich vorstellen kann. Und sie sind grün und haben Schuppen, und einen langen Schweif mit hornigen Zacken. Und sie spucken Feuer. Buuuh!«

»Ihr sprecht von Drachen, liebste KÖNIGSBRATZE«, erklärte Illinois.

»Nein, ich spreche eindeutig von Enten. Drachen sehen wie Pferde aus – nur sind sie schwarzweiß gestreift.«

»Das sind Zebras, liebste KÖNIGSBRATZE.«

»Nein, Zebras sind klein«, behauptete Loly. »Sie sind schwarz und haben einen weißen Bauch. Sie watscheln, und obwohl sie Schwingen haben, können sie nicht fliegen.«

»Das sind Pinguine, liebste KÖNIGSBRATZE.«

Loly riss die Tür der Schlafkammer auf und schrie: *»Vladymyr!«*

Ihr Bruder war im Blinzeln eines Drachenauges bei ihr. »Ja, liebste Schwester?«

»Sag der Magistrata Illinois, wie Drachen aussehen.«

»Wie Pferde«, sagte Vladymyr, »nur schwarzweiß gestreift.«

Illinois verdrehte die Augen im Kopfe und stampfte aus

dem Raum, wobei sie murmelte: »Das Haus Thiergarten und seine götterverdammten Hauslehrer!«

Loly rief hinter ihr her: »Bevor alles zu Ende geht, wird eine Ente in dieser Geschichte eine wichtige Rolle spielen, da gehe ich jede Wette ein!« Sie wandte sich Vladymyr zu und fragte: »Enten werden doch eine wichtige Rolle in dieser Geschichte spielen, oder? Also, nachdem wir sie nun schon so oft erwähnt haben, *muss* es doch so sein, nicht wahr?«

Bevor Vladymyr antworten konnte, galoppierte ein Donkosacke in den Schlafraum und sagte: »Kongo bongo, bongo kongo, Reitstunde.«

Vladymyr schaute Lolyta erschreckt an, dann keuchte er: »Hat er gerade *Reitstunde* gesagt?«

»Ja«, wisperte sie zurück. »Scheint so, dass sie allmählich unsere Sprache aufschnappen.«

»Wie unheimlich. Und so schnell.«

Die KÖNIGSBRATZE zuckte die Achseln »Egal. Gehen wir halt reiten.«

Die Thiergartens genossen den Unterricht aus den gleichen Gründen: Statt Rosse ritten sie Donkosacken, und für Loly und Vladymyr war es viel befriedigender, einen männlichen Donkosacken zu besteigen als ein Ross. (Vladymyr war von seinem ersten Donkosacken nicht beeindruckt, da es sich bei ihm um ein Weibchen namens Iwan Barbara handelte, also hatte er so lange herumgequengelt, bis man ihm ein Männchen namens Iwan Kevin gab). Loly fühlte sich ihrem Unterrichtskosacken Iwan George recht zugetan und glaubte, wenn sie ihn bestieg, anhand seines Stöhnens zu erkennen, dass auch er gewisse Sympathien für sie empfand.

Während der fünften Lektion war Loly schon eine Expertin in Sachen Donkosackenreiten. Um der Wahrheit die Ehre zu geben: Sie brauchte überhaupt keinen Unterricht mehr, aber sie wollte nicht damit aufhören. Vladymyr jedoch wirkte verdattert, fast als sei er auf der Suche nach sich selbst.

Nachdem die beiden ihre Zentauren bestiegen hatten, sagte Iwan George: »Oingo boingo, auf ge-he-hets!«

»Hat er gerade ›auf ge-he-hets‹ gesagt?«, flüsterte Vladymyr aufgeregt.

»Ist das nicht wurscht?«, erwiderte Loly.

»Ich finde es unheimlich, wie sie sich innerhalb nur weniger Kapitel von schwachköpfigen Untermenschen zu artikulationsfähigen Kreaturen entwickelt haben«, meinte Vladymyr.

»Bibbedi babbedi buh«, knurrte Iwan Kevin. »Das habe ich absolut verstanden.«

»Siehst du?«, zischte Vladymyr Loly zu und deutete auf den Donkosacken.

Loly kratzte Iwan George hinter dem Ohr und sagte zu ihrem Bruder: »Als KÖNIGSBRATZE befehle ich dir, die Klappe zu halten. Und an Iwan George gewandt sagte sie: »Oingo boingo, auf ge-he-hets!«

Nach dem Unterricht, den sie, wie üblich, ein wenig zu sehr genossen, sprangen sie von den Donkosacken ab und spazierten langsam zum Schloss zurück. Loly hatte nicht viel zu sagen, denn sie konzentrierte sich auf das Kitzeln in ihren Lenden. Vladymyr, der Probleme mit dem Gehen zu haben schien, war ebenso still. Kurz bevor sie das Schloss betraten, fiel Loly auf, dass ihr Bruder unterhalb der Gürtellinie etwas sortierte, wobei seine Miene eine Mischung aus Entzücken und Pein ausdrückte. Mit einem Blick auf seine Gürtellinie sagte sie: »Ist alles in Ordnung, o Bruder mein?«

Vladymyr nahm die Hand von seinem Unterleib und kratzte sich hektisch am Kopf. »Es ist alles in Ordnung«, behauptete er. »Wie kommst du darauf, es könnte anders sein? Mir geht's großartig. Offen gesagt, mir geht's *vollkommen* großartig. Ich bin *völlig* bei der Sache!«

Loly stierte ihren Bruder einen misslichen Moment an und fragte dann: »Möchtest du mir irgendetwas sagen?«

»Was? Dir was sagen? Was meinst du damit? Was soll ich dir denn sagen? Da gibt's nichts zu sagen. Ich bin *völlig* bei der Sache.«

»Das glaube ich auch«, sagte Loly. Nach einer peinlichen Pause stieß sie hervor: »Dann muss ich es wohl sein, die es geradeheraus fragt: Magst du Knaben?«

»Aber nein!«, sagte Vladymyr verächtlich. »Du *weißt* doch, dass ich Mädchen mag! Ich *liebe* sie sogar! Ich denke nur an Schnallen! Also wirklich, überleg mal, wie oft ich dich in die Nippel zwicke!«

»Und das gefällt mir auch«, gab Loly zu. »Aber manchmal habe ich den Eindruck, dass du es nur machst, um irgendwas zu kompensieren. Oder so.«

Vladymyrs Gesicht wurde rot, und er kreischte: »Halt die Schnauze, Froylein von Entenhausen! Halt sofort die Schnauze! Mädchen sind das Beste! Es gibt nichts Besseres als das, was sie zwischen den Beinen haben! *Nichts!* Wenn jetzt ein Mädchen hier wäre, würde ich auf der Stelle in es einfahren!«

»Ich bin doch hier«, sagte Loly. »Und wie alle hier in Osterhasién es sagen: Inzest ist das Beste!«

»Aber … aber … aber …«, stammelte Vladymyr. »Du bist doch *verheiratet!*«

»Darüber kann ich hinwegsehen«, sagte Loly achselzuckend. »Du auch?«

Sie stierten sich ein paar Herzschläge lang gegenseitig an, dann sang Vladymyr, wobei er mit einem Fuß den Takt schlug: »… denke nur an Schnallen … denke nur an Schnallen … denke nur an Schnallen …«

»Offenbare dich, lieber Bruder«, rief Loly. Da er nicht antwortete, murmelte sie vor sich hin: »Offenbare dich.« Dann ging sie langsam und nachdenklich in ihr Schlafgemach zurück.

Netthard

Netthard saß am matschigen Ufer des Flusses, der durch Königsafter floss, und stierte auf das friedliche Gewässer, als sei es eine sich schlängelnde Schlange und vergeudete keinen Gedanken daran, dass sein neuer gefiederter Anzug (Piephahn hatte ihn beschafft) mit jeder Sekunde mehr verschmutzte.

Piephahn jedoch wirkte weniger als erfreut.

»Eure Fußschaft«, winselte der Nicht-Eunuch, der sich erfolglos bemühte, das Winseln aus seiner Stimme zu verbannnen, »Eure seidenen Beinkleider sind nicht zum Sitzen an matschigen Flussufern und dem Stieren auf friedliche Gewässer, die so wirken, als seien sie schlängelnde Schlangen, geschaffen.«

»Ich weiß Eure Besorgnis zu schätzen«, log Nett, »aber mir gehen dringendere Probleme durch den Kopf. Ich habe eine Idee geboren.«

»Eine Idee geboren?«, fragte Piephahn. »Das klingt ja abscheulich.«

»Ich bin sicher, dass alles, was mit Geburt zu tun hat, in Euren Ohren abscheulich klingt, Eunuch.«

»Ich *bin* kein Eunuch«, verkündete Piephahn beleidigt. Er täuschte an, seine Beinkleider herunterziehen zu wollen. »Möchtet Ihr den Beweis sehen?«, fragte er dann.

Nett hob zwei Hände voller Matsch auf und rieb ihn

sich in die Augen. »Noch einmal: Nein, nein, nein, bei den Göttern, nein! Doch um meiner Seelenruhe willen will ich Euch gern zugestehen, dass Ihr kein Eunuch seid. Auch werde ich es nie wieder erwähnen. Was natürlich nicht bedeutet, dass einige Kapitel später ein anderer dieses Thema aufgreift, falls Ihr versteht, was ich meine.«

»Danke.« Piephahn seufzte. Kurz darauf sagte er: »Ich könnte ihn Euch trotzdem zeigen. Nur so zum Spaß.«

Nett schmierte sich noch mehr Matsch in die Augen und erwiderte: »Ich danke Euch, aber es besteht kein Bedarf. Ich habe Euch nämlich hierhergerufen, um mit Euch zu besprechen, wie wir Königsafter aus dieser finanziellen Zwangslage herausbekommen. Ich habe beschlossen, ein Festyval zu veranstalten.«

»Ihr meint gewiss ein *Festival*«, sagte Piephahn.

»Nein«, gab Nett zurück. »Ich meine ein Festyval. Mit Ypsilon. Ich werde es das Wutzstock-Festyval der Froyde, Fryvolität und Fechterey nennen. Drei Tage Krieg und Geschrei. Der Eintritt kostet zehn Kröten pro Tag. Da die Bevölkerung Königsafters zweihunderttausend Köpfe beträgt, nehmen wir netto sechs Millionen Kröten ein, was mehr als genug ist, um unseren Kredit an Chyna zurückzuzahlen. Was natürlich nicht bedeutet, dass wir ihn auch zurückzahlen *werden*, aber das ist völlig nebensächlich.«

»Ich kann mir aber nicht vorstellen, dass alle Bewohner der Stadt an diesem Festyval teilnehmen«, sagte Piephahn.

»Und *ob* Sie daran teilnehmen werden, Piephahn.«

»Woher wollt Ihr das Wissen?«

»Ganz einfach: Wer das Festyval verpasst, wird geköpft.«

»Na, wenn *das* keine Idee ist!«, rief Piephahn strahlend aus.

Juan

Juan Nieve wischte sich den Matsch von den Schuhen und murmelte *»Barro maldito*[41]*, barro maldito*[42]*, barro maldito*[43]«, dann warf er einen Blick auf die Mauer und bemerkte die sich an ihrem Fundament bildende Pfütze. »Ich kann mir nicht vorstellen, was aus diesem Ding werden wird, wo doch der Sommer jetzt naht«, brummte er.

»Der Sommer naht?«, sagte eine Stimme hinter ihm.

Juan stimmte ihr zu, ohne sich umzudrehen. »Ja. *El verano se acera.«*[44]

»Der Sommer naht?«, fragte die Stimme.

»El verano se acera[45]«, stimmte Juan ihr zu.

»Der Sommer naht?«, fragte die Stimme.

»El verano se acera[46]«, stimmte Juan ihr zu, dann drehte er sich um und sah sich dem Bauch eines Knaben gegenüber, den man, wenn man es wohlwollend umschrieb, kräftig nennen konnte. War man jedoch der Wirklichkeit verpflichtet, hätte man ihn auf widerwärtige Weise fett-

---

41 Götterverdammter Matsch.

42 Götterverdammter Matsch.

43 Götterverdammter Matsch.

44 Der Sommer naht.

45 Der Sommer naht.

46 Der Sommer naht.

leibig nennen müssen. »Kann ich dir helfen, *el gordo?*«[47], fragte Juan.

»Nenn mich nicht Dicker«, sagte der Dicke.

Juan schenkte dem Dicken einen eingehenden Blick, dann sagte er leise: »Du verstehst ja meine Sprache. Du bist der Einzige in Osterhasién, der sie versteht.« Ihm war zumute, als hätte er einen Kloß in der Kehle. »Mir ist, als hätte ich einen Kloß in der Kehle«, sagte er.

Der Dicke rieb seine feiste Wampe. »Und mir ist, als hätte ich einen Kloß im Magen.«

Sie schauten sich ziemlich lange in die Augen und warfen sich dann in die Arme des jeweils anderen, wobei der Dicke auf Juan fiel. »*Gxgglmrldtwop*«[48], hustete der Vollhorst.

Der Knabe rollte sich von Juan herunter und entschuldigte sich. »Ich entschuldige mich. Schlechte Angewohnheit.« Dann entbot er Juan die Hand und sagte: »Samson Tscharlie, genannt der Runde, aus Hornberg-Schießen.«

Während Juan Samsons fleischige Hand schüttelte, zog er sich auf die Beine und sagte: »Juan Nieve, Vollhorst aus Sommerpeltz.« Einen Herzschlag später führte er aus: »Versteh mich nicht falsch – du scheinst ja ein Pfundskerl zu sein –, aber es ist doch wirklich komisch, dass du so plötzlich aus dem Nichts hier auftauchst. Es ergibt doch überhaupt keinen Sinn, dass irgendein komischer dicker Knabe einfach so *mal eben* auftaucht. Es ist fast so, als wärst du nur dazu da, uns daran zu erinnern, wie wichtig es ist, gesund zu bleiben. Vielleicht bist du auch nur eine

---

47 Dicker.

48 Gxgglmrldtwop.

Metapher für Entfremdung? Oder ein Pausenclown? Was du auch hier machst; es hat keinen Einfluss auf irgendwas. Es wäre besser, wenn dein Auftauchen irgendwo hinführt, denn das Letzte, was die Geschichte jetzt braucht, ist noch eine Figur, die nur zum Seitenfüllen dient.« Juan deutete auf Samsons feiste Wampe. »Aber eins will ich sagen: Wenn du überhaupt zu etwas nütze bist, dann zum Füllen von Seiten.«

Ein strahlendes Grinsen lief über Samsons Gesicht; ein Lächeln, das einen winzigen Moment so glückselig war, als sei seine Korpulenz fast überhaupt kein Thema mehr … wobei *fast* das Schlüsselwort war, weil seine Korpulenz *immer* ein Thema sein würde. »Juan Nieve, du und ich werden tolle Freunde werden. Du bist ein Vollhorst, und ich bin ein Fettarsch. Wir sind zwei Erbsen in einer Schote.«

»Tja, Samson, das müsste dann aber eine unheimlich große Schote sein!«, juxte Juan. Dann lachten die Knaben, und lachten und lachten und lachten. Als ihr Gelächter erstorben war, fragte Juan: »Also, Fettarsch, wenn du keine Metapher bist, was führt dich an die Mauer?«

»Tja, Vollhorst, ich möchte heute das Rauschjahr anfangen! Ich möchte dem Bund der Nachtwächter angehören!«

Juan sagte kopfschüttelnd. »Willst du nicht.«

»Will ich doch!«, schrie Samson. »Ich möchte die Grenze verteidigen! Ich möchte Abenteuer erleben! Ich möchte eine Metapher sein! Ich möchte ein Gleichnis sein! Ich möchte eine Allegorie sein! Ich möchte gegen die Anderen kämpfen …«

In der Ferne schrie eine Stimme: *»Wir sind nicht die Anderen! Wir sind die Großartigen, Arschloch!«*

»… und außerdem möchte ich zum Bund gehören.«

»Du wärst eine wunderbare Bereicherung der Familie«, rief eine Stimme aus dem Hintergrund.

Die beiden Außenseiter fuhren herum, und Juan höhnte: »Hallo Otter.«

»Hallo Vollhorst«, höhnte Otter zurück. »Wer ist der Fettarsch?« Samson hielt Otter die Hand hin und wollte sich vorstellen, doch Otter übersah sie einfach und sagte stattdessen: »Du bist der größte Fettsack, den ich je gesehen habe. Ich wette, du kannst göbeln, als gäbe es kein Morgen mehr.«

Samson kratzte sich am Kopf. »Göbeln?«

»Ja, göbeln. Du weißt doch: reihern, kotzen, exkorporieren, speien, flatschen, vomieren, sich übergeben.«

Nach kurzem Schweigen sagte Juan: »Bist du fertig?«

»Aber nein«, spottete Otter. »Auswürgen. Abkübeln. Barfen. Brechen. Briggeln. Bröckeln. Brocken lachen. Würfelhusten. Das Innere zum Vorschein bringen. Den Mock rauslassen. Den Porzellangott anbeten. Die inneren Werte zeigen. Die Speisekarte faxen. Die Suppe noch mal würzen. Rückwärts essen. Den Matsch markieren. Sich noch mal alles durch den Kopf gehen lassen. Die Erbsensuppe parken. Die Grog-Ballade singen. Das Essen aus dem Gesicht fallen lassen.« Er zeigte auf Samson und meinte: »Ich weiß genau, dass du weißt, was ich meine, Dicker.«

»Ich … ich … ich«, stammelte Samson, »halte es nicht für eine gute Idee, diesen Weg zu beschreiten. Weil … weil … weil ich, wenn ich anfange ihn zu gehen, niemand weiß, wann ich wieder anhalte.«

»Bruda«, sagte Otter strahlend, »du klingst wie ein geborener Göbelmeister.« Er reckte den Hals zum Himmel hinauf und erzeugte ein bemerkenswert lautes Würgen, woraufhin sämtliche Nachtwächter-Lehrlinge angerannt kamen. »Ja, Bruda Otter?«, sagten sie wie aus einem Munde.

»Rotarschkameraden, das ist Samson Tscharlie. Ihr könnt ihn auch Sammy nennen.«

»Nein, könnt ihr nicht«, protestierte Sammy.

»Können wir doch«, disputierte Otter. »Bruda Sammy ist mutmaßlich einer der besten Göbler in ganz Osterhasién, und das wird er uns gleich demonstrieren.«

»Nein, werde ich nicht«, protestierte Sammy.

»Wirst du doch«, disputierte Otter.

»Bring's einfach hinter dich, Sammy«, sagte Juan. »Wenn du zu ihnen gehören willst, musst du es irgendwann sowieso tun.«

»Mein … mein … mein Magen«, stammelte Sammy, »ist leer, weil ich auf dem Weg hierher – wie sagt ihr noch? – gevö …«

»Gegöbelt«, korrigierte Pinto ihn.

»… gegöbelt habe. Auf dem Weg hierher.« Sammy tätschelte seinen Bauch und fügte hinzu: »Ist ganz leer.«

»Aber nicht mehr lange.« Didi grinste und warf Sammy eine riesige Grog-Dose zu. »Öl' dir mit der Hälfte davon die Kiemen, dann göbelst du bis zum Sommer.«

Sammy seufzte. »Ich mag keinen Grog.«

»Großartig«, sagte Flunder. »Dann göbelst du noch viel schneller.«

Natürlich fing Otter nun an zu singen, und die Nachtwächterknaben fielen sofort in den Gesang ein: *»Sauf! Kotz! Sauf! Kotz! Sauf! Kotz!«*

Sammy gab schließlich nach. »Na schön«, sagte er. »Einer ist keiner.« Er kippte die ganze Grogdose auf Ex in seine Kehle. Die Nachtwächter keuchten erstaunt auf – sogar Juan war beeindruckt – und waren zum ersten Mal sprachlos.

Schließlich hauchte Otter ehrfürchtig: »Das war ein Geniestreich, Sammy. Ich kann's kaum erwarten, dich göbeln zu sehen. Lass es nun raus. Du möchtest es doch auch.«

Sammys Stirn war voller Schweißperlen, als er röchelnd sagte: »Ich möchte es *auch.*« Dann holte er tief Luft, dann noch einmal und noch einmal, und dann beugte er sich so weit zurück, wie er konnte – was, um die Wahrheit zu sagen, nicht sehr weit war – und öffnete den Mund, um ein Rülpsen auszustoßen, das drei Bäume entwurzelte und Otter & Co. auf den Hintern fallen ließ.

Otter setzte sich hin und betastete sein Hemd. »Es ist trocken«, sagte er. »Wo ist das Gegöbel?«

Sammy begutachtete seine Schuhe. Er war eindeutig peinlich berührt. »Ich kann nicht göbeln«, gestand er. »Ich konnte es nie und werde es wahrscheinlich auch nie können.«

»Tja, das, was man können muss, um Nachtwächter zu sein, hast du eindeutig nicht erfüllt. Ich rate dir, diese Gegend sofort zu verlassen. Wenn du's nicht tust, musst du ernsthafte Konsequenzen tragen.« Dann stampften Otter & Co. von hinnen.

Sammy schaute hinter ihnen her und fragte Juan: »Was meinen die mit ernsthaften Konsequenzen?« Er hielt inne und meinte dann: »Moment, lass mich raten: Sie göbeln mich voll.«

»*Si*. Sie göbeln dich voll.«

Sammy ließ den Kopf hängen, dann sagte er leise: »Die

Kameradschaft, die ich gesucht habe, ist nicht hier.« Er warf einen Blick auf die Mauer. »Vielleicht wollen die Anderen mich haben.«

»Nein, wollen wir nicht! Außerdem sind wir nicht die Anderen! Wir sind die Großartigen, Arschloch!«

»Tja, das beantwortet meine Frage wohl«, sagte Sammy seufzend. »Dann geh ich mal.«

Er machte zwei Schritte, doch dann tauchte Bruda Alibert Korn plötzlich aus dem Nichts auf. »Wohin des Weges, Fettarsch?«

»Weg«, ächzte Sammy.

»Nee, bleib mal hier. Ich glaube, du könntest an der Front den Witzbold geben.« Er wandte sich an Juan: »Hör mal, Vollhorst, dein Kumpel Bänkjen Quark ist verschwunden.«

»Au weia«, sagte Juan, »an den hab ich ja seit, ähm, zehn oder fünfzehn Kapiteln nicht mehr gedacht. Habt ihr irgendeine Ahnung, wo er sein könnte?«

Hinter einem Baum räusperte sich jemand.

»Was war das?«, fragte Korn.

Juan und Sammy zuckten die Achseln. Dann ertönte das Räuspern noch einmal.

»Was war das, verdammt?«, fragte Korn erneut und erneut, und Juan und Sammy zuckten noch ein-, zweimal die Achseln.

Aus dem Räuspern wurde ein Hüsteln ... ein Hüsteln, das bemerkenswerterweise nicht wie ein *Kröch-Kröch-Kröch* klang, sondern wie ein *Bänk-Bänk-Bänk*.

Sammy wandte sich Juan zu und fragte: »Findest du auch, dass es eher nach *Bänk-Bänk-Bänk* als nach *Kröch-Kröch-Kröch* klingt?«

»Nein«, meinte Korn ablehnend. »Auf keinen Fall.«

»Aber ja«, rief der Hüstler. »Und ob es so klingt!« Und dann trat Bänkjen Quark hinter dem Baum hervor.

Juans Miene verzog sich zu einem albernen Grinsen. »Onkel Bänkjen, in den letzten sechsundzwanzig Sekunden dachte ich, du wärst verschwunden, und das waren die schlimmsten sechsundzwanzig Sekunden meines Lebens!«

»Willst du wissen, was die schlimmsten sechsundzwanzig Sekunden meines Lebens waren, Vollhorst?«, fragte Bänkjen.

»Eigentlich nicht«, sagte Juan.

Bänkjen überhörte ihn einfach. »Es war im Jahr achtundsechzig. Ich war in Da Nang, saß bis zum Arsch in einem beschissenen Reisfeld, und Charlie war links, rechts, vor und hinter mir. Mein Kumpel Pferdi hatte sich 'n Schrapnell eingefangen; der tolle Hund verblutete vor meinen Füßen. Als er sagte, ich solle Mischelle und den Kindern sagen, dass er sie liebte, wurde mir eins klar: Wenn Pferdi den Löffel abgab, konnte ich ihn auch abgeben. Ich hatte ja keine Muni mehr, und auch keinen Stoff. Ich hatte kein Wasser und auch fast keine Zeit mehr, und da war ich sechsundzwanzig Sekunden lang sicher, dass ich tot war, sicher, dass das Haus Quark ohne mich würde auskommen müssen. Doch dann kamen die Chopper, und die haben mich geradewegs nach Sommerpeltz gebracht.« Er pausierte ein Weilchen und sagte dann: »Ich schäme mich nicht zu sagen, dass ich nach der Landung den Matsch geküsst habe.«

Hinter der Mauer schrie jemand: *»Es gehört sich nicht, den Fitzkong Charlie zu nennen, Arschloch!«* Dann wurde Bänkjen Quark von einer ferngelenkten AGM-87-Rakete pulverisiert.

Juan, Korn und Sammy begutachteten traurig das von ihm übrig gebliebene Aschehäufchen. Schließlich sagte Korn: »Ist nicht böse gemeint, Vollhorst, aber den blöden Psychopathen werde ich nicht vermissen.«

»Ich auch nicht«, hauchte Juan. Dann klopfte er Sammy Tscharlie auf die Schulter und sagte: »Na komm, *culo enorme*[49]. Ich schicke dich nicht mutterseelenallein in die Welt hinaus, Fast-Bruda. Wir bringen dir schon bei, wie man göbelt.«

Sammy schenkte Juan ein dankbares Lächeln und hauchte traurig: »Nichts würde mich glücklicher machen, du riesiger Vollhorst. Überhaupt nichts.«

49 Dickarsch.

Netthard

Laut der *Encylopaedia Osterhasica* lag das Haus Quark in Sachen Analphabetentum an zweiter Stelle – natürlich kam es gleich hinter dem Haus Thiergarten – teilweise deswegen, weil die Schulen in Königsafter nur während des nie kommenden Sommers geöffnet waren, und teilweise, weil der einzige Buchladen am Ort sich am Fuße eines aktiven Vulkans befand, in einem Einkaufszentrum, das auch die einzige Apotheke der ganzen Gegend beherbergte.

Als Lord Netthard Quark den besagten Laden betrat, las er Lady Kätzeleyn Snulli-Quarks Rabengramm. Und noch einmal und noch einmal.

Ich weiß, dass du ganz und gar mit diesem hirnrissigen Festyval beschäftigt bist, aber vergiss nicht, dass Triton Sinister versucht hat, unser Kind zu ermorden, und dass du in Erfahrung bringen musst, warum. Alles Gute, Kätzeleyn.

P.S. Ich habe beschlossen, Prostituierte zu werden.

P.P.S. Du musst dich allein um die Mädchen kümmern, weil ich nicht nach Königsafter zurückkehren, sondern aus Gründen, die mir noch nicht ganz klar sind, lieber meine Schwester besuchen werde. Achte darauf, dass Ariola Gemüse isst.

P.P.P.S. Dein kleiner Freund Piephahn wird mit mir reisen. Ich glaube, er ist ein Eunuch.

P.P.P.P.S. Denk an mich, wenn Du Dich anfasst.

Nett wünschte sich nichts lieber, als an seine Frau zu denken, wenn er sich anfasste, doch in der knappen Zeit, die ihm dafür zur Verfügung stand, konnte er sich nicht konzentrieren. Er dachte ständig an die Sinister-Situation, denn wenn erklärt werden sollte, warum das Haus Sinister sich im Kampfe mit dem Haus Quark befand, wies der Handlungsverlauf Dutzende von Löchern auf, und das lenkte ihn ständig ab. Auf typisch nettische Weise beschloss er, ein wenig zu recherchieren, um die leeren Stellen zu füllen. Deswegen sein Ausflug in den Buchladen.

Der Boden der Buchhandlung Remittendia war mit einer dünnen Vulkanasche bedeckt, doch Nett fand, dass dies den Charme des Lädchens noch erhöhte. Als er zur Ladentheke schlenderte, fiel Swafel Kopp, der Inhaber, vor ihm auf die Knie und sagte durch einen Aschenebel hindurch: »Mylord, Ihr seid des Königs rechter Fuß … Womit darf ein erbärmlicher Buchhändler wie ich Euch an diesem schönen Tage zu Diensten sein?«

»Zuerst«, sagte Nett und wischte sich die Asche vom Gesicht, »befehle ich Euch aufzustehen.« Nachdem Kopp sich erhoben hatte, fuhr Nett fort: »Zweitens benötige ich ein Geschichtsbuch.«

»Welche Art von Geschichtsbuch?«

Nett gab achselzuckend zu, dass er keine Ahnung hatte. »Keine Ahnung. Was in Osterhasiéns Vergangenheit passiert ist, ist etwas verwirrend. Ich meine, die Jahre sind nicht logisch nummeriert; die Sommer und Winter kommen und gehen ohne Reim und Grund, und die Landkarten dieses Ortes ergeben null Sinn. Aber darüber werde ich mir später Sorgen machen; mein momentanes Hauptziel besteht darin herauszufinden, warum alle Häuser einander so götterverdammt hassen.«

Kopp hob den Zeigefinger und sagte: »Ich glaube, da habe ich etwas.« Dann schlitterte er zu den Stapeln. Einige Minuten später kehrte er mit einem überdimensional großen Buch zurück, das er Nett mit der Bemerkung »Dies könnte genau das sein, was Ihr sucht« überreichte.

Nett begutachtete den Umschlag: *Die Abstammungen und Historien und Geschichten und Geheimnisse der ganz ganz vielen Königslande, mit Karikaturen und Verzerrten Darstellungen ganz ganz vieler Hoher Herren und Edlen Damen und ihren Kindern und ihren Haustieren und ihren Sklaven und ihren Essbestecken und ihren Rössern und ihren Wahrzeichen und ihrem Frühstück und ihrem Mittagessen und ihrem Abendessen und ihren Zwiebeln* von Großmeyster Kleyster.

Nachdem er das etwa zweitausend Seiten dicke Buch kurz durchgeblättert hatte, sagte Nett: »Ich weiß nicht, Swafel, aber ich glaube nicht, dass das das richtige ist.«

»Verstehe, Eure Fußschaft«, sagte Swafel. »Ich glaube, ich habe den perfekten Titel.« Und er rutschte erneut von hinnen und kehrte einige Minuten später mit einem noch größeren Buch zurück, das er Nett mit den Worten »Ich glaube, das wird Euch besser gefallen« reichte.

Nett schaute sich den Umschlag an. D*ie Chroniken und Aufzeichnungen und Legenden der Welt, wie wir sie kennen, und die Individuen und Völker, die die Infrastruktu-*

ren und Organisationen und die Gesellschaftsformen und die Gewerkschaften erschaffen haben, die jedes sich seiner Existenz bewusste Lebewesen männlicher und weiblicher und kindlicher und drachenlicher Art im ganzen Land und der Terra Firma und der Scholle und dem Terrain und den historischen Historien, die aus den Versammlungen und Kongressen und Zusammenkünften hervorgegangen sind, die zur Erschaffung der Infrastrukturen und Organisationen und Gesellschaftsformen geführt haben, ertragen und genießen wird von Meyster Schweyfler.

»Ich weiß nicht genau, Swafel.« Nett schaute sich das über dreitausend Seiten starke Buch an und zuckte die Achseln. »Das geht mir doch etwas zu sehr in die Breite.«

»Ah, Ihr möchtet etwas Konkretes. Ich verstehe, Eure Fußschaft. Ich glaube, ich habe den perfekten Titel.« Einige Minuten später kehrte Swafel Kopp mit einem Miniaturbuch zurück – es war im Grunde nur eine Broschüre –, die er Nett mit den Worten »Ich glaube, *das* wird Euch besser gefallen« aushändigte.

Nett schaute sich den Umschlag an: *Warum alle Häuser sich so götterverdammt hassen* von Großmeyster Flasch.

»Perfekt!«, rief Nett aus. »Das nehme ich!«

Auf dem Heimweg las er das Buch in einem Zug aus, doch es erklärte ihm einen Scheiß. Bei der Vorstellung *Die Abstammungen und Historien und Geschichten und Geheimnisse der ganz ganz vielen Königslande, mit Karikaturen und Verzerrten Darstellungen ganz ganz vieler Hoher Herren und Edlen Damen und ihren Kindern und Ihren Haustieren und ihren Sklaven und ihren Essbestecken und ihren Rössern und ihren Wahrzeichen und ihrem Frühstück und ihrem Mittagessen und ihrem Abendessen und ihren*

Zwiebeln oder D*ie Chroniken und Aufzeichnungen und Legenden der Welt, wie wir sie kennen, und die Individuen und Völker, die die Infrastrukuren und Organisationen und die Gesellschaftsformen und die Gewerkschaften erschaffen haben, die jedes sich seiner Existenz bewusste Lebewesen männlicher und weiblicher und kindlicher und drachenlicher Art im ganzen Land und der Terra Firma und der Scholle und dem Terrain und den historischen Historien, die aus den Versammlungen und Kongressen und Zusammenkünften hervorgegangen sind, die zur Erschaffung der Infrastrukturen und Organisationen und Gesellschaftsformen geführt haben, ertragen und genießen* von vorn bis hinten zu lesen, wurde ihm übel – welcher geistig gesunde Mensch hatte wohl Lust darauf, mehr als fünftausend Seiten über Osterhasién zu lesen? – also dachte er, es sei besser, sich wieder an die Arbeit zu machen und den Fall Quark/Sinister irgendwie auszusitzen.

Daheim im Schloss wurde er am Eingang von Piephahn erwartet. Der Nicht-Eunuch packte Nett am Arm und keuchte: »Kommt schnell mit, Fußschaft. Ich habe dringliche Nachrichten!«

»Ihr habt *immer* dringliche Nachrichten, Piephahn.«

»So ist es. Wir haben eine Verabredung.«

»Wo? Mit wem?«

»In der Apotheke. Mit dem Apotheker.«

»Da war ich doch gerade erst«, quengelte Nett. »Hättet Ihr mich nicht mit dem Fernschreier benachrichtigen können?«

»Am Vulkan hat man keinen Empfang. Da kann man schon froh sein, wenn man kurzfristig einen Raben dorthin schicken kann.«

»Warum müssen wir den Apotheker in der Apotheke aufsuchen?«

»Er hat offenbar Neuigkeiten über Lord Quanti Ahorn.«

»Über Quanti? Wirklich? Einfach so?«

»Was meint ihr mit *Einfach so?«*, fragte Piephahn.

»Ich meine, was bedeuten all diese plötzlichen Rückmeldungen?«

»Rückmeldungen?«

»Nun«, sagte Nett. »Wir haben seit götter-weiß-wann nichts mehr von Bänkjen Quark gehört, dann taucht er einfach so aus dem Nichts auf und wird atomisiert. Seit *Ewigkeiten* hat niemand ein Wort über Quanti Ahorn verloren, doch nun begeben wir uns zum Apotheker, um uns mit ihm über ihn zu unterhalten. Was kommt als Nächstes? Werden Slachdood und Doymlack wieder zum Leben erweckt?«

Böses Omen, Juans Schattenpanda, brüllte in der Ferne.

Der Apotheker hieß Schwader Kopp und war Swafels Bruder. Wo Swafel unterwürfig und bescheiden war, war Schwader extravagant und überheblich. »Freunde«, intonierte er, als Nett und Piephahn sein Geschäft betraten, »Quarks, Bartresens, Landsleute, hört mich an, ich dien Euch, um mir's einzubringen.«

»Danke, Schwader«, bedankte sich Nett. »Mein kurzer Freund hier sagt, Ihr hättet uns was mitzuteilen.«

»So ist es auch, Eure Fußschaft. So bringt ein Zufall Amorn oft Gelingen: den trifft ein Pfeil, den fängt er sich mit Schlingen. Oftmals schlägt Erwartung fehl, und dann zumeist ist ein willkommner Dolch, und aus Nichts kann nichts entstehen.«

Lord Quark schenkte dem freundlichen Apotheker

einen eigenartigen Blick und gab zu: »Dunkel ist Eurer Worte Sinn, freundlicher Apotheker.«

»Entschuldigt, Fußschaft. Lasst mich erklären, denn ist es schon Wahnsinn, hat es doch Methode. Alles ist nicht Gold, was gleißt im Sommer unseres Missvergnügens. Ein König von unermesslichem Gebiete entbietet ein langes Fahrwohl all meiner Größe. Ah, Schurke, Schurke; lächelnder verdammter Schurke!«

»Ich verstehe nur Bahnhof«, gab Nett zu.

»Entschuldigt, Fußschaft. Lasst mich des Weiteren erklären: Wer eine Zunge hat, sage ich, kein Mensch sein kann. Oh, was sich die Menschen nicht alles getrauen! Oft ists der eigne Geist, der Rettung schafft! Wann kommen wir drei uns wieder entgegen?«

»Hört mal zu«, sagte Nett, »wir sind eigentlich nur gekommen, weil man uns glauben machte, Ihr wüsstet Neues über Lord Ahorn.«

Schwader zog die Nase hoch, dann sagte er mit einer Stimme, die eine Oktave tiefer lag und bar jedes Etepetete-Akzents war: »Oh, ja, richtig, stimmt. Na schön … Vor'n paar Monaten kam hier so'n Typ rein und bestellte 'n Gift, das macht, dass man sich totlacht, wenn man's einnimmt.«

Da Nett sprachlos war, fragte Piephahn: »Wisst Ihr, wer es war?«

»Nee, aber er sah aus wie 'n Typ, der scharf drauf ist, seine Zwillingsschwester zu nageln.«

»Tja«, sagte Nett zu Piephahn, als sie das Lädchen ruhig und gelassen verließen, um nach dem Missetäter zu fahnden, »das schränkt den Kreis der Verdächtigen natürlich auf die Hälfte der Bewohner Osterhasiéns ein.«

Kätzeleyn

Fünf Tage nach dem Angriff auf ihre Reisegruppe, die wir für nicht erwähnenswert halten – wie viele Angriffe kann man in einem Buch denn schon unterbringen? –, war Lady Kätzeleyn noch immer so schockiert, dass sie weder mit Piephahn noch mit Sör Roher Kassler, dem einzigen überlebenden Komisch Benamten Ritter, einen multiwortigen Satz gesprochen hatte. Doch Kassler, ein geselliger und ausdauernder Reisegefährte, bestand darauf, ihr Erlebnis immer und immer wieder zur Sprache zu bringen.

»Was haben wir denen die Fresse poliert, Mylady«, keuchte er zum zillionsten Mal. »Immer auf die Fresse, zack-zack-zack! Sör Swoynshaxe hat sich wie ein echter Ritter geschlagen, das muss man wohl sagen, wie auch Sör Bürzel-Poarsch, doch obwohl er Sör Heuwald Frühkoelsch und Sör Lunchalot an der Seite hatte, konnte er den endlosen Wogen der kleinen grauen Männchen und ihren blitzenden Waffen nicht standhalten.«

»Grunz«, machte Kätzeleyn.

Kassler fuhr fort. »Und als diese Leute Sör Dygger, Sör Dämelakk und Sör Motorboot in dieses … dieses … Wie habt Ihr es noch genannt, Piephahn?«

»Luftschiff.«

»Richtig, richtig, richtig, in dieses *Luftschiff* zerrten – Mann, das war ein Anblick! Es war fast so, als hätten all meine Ritterkollegen ihren freien Willen verloren; fast so, als schwebten wir über dem Boden. Ich glaube, wenn ich mich nicht hinter dem Baum verborgen hätte, wäre ich jetzt mit ihnen da oben.«

»Grunz«, machte Kätzeleyn.

»Und als das Luftschiff dann vom Boden abhob, da hat es ganz ganz komische Geräusche gemacht.« Kassler versuchte die besagten komischen Geräusche nachzuahmen – seine Version klang wie *Bliblibliblibliblib,* doch in Wirklichkeit hatte das Luftschiff *Blublublublubub* gemacht. Dann hielt er plötzlich an, wischte sich über die Augen und sagte: »Spürt Ihr es auch, Mylady?«

»Was?«, grunzte Kätzeleyn.

»Ich glaube, mir ist ein Regentropfen ins Auge gefallen«, behauptete Kassler.

Piephahn stimmte ihm zu. »Und mir ist ein Tropfen auf die Testikel gefallen. Weil ich nämlich welche *habe,* müsst Ihr wissen.«

Kätzeleyn wandte den Kopf dem Himmel entgegen, und ob du's glaubst oder nicht, ein winzig kleiner Regentropfen tropfte auf ihr Näschen. Von Ehrfurcht ergriffen hauchte sie: »Der Sommer ist da.«

Kassler stimmte ihr ebenso verwundert zu: »Der Sommer ist da.«

»Der Sommer ist da«, wiederholte Kätzeleyn.

»Der Sommer ist da«, wiederholte Kassler.

»Der Sommer ist da.«

»Der Sommer ist da.«

»Der Sommer ist da.«

»Der Sommer ist da.«

Sie führten das Mantra ungefähr zwanzig Minuten lang

fort. Dann hielt Kassler inne, schaute sich um und sagte nachdenklich: »Da wir gerade von Jahreszeiten sprechen … Kommt es Euch nicht komisch vor, dass unsere Flora und Fauna, trotz der Länge unserer kalten und heißen Jahreszeiten, eigentlich eher so aussieht, als würde sie in einem mäßigeren Klima viel besser wachsen? Nicht dass ich jene Götter kritisieren möchte, die diesen Ort erschaffen haben oder so. Also, mir ist natürlich klar, dass man viele Dinge bedenken muss, wenn man eine ganze Welt erschafft, wie etwa Abwandlungen beim Buchstabieren traditioneller Namen, Orte und Tiere. Aber sollte man nicht annehmen, dass die Götter berücksichtigt hätten, welche Auswirkungen lange Sommer und Winter auf das Pflanzenleben haben? Da muss man doch Prioritäten setzen?«

Der Schauer begann so lala. Lady Kätzeleyn, sofort gelangweilt und dann auch wieder nicht, wischte sich die Tropfen von den Brauen und sagte: »Schaut mal, Kassler! Ein Motel! Und das auch noch mitten im Forst!« Sie seufzte stillvergnügt und sinnierte dann: »Es ist fast so, als sei es aus dem Nichts gekommen.«

Nach zweimaligem Klopfen an die Eingangstür des Motels wurde die Tür von einer schlanken Frau mit blondem Haar und einem sanftmütigen Lächeln geöffnet. »Habt Ihr reserviert?«, fragte sie.

»Wie hätten wir denn reservieren sollen?«, erwiderte Kätzeleyn. »Wir wussten ja vor zwei Minuten nicht mal, dass es Euch gibt. Es ist fast so, als wäret Ihr aus dem Nichts gekommen.«

Die Frau schob den Kopf etwas weiter aus der Tür und schaute sich auf eine Weise um, als wollte sie sich überzeugen, dass sie nicht belauscht wurde. Dann sagte sie leise:

»So ist es auch. Stellt keine Fragen.« Dann hielt sie Kätzeleyn die Hand hin und fuhr in einem normalen Tonfall fort: »Martha Fettle, Besitzerin der Renayssance-Herberge. Tretet bitte ein.«

Die Empfangshalle war warm und gemütlich, in warmen Tönen gestrichen und hübsch in Farben eingerichtet, die die Herberge warm und gemütlich wirken ließen. Ein junger Mann saß am Kamin und schrammelte auf einer Gitarre. Dabei trällerte er ein Liedchen.

»Ich fahr mit der Postkutsch', Schätzchen
Immer durch die Nacht
Ich fahr mit der Postkutsch', Schätzchen
Bin bei dir um acht
Aber falls was dazwischenkommt, holla-hi
Back dir'n Zwiebelkuchen, Schätzchen
Denn dann komm ich nie …«

Kätzeleyn war zwar der Meinung, dass der Liedtext, obwohl nicht gänzlich uninteressant, ein absoluter, wenn nicht gar ärgerlicher Quatsch war, doch der abstoßendste Aspekt des Troubadourenauftritts war die Stimme des Sängers: Er hatte eine Grabesstimme, eine Quäkstimme, eine Stimme, die keinen Ton halten konnte; eine Stimme, die man, wäre sie nicht mit diesem nicht gänzlich kranken Text verbunden, nicht hätte hören wollen.

Als der Troubadour die neuen Herbergsgäste sah, hörte er auf zu singen und sagte: »Ah, wunderbar! Publikum!« Er legte die Gitarre vorsichtig auf den Fußboden, stand auf und fügte hinzu: »Gestattet mir, mich vorzustellen.« Er hielt Kätzeleyn die Hand hin. »Bobdillon.«

Kätzeleyn nahm seine Hand. »Lady Kätzeleyn Quark.«

Bobdillon ging vor ihr in die Knie. »Es ist mir eine Ehre, Euch zu begegnen, Mylady. Gefällt Euch meine Musik?«

Kätzeleyn zuckte die Achseln und sagte: »Mäh.«

»Möchtet Ihr lieber ein anderes Lied hören? Ich habe noch ungefähr vierhundertachtundfünfzig andere geschrieben.«

»Ich danke Euch, aber ich bin ziemlich erschöpft, und …«

Bobdillon packte seine Gitarre und schrie: »Eins, zwei, drei, vier!« Dann nölte er das Folgende:

»Sie zwiebeln mich, wenn ich auf die Straße geh
Sie zwiebeln mich, wenn ich auf meinen Füßen steh
Sie zwiebeln mich, wenn ich auf und nieder hüpf
Sie zwiebeln mich, wenn ich das Hütchen lüpf
Das alles wär' mir scheißegal
Wär' das Bier in diesem Gasthaus nicht so schal.«

Nach einundfünfzig weiteren Strophen (ohne Refrain) grinste Bobdillon und fragte: »Hat Euch das besser gefallen, Mylady?«

Kätzeleyn zuckte die Achseln und sagte: »Mäh.«

Bobdillon griff in das in seiner Gitarre befindliche Loch, zog einen faustgroßen Beutel und mehrere rechteckige Papiere heraus und fragte: »Würde Euch das hier besser gefallen, Mylady?«

Kätzeleyn rief lächelnd: »Prinzessin auf dem Kirchturm und all die schönen Menschen!« Dann gingen sie, Bobdillon, Kassler, Piephahn und Martha Fettle daran, sich ordentlich zu bedröhnen.

Irgendwann später – wann genau ist unmöglich zu

sagen, da Bobdillons Götterkraut, wie er sagte, »bombig« war und die Zeit auflöste –, klopfte jemand an die Tür. »Haut ab«, rief Martha Fettle. »Wir haben nix frei!« Woraufhin ihre Kyffpartner sich vor Lachen gar nicht mehr einkriegten.

»Jetzt hör mal, Alda, auf dem Parkplatz steht kein einziges Ross, und dies ist ein Kuhdorf. Der Laden hier ist so 'ne Absteige, dass Rotlichtingen dagegen wie Jungfernhausen wirkt.«

Daraufhin kriegten Kätzeleyn & Co. sich überhaupt nicht mehr ein, und irgendwann sagte Martha Fettle: »Ihr seid drollig, Fremder. Ich glaube, wir können Euch irgendwo dazwischenschieben.« Als sie die Tür öffnete, stand sie einem schlaksigen Riesen Auge in Bauch gegenüber.

»Guten Tag, gnä Frau«, sagte der Riese. »Triton Sinister ist mein Name: Wenn Ihr Kohle rüberwachsen lässt, verzichte ich fortan aufs … Oh, Lady Kätzeleyn! Welche Überraschung! Dass ich Euch von allen Kaschemmen dieser Welt ausgerechnet in dieser begegne, was?«

Nach Kätzeleyns vergeblichem Versuch sich zu erheben, äußerte sie kichernd: »Triton! Schniton! Giton! Futon!« Sie tätschelte ihren Bauch. »Yo, Zitron, habt Ihr rein zufällig was zu schnabulieren bei Euch? Und wenn's nur 'ne Kyrriwurst wäre?«

»Tut mir leid, Kätzeleyn, aber das Junkfood hab ich in meinem anderen Juteanzug gelassen. Wie geht's dem Freier?«

»Dem Freier geht's gut«, erwiderte Kätzeleyn, kratzte sich am Kopf und meinte: »Wartet mal … Bin ich nicht wegen irgendwas böse auf Euch?«

»Was, auf *mich*? Auf mich ist niemand böse. Ich bin einer von den Sinistren, die überall beliebt sind. Manche Leute sagen sogar, ich wäre die beste Figur im ganzen Buch. Und auch in der ersten Staffel. Ha! Friss das, Sean Bean.«

Als es Kätzeleyn endlich gelungen war, auf eigenen Beinen zu stehen, sagte sie: »Tja, aber ich *muss* aus irgendwelchen Gründen wütend auf Euch sein. Deswegen nehme ich Euch gefangen.«

Triton zuckte die Achseln. »Tja, wenn es die Geschichte weiterbringt, hab ich nichts dagegen.« Er klatschte einmal in die Hände, produzierte drei beeindruckende Achselhöhlenfürze und sagte: »Gibt's in dieser Kaschemme was zu beißen? Ich bin so hungrig, dass ich Salsa Quarks Schattenpanda fressen könnte.«

Salsa

»Oh. Meine. Götter. Hier sind aber krass viele Leute. Is ja fast wie, ähm … Oh. Meine. Götter.«

»Gut gesagt, Salsa.« Schwestyr Glynda Rosy Raegan Melvyn lächelte. »Ich hätte es nicht besser ausdrücken können.«

»Definitiv«, sagte Salsa zustimmend. »Wie, ähm, viele, ähm, Leute und so sind wohl hier, ähm, meint Ihr?«

»*Alle* sind hier, Salsa. Vergiss nicht deines Vaters Erlass: ›Wer das Wutzstock-Festyval der Froyde, Fryvolität und Fechterey verpasst, soll sterben. Und lasst die Finger vom braunen Acid.«

»Definitiv«, sagte Salsa zustimmend. Sie deutete auf einen Haufen gut angezogener Männer und Frauen in den ersten drei Reihen und fragte: »Wer, ähm, sind die Spacken da?«

»Nun, das sind natürlich der Plebs von Königsafter«, erklärte Schwestyr G.R.R.M. »Das da sind Lord Analwärts Swantrute und seine Gattin Lady Tinea. Und das da sind Lord Waterwerk Smiedeeisen Klopfklopf und sein Weib Lady Abszyss. Das dort ist Lord Afrozentrik Schadenfreude mit seiner Gattin Hakunamatata. Das sind Lord Schaumann Scherenboyn und seine Gattin Lady Generyka. Und das sind Lord Sherlyck Humbug und seine Gattin Lady Pinocchio Pystazio. Und das sind Lord Billybeen

Rocknjock und seine Gattin Forkriech. Und schließlich haben wir da noch Nasemann Faxendicke und seine Gattin Lady Bauchplatscher.«

Salsa deutete auf zwei multiarmige Männer, die am Rande des Schlachtfeldes standen, fern von den vielen Dutzend Rittern, die im Zentrum der Arena in der Position des abwärts gerichteten Hundes verharrten. »Wer sind denn die Opfer da? Die sind ja, ähm, voll kackscheißig angezogen.«

Schwestyr Melvyn sagte spöttisch: »Das sind die Gebrüder Leguan. Der mit den drei Armen ist Sandsturm. Der mit den vier Armen heißt Strunzbock.«

»Iiiiiiiiiiihhhh!«, quiekte Salsa.

Die Ritter zerstreuten sich bald. Danach latschte ein dicker Mann mit einem aufgeplusterten Bart in die Mitte der Arena und reckte die Arme in die Luft. »Guten Tag, Königsafter!«, rief er. »Ich bin Wavimus Gravimus und heiße euch beim Festyval der Froyde, Fryvolität und Fechterey willkommen! Wir wollen, dass Vierhunderttausend ihre Zwiebeln im Bett frühstücken!«

Irgendjemand in der Menge brüllte: »Hör mit den undurchsichtigen Wutzstock-Anspielungen auf! Wir wollen Blut sehen!«

Wavimus Gravismus rief unbeeindruckt: »Wollt ihr ein bisschen Blut sehen?«

»Bei den Göttern, ja!«, schrie die Menge wie aus einem Munde.

»Ich kann euch nicht hören!«

»Bei den Göttern, ja!«

»Schreit so laut, dass man euch in Sommerpeltz hört!«

»BEI DEN GÖTTERN, JA!«

»Ja, das meine ich auch!« Wavimus Gravismus grinste. »Na schön, Leute, unser erster Programmpunkt ist ein Kampf des Adels. Die Regeln sind einfach: Es gibt keine Regeln, wer am Ende noch steht, hat gewonnen.« Er deutete auf die zwei Dutzend Ritter, die an der Seite standen. »Meine Herren, lasst die Motoren an.«

Die schwächeren Teilnehmer waren entweder innerhalb weniger Sekunden tödlich verletzt oder besinnungslos: Ihr Blut bedeckte das matschige Schlachtfeld. Fünf Minuten nach Schlachtbeginn waren noch acht Männer auf den Beinen: die Gebrüder Leguan und sechs andere, deren Namen und körperliche Beschreibung nicht im Geringsten wichtig sind.

Sandsturm und Strunzbock nahmen eine Seite des Platzes ein; der Rest befand sich auf der anderen. Die Gebrüder Leguan schauten sich nur kurz an, danach zog Sandsturm eine winzige Rute aus seinem Handschuh und bewegte sich langsam auf die namenlosen Ritter zu. Die sechs Ritter kicherten, lachten und wieherten. Bevor sie sich auch noch schieflachen konnten, stach Sandsturm zweien ins linke Auge, und zwar so fest und tief, dass sie auf der Stelle starben.

Als Sandsturm vor den vier übrigen Rittern zurückwich, trat Strunzbock vor und schwenkte eine etwas dickere Rute. Da den vier Rittern nun wohl dämmerte, dass die Gebrüder Leguan im Umgang mit solchen Dingen nicht die Ungeschicktesten waren, schwenkten sie ihre eigenen Waffen, riesige Schwerter, die so lang waren wie drei aufeinanderstehende Männer auf Stelzen. Strunzbock verdrehte angesichts der überlangen Klingen die Augen im Kopfe, wich jeder einzelnen aus und schwenkte sein Stöckchen hin und her. Eine Minute später lagen alle vier Ritter auf dem Bauch und gaben den Löffel ab.

Strunzbock lief in die Mitte der Arena und schrie: »Der Kampf ist aus, Leute! Wascht mir das Winterfell! Die Gebrüder Leguan haben gewonnen! Fresst das gefälligst!«

Danach liefen die Gebrüder, von einem »Buh« rufenden Chor begleitet, aus der Arena. Bevor sie aber draußen waren, drehten sie sich noch einmal um, zeigten dem Publikum einen siebenfachen Vogel und setzten den Weg dann fröhlich fort.

Salsa drehte sich zu Schwestyr G.R.R.M. um und sagte voller Ehrfurcht: »Oh. Meine. Götter. Das war ja, ähm, *radikal.*«

»Gut gesagt, Salsa. Ich hätte es nicht besser ausdrücken können.«

In diesem Moment tippte jemand Salsa auf die Schulter: Doophrey Bartresen. Er zwinkerte ihr zu, begaffte sie von oben bis unten und sagte dann ziemlich anzüglich: »He, Schnucki. Du siehst ja heute mal wieder geil aus. Dein Aussehen könnte glatt jemandem das Ding brechen, falls du verstehst, was ich meine.«

»Ich, ähm, hä?« Salsa wandte sich an Schwestyr G.R.R.M. »Was meint er?«

»Er meint, dass er von seinem Onkel Slaime im Fach Mädchenaufreißen unterrichtet wurde«, murmelte Schwestyr G.R.R.M.

»Das ist ja *voll* krass!«, rief Salsa aus. Sie stand auf, nahm Doophs Ellbogen, küsste ihn auf die Wange und schnurrte: »Lass uns, ähm, voll von hier abhauen und definitiv woanders hingehen.«

»Ich, ähm, ich, ähm, ich, ähm«, stammelte Dooph.

»Wir könnten, ähm, voll zum Schloss zurückgehen, und, ähm, voll in deinem Schlafgemach chillen«, sagte Salsa. »Ariola hat mir von Penissen, Vaginas und so erzählt.«

Dooph schluckte. Dann krächzte er: »Ahuahamba, ahuahamba, ahuahama.«

»Das heißt bestimmt endsja.« Salsa lächelte. Und dann marschierten sie hinaus.

Im Schloss angekommen, sahen sie die Gebrüder Leguan, die um einen großen quadratischen Tisch im Wohnzimmer lümmelten und konzentriert … *irgendetwas* anschauten. Salsa schlenderte an ihren Tisch und quäkte: »Oh. Meine. Götter. Ihr wart, ähm, ja voll bombe beim Festyval, Jungs. Ganz bestimmt, wart ihr, ähm, definitiv die Besten und so.« Die Gebrüder starrten Salsa schweigend an und wandten sich wieder dem Tisch zu. Salsa tippte Sandsturm auf den Bizeps und fragte: »Was, ähm, macht ihr da?«

Ohne aufzuschauen deutete Sandsturm auf ein rechteckiges Brett, das mit irgendwelchen winzigen Holzstücken bedeckt war. »Das ist Risiko«, erklärte er. Dann deutete er auf einen unordentlichen Spielkartenstapel und grunzte: »Und das ist Krieg.« Er deutete auf eine flache Schachtel, die in hellen Farben blinkte und komische Geräusche machte. Dann sagte er grollend: »Und das ist Myst.«

»Das ist ja, ähm, absolut total definitiv voll bombe«, brabbelte Salsa. »Kann ich mitspielen?«

»Das ist kein Spiel«, fauchte Sandsturm.

»Ist es doch«, wurde er von Strunzbock verbessert.

Sandsturm schaute seinen Bruder finster an und sagte: »Gut gemacht, Blödmann. Jetzt müssen wir sie entweder töten oder mitspielen lassen.«

»Wir können sie nicht töten. Sie spielt ’ne wichtige Rolle.«

»Können wir ihr wenigstens wehtun? Vielleicht können wir ihr einen oder zwei Zehen abhacken oder so.«

»Zu unsicher. Ich müsste erst G.R.R.M. fragen.«

»Du meinst Schwestyr Glynda Rosy Raegan Melvyn?«

»Nein, den anderen G.R.R.M.«

»Welchen *anderen* G.R.R.M.?«

»Den mit dem wichtigtuerischen weißen Bart.«

»Ach, richtig. Den. Ich hab gehört, er beantwortet keine Fanpost.«

»Einem Rabengramm wird er schon antworten.«

»Wie willst du das wissen?«

»Er hat das Rabengramm doch erfunden.«

Dooph nahm Salsas Hand und sagte zu den Gebrüdern Legian: »Wir gehen dann mal, Leute.« Nachdem er Salsa in sein Schlafgemach geschleift hatte, sagte er: »Du willst doch wohl nicht die albernen Spiele dieser Leute spielen? Ich habe was anderes, womit du spielen kannst; etwas Besseres.« Dann ließ er das Beinkleid fallen und murmelte: »Ich glaube, du hast was von Penissen erzählt.«

Salsa schaute sich das kleine bläuliche Anhängsel an, das unterhalb von Doophs Taille baumelte und spürte, dass ihr irgendwas hochkam. »Das ist ja, ähm, voll assi«, kläffte sie. »Das fass ich doch nicht an! Also wirklich, das ist ja endsklein. Ich dachte, es soll groß und steif sein.«

»Ich bin müde, Salsa«, quengelte Dooph. »Und ich kann auf Kommando nicht arbeiten.« Dann errötete er und zog das Beinkleid wieder hoch. »Aber du solltest dich lieber daran gewöhnen, ihn anzufassen; ganz egal, wie klein oder groß er ist.«

»Iiiiiihhhhh«, quäkte Salsa.

»Wenn du dich nicht entwickelst«, drohte Dooph, »nehme ich dich vielleicht nicht zum Weibe.«

In weiter Ferne konnte man Böses Omen, Juan Nieves Schattenpanda, knurren hören.

Triton

Triton Sinister, Lady Kätzeleyn, der Troubadour Bobdillon, Sör Roher Kassler und Piephahn befanden sich auf Reisen, um Kätzeleyns Schwester Lyserg Snulli Ahorn vom Hause Ahorn in der Stadt Ahornien zu besuchen. Weitere Einzelheiten werden nicht angeboten, weil sie, offen gesagt, nicht besonders interessant sind.

Netthard

»Weiter kannst du den Bauch nicht einziehen?«

König Bobbert Bartresen atmete so tief ein, wie er nur konnte, doch sein Bauchumfang nahm keinen Zoll ab. Nachdem er ächzend ausgeatmet hatte, schnaufte er: »Ich tu mein Bestes, Quarki.«

»Nun …« Lord Netthard Quark verglich seufzend und mit einem skeptischen Blick Bobberts Wampe mit der unteren Hälfte seiner Rüstung. »Ich glaube, wir müssen es mit einer anderen Größe versuchen.«

Bobbert kämpfte sich empört aus dem Eisenbeinkleid und fauchte: »Du musst versehentlich die falsche Größe erwischt haben! Oder die Rüstung wurde falsch ausgezeichnet. Oder so. Was mich nicht überrascht, denn unsere Rüstkammer ist eine einzige Katastrophe. Nein, wirklich, das hier *kann* einfach keine Übergröße sein. Die Götter wissen, dass ich kein XXL brauche. Ich hab jetzt fünf Sommer lang XL getragen.«

»Ja«, murmelte Nett, »aber das war vor zehn Millionen Zwiebeln und zwanzig Millionen Flaschen Grog.«

»Ach, Unsinn«, zischte Bobbert. »Es geht hier doch nur um ein, zwei Pfund. Es ist doch nicht so, dass ich die korpulente Verkörperung sämtlicher Verschwendung und aller Exzesse meiner Herrschaftszeiten wäre. Mein Mangel an Selbstbeherrschung ist ja wohl kaum ein offensichtliches literarisches Symbol meiner jämmerlichen Herrschaft über dies götterverdammte Königsland. Geh jetzt und besorg Eisen, das mir passt. Und achte diesmal genau auf das Etikett. XL, nicht L, und such was aus dem Sortiment von Heynrych dem Achten; die fallen nämlich immer größer aus. Verstanden?«

»Verstanden«, murmelte Nett.

Auf dem Weg zur Rüstkammer stieß er auf Lord Pitter Varikose Bayliss und warf den kleinen Mann zu Boden. »Ich dachte, Ihr seid mit Kätzeleyn auf Reisen«, sagte er und half Piephahn auf die Beine.

»Bin ich ja auch«, sagte Piephahn.

»Wirklich? Aber Ihr seid doch hier.«

»Ich meine, ich *war* mit ihr auf Reisen. Aber nun bin ich hier. Ich bin ganz eindeutig nicht dort. Das sieht man doch.«

»Manchmal«, sagte Nett sinnierend, »ist mir fast so, als wäret Ihr zwei Figuren in einer.«

»So ein Quatsch«, sagte Piephahn spöttisch.

»Mir scheint, Ihr seid an zwei Orten zugleich.«

»Unmöglich.«

»Angeblich seid Ihr mit Kätzeleyn auf Reisen, und doch seid Ihr hier bei mir.«

»Bin ich nicht. Ich bin nicht *dort,* meine ich. *Jetzt* bin ich nicht dort. Damit endet dieses peinliche Verhör, da ich hier bin, weil ich wichtige Nachrichten habe.«

»Die habt Ihr doch immer«, sagte Nett.

»Diese hier müsst Ihr Bobbert übermitteln«, sagte Piephahn vertraulich. »Wenn er heute turniert, wird er sterben.«

Netthard setzte seinen Weg in die Rüstkammer fort,

und Piephahn heftete sich an seine Fersen. »Niemand wird ihm wehtun«, sagte Nett. »Er ist doch der König.«

»Ich habe gute Quellen«, sagte Piephahn.

»So wie die, die Euch erzählt haben, dass der Apotheker etwas Wichtiges weiß, das den Fortlauf der Geschichte betrifft?«

Piephahn warf die Hände in die Luft. »Schön, dann missachtet meine Warnung, aber heult mir nichts vor, wenn Ihr und der König ermordet werdet und Dooph auf dem Thron sitzt.«

»Bestimmt nicht, denn das wird nicht passieren.«

Zehn Minuten später kehrte Nett mit leeren Händen in Bobberts Schlafgemach zurück. »Es gab kein XL da«, log er. »Also bist du wohl aus dem Schneider.«

Der König schaute sichtlich erleichtert drein. »Darf ich dir ein Geheimnis anvertrauen, Quarki?«

»Klar.«

»Ich hab einen Kater, der so groß ist wie eine sich vor sich hin schlängelnde Schlange«, sagte Bobbert leise.

»Eine Schlange, die *was?*«

»Ich weiß. Ist ’ne grandiose Metapher, nicht? Aber es ist auch ’ne Tatsache, dass ich heute draufgehe, wenn ich mich ins Turnier begebe.«

»Auf der Straße sagt man das auch«, murmelte Nett leise vor sich hin. Dann, mit normaler Lautstärke: »Dann gehen wir aufs Festyval.«

Bobbert der König und Nett der Fuß kamen gerade noch rechtzeitig in die Arena, um die Abschlussfeierlichkeiten mitzuerleben, eine Abfolge von Zweikämpfen. Der erste versprach gut zu werden: Der Königsnichtmörder gegen den Dreiarmigen.

In eine besonders strahlende Rüstung gekleidet und mit einer verdächtigen Ausbeulung unterhalb der Taille schritt Slaime Sinister in die Mitte der Arena. Sein Schwert war zum Himmel gerichtet. Im Gegensatz zu ihm stand Sandsturm Leguan am Rande und erweckte den Eindruck, er warte auf den Bus, auf den er angesichts der Tatsache, dass in Königsafter keine Busse verkehrten, beträchtlich lange hätte warten müssen.

Nachdem Wavimus Gravismus Slaime und Sandsturm angewiesen hatte, ihre Motoren anzulassen, schrie Slaime »Kowabunga!« und griff Sandsturm an. Sandsturm wich dem schlampig ausgeführten Angriff mit Leichtigkeit aus, haute Slaime mit dem Knauf seines Schwertes von hinten auf den Kopf, und der Kampf war aus. Es war schwer zu sagen, ob das Publikum Jaimes miserable Vorstellung oder Sandsturms allgemeine Widerwärtigkeit ausbuhte.

Nachdem die Sanitäter Slaime vom Schlachtfeld gekarrt hatten, eilte Wavimus Gravismus in die Mitte der Arena und schrie: »Zu meiner Linken: Strunzbock Leguan!« Nachdem die Menge ihre Missbilligung artikuliert und Strunzbock vier Mittelfinger gehoben hatte, um ihm zu zeigen, was er von ihr hielt, schrie Wavimus Gravismus: »Und rechts von mir, ein verspäteter Zugang aus unserem geliebten Königsafter: Begrüßt Sör Kleese, den Ritter der Schwafelrunde!«

Sör Kleese, kurzes silbernes Haar, stahlblaue Augen und höhnisch verzogene Fresse, konnte die Menge aus irgendeinem Grund begeistern. Er deutete auf Strunzbock und sagte: »Du beschissener Scheißhaufen, ich scheiß dich voll, bis du zugeschissen bist!« Ja, Kleeses Flüche hatten was, und, ja, sein Getue und sein Aufputz wirkten gekünstelt –

es sah fast so aus, als hätte er versucht, seine blasse Haut dunkler zu machen –, aber die Festyvalbesucher waren völlig aus dem Häuschen.

Nachdem die Gegner ihren Kopfschmuck aufgesetzt hatten, trat Strunzbock Kleese entgegen. Der Ritter der Schwafelrunde trat Strunzbock entgegen. Sie bewegten sich mit unglaublich langsamen Schritten aufeinander zu, was das Publikum und die Leser irrsinnig nervte. Schließlich, schließlich, schließlich standen sie einander in der Mitte der Arena gegenüber, und Strunzbock machte Kleese auf typische Leguanart mit einem einzelnen Hieb nieder. Wütend, weil die Vorstellung ihr Geld nicht wert war, stürmte die Menge in den Ring. Schwerter wurden gezogen, Matsch wurde geschleudert, und man warf sogar mit Puffmais.

In der Königsloge schaute der von einer Matsch- und zwei Puffmaisschichten bedeckte Bobbert Nett finster an und brummte: »Hast du dir das Ganze so vorgestellt, Fuß?«

Nett wischte den matschigen Puffmais (oder puffigen Matschmais) aus den Augen seines Freundes und zuckte die Achseln. »Ich hab allen Leuten erzählt, dass es drei Tage Krieg und Geschrei gibt, und das haben sie ja nun auch bekommen.« Er deutete auf den ausufernden Krawall auf dem Schlachtfeld. »Ich hab ihnen auch gesagt, sie sollen die Finger vom braunen Acid lassen.«

Ariola

Wie bei den meisten Figuren Osterhasiéns so üblich, war auch Cyrano Forhaut spurlos verschwunden. Ariola Quark war echt traurig über die Abreise ihres Lehrers, auch wenn er ihr nichts beigebracht hatte, was sie sich nicht selbst hätte beibringen können. Aber er hatte nun mal den besten Namen im ganzen Buch, weswegen es umso trauriger war.

Im Gedenken an ihren verschwundenen Mentor eilte sie, die Schlittschuhe in der Hand, ans matschige Ufer des Königsafter-Flusses. Als sie das Gewässer erreichte, schnallte sie die Schlittschuhe an, humpelte an dem großen, vor sich hin plätschernden Bächlein entlang und suchte nach einer Eisfläche, die sie nie finden würde. Als sie es leid war, ständig mit dem Gesicht in den Ufermatsch zu fallen, setzte sie sich hin und schnallte die klobigen Dinger ab. Dann legte sie den Kopf in den Matsch und schloss die Augen.

Als sie gerade im Begriff war einzunicken und in einen tiefen Schlaf zu fallen, in dem sie einen Albtraum gehabt hätte, in dem Raben, Zwiebeln, Männer namens Robert (oder einer Abwandlung des Namens) und tausendseitige Bücher vorgekommen wären, denen es an einem befriedigenden Ende mangelte, vernahm sie zwei Stimmen, die vom Forst her kamen. Die eine Stimme gehörte einem Mann, die andere entweder einer Frau oder einem Mann mit einer hohen Stimme. Sie klang ungefähr so, wie man sich die Stimme eines Eunuchen vorstellte.

»Wir müssen planen und intrigieren«, zischte der Mann.

»Sowie intrigieren und planen«, stimmte die Frau/der mutmaßliche Eunuch zu.

»Weil man nämlich eine Menge planen und intrigieren muss, wenn man *alle* ermorden will«, kicherte der Mann bösartig.

Die Frau/der mutmaßliche Eunuch sagte: »Ich weiß nicht. Vielleicht sollten wir es uns noch mal überlegen. Wenn *alle* ermordet werden sollen, müssen wir mehr planen und intrigieren als wir Zeit und Mittel haben. Sicher, wir könnten, sagen wir mal, fünfzehn weitere Kapitel planen und intrigieren, aber irgendwann ist dann auch ein Punkt erreicht, an dem man sagen muss: Jetzt reicht's aber! Sollten wir jetzt sofort alles auf einmal planen und intrigieren, um dann, Ihr wisst schon, *zu handeln?*«

»Na schön, na schön, ich verstehe, was Ihr meint«, pflichtete der Mann ihr/ihm bei. »Es geht also schneller und ist effizienter, wenn nur *fast* alle ermordet werden.«

»Genau.«

Dann hörte Ariola, wie eine Aktentasche geöffnet wurde. Es folgte das Rascheln von Papier. »In Ordnung, ich hab es hier mal grafisch verdeutlicht: Wir machen den, den und sie kalt. Diesen Typen, und den da, und das Mädchen lassen wir leben. Was haltet Ihr von dem da?«

»Den kenn ich nicht mal«, gab der Mann zu.

»Ach«, sagte die Frau/der mutmaßliche Eunuch. »Ich dachte, Ihr hättet ihn auf die Liste gesetzt.«

»Nee, hab ich nicht.« Dann fragte der Mann: »Was ist denn mit dem Typen da?«

»Oh, der wird *auf alle Fälle* kaltgemacht.«

Als Ariola sich aufrichtete, war das Schmatzen des Matsches, auf dem sie gelegen hatte, meilenweit zu vernehmen. Der Mann hörte das Geräusch und sagte: »Was war das?«

»Ach, das war wahrscheinlich nur eine der Gören des Fußes, die nach einem Nickerchen aufgewacht ist, nachdem sie am Flussufer erfolglos eine Stelle gesucht hat, an dem es zu Ehren seines Schlittschuhfechtlehrers eine Runde drehen kann. Ihr wisst schon, der Kerl mit dem zum Schreien blöden Namen. Wir brauchen uns vermutlich keine Sorgen zu machen. Damit will ich sagen, dass es sehr unwahrscheinlich ist, dass das Gör sofort zum Freiluft-Einkaufszentrum in Königsafter rennt, um den rechten Fuß des Königs zu suchen und ihm von unseren Plänen und Intrigen zu erzählen.«

Ariola warf ihre Schlittschuhe in den Fluss und rannte zum Freiluft-Einkaufszentrum in Königsafter, um den rechten Fuß des Königs zu suchen und ihm von dem Mann und der Frau bzw. dem mutmaßlichen Eunuchen und deren Plänen und Intrigen zu erzählen.

Zehn Minuten später fragte Nett Ariola, während er diverse Matschknubbel aus den Ohren seiner Tochter puhlte: »Sie haben gesagt, sie wollen *alle* ermorden?«

»*Fast* alle«, korrigierte Ariola ihn.

»Haben sie Namen genannt?«

»Sie haben gesagt, sie wollen den, den und sie kaltmachen. Und diesen anderen Typen.«

»Haben sie mich erwähnt?«, fragte Nett.

»Ähm, nein.«

»Deine Mutter, deine Schwester oder deine Brüder?«

»Ähm, nein.«

»Den König oder irgendeinen Bartresen?«

»Ähm, nein.«

Nett tätschelte Ariolas Kopf, dann sagte er: »Dann brauchen wir uns keine Sorgen zu machen.«

»Dann verstehe ich nicht, was die vorhaben«, heulte Ariola. »Welchen Sinn hat es denn, jemanden zu ermorden, wenn er nicht jemand Wichtiges ist, wie du?«

»Es hat eben *keinen* Sinn, Ariola. So sehe ich es.«

»Dann glaubst du also, du wirst nicht ermordet?«, fragte Ariola.

»Ich glaube nicht nur nicht, dass ich ermordet werde. Ich *weiß*, dass ich nicht ermordet werde.«

»Und das weißt du genau?«, fragte Ariola.

»Zu hundert Prozent. Ach, was. Das ist umöglich. Das geht nicht. Nix da. Niemand wird Lord Netthard Quark ermorden!«

Netthard

»Irgendjemand wird Euch ermorden, Lord Netthard Quark«, behauptete Piephahn.

»Ach, was. Das ist unmöglich. Das geht nicht. Nix da. Niemand wird Lord Netthard Quark ermorden!«

»Ich weiß nicht, Fußschaft.« Piephahn gab nicht auf. »Die Spatzen pfeifen es überall von den Dächern. Überall wird geplant und intrigiert. Vom Intrigieren und Planen ganz zu schweigen. Es heißt, man sei darauf aus, fast alle zu ermorden.«

König Bobbert Bartresen saß auf seinem wohlriechenden, plätschernden Thron und brummte: »Haltet ein, ihr beiden; hört sofort mit diesem Unsinn auf. *Niemand* ermordet hier *irgendjemanden*. Außer mir.«

Nett und Piephahn gafften Bobbert an, und der König reagierte mit folgenden Worten: »Ach, mustert mich nicht mit diesem *Bobbert-ist-ein-betrunkener-Hanswurst*-Blick. Ich werde sie ja nicht selbst ermorden. Einer dieser Leguan-Schwachmaten wird es für fünf oder sechs …« Er beendete den Satz nicht. Stattdessen fragte er Nett: »Wie nennst du die Währungseinheit noch mal?«

»Kröten.«

»Stimmt. Einer dieser Idioten wird es für fünf oder sechs Kröten tun.«

»Und wer ist denn die *sie*, die du zu ermorden planst?«

Bobbert schaute tückisch drein. »Das geile junge Stück, das der Donkosacke nagelt.«

»Lolyta Thiergarten?«, fragte Nett. »Sie hat doch noch nie jemandem etwas getan. Also, nach allem, was ich weiß, ist sie ziemlich schlimm von ihren Eiern besessen, aber sonst? Warum gerade sie?«

Bobbert ergriff eine kleine Kiste neben seinem Thron und sah einen Zeitschriftenstapel durch, bis er zu einem kleinen Büchlein kam. Er zeigte es Nett und Piephahn und fragte dann: »Hat einer von euch dies gelesen?«

Sie schauten sich den Umschlag an. *Warum alle Häuser einander so götterverdammt hassen* von Großmeyster Flasch.

»Ja, ich habe es tatsächlich gelesen«, sagte Nett. »Und danach war ich so schlau wie vorher.«

»Im Prinzip hast du recht«, sagte der König zustimmend, »aber auf Seite sechs steht, dass das Haus Bartresen das Haus Thiergarten seit fünfhundertfünfzehn Jahreszeiten hasst. Wer also bin ich, auf die Tradition zu pfeifen?«

»Genial, Hoheit.« Lord Pitter Varikose Bayliss grinste. »Lolyta Thiergarten zu töten wäre ein brillanter politischer Schachzug. Damit habt Ihr Eure Wiederwahl in der Tasche.«

»Wir sind eine Monarchie, Piephahn«, wies Bobbert ihn zurecht.

»Ich weiß, Hoheit, aber *wenn* wir eine Demokratie wären, wäre Euch ein erdrutschartiger Sieg gewiss.«

»Ich weiß es zu schätzen, Piephahn, aber solange wir …«

Nett unterbrach ihn. »Hört ihr Nasen euch eigentlich gegenseitig zu? Du willst eine Frau töten, bloß weil dein

Ur-Ur-Ur-Ur-Urgroßvater irgendwelchen Knatsch mit ihrem Ur-Ur-Ur-Ur-Urgroßvater hatte? Das ist doch lächerlich, Bobbert – selbst für einen Mann wie dich!«

Piephahn nickte. »Eins zu null für Seine Fußschaft, Hoheit. Daraus könnte sich ein *Krieg* entwickeln. Ich vermute, wir könnten schon innerhalb der nächsten Kapitel noch ein paar andere Kriege am Hals haben.«

»Netthard, vergiss nicht, dass ich der König bin«, brüllte Bobbert. »Was *ich* sage, wird gemacht!«

»Oh, ja, das ist ein sehr überzeugendes Argument, um Lolyta zu töten«, sagte Piephahn. *»Sehr* überzeugend!«

»Bobbert«, merkte Nett an, »Wutzstock hat uns finanziell wieder auf die Beine gebracht, deswegen können wir anfangen, Chyna unsere Schulden zurückzuzahlen …«

»Oder auch nicht!«, schrien Bobbert und Piephahn wie aus einem Munde.

»Genau! Oder auch nicht! Aber ein *Krieg* wird uns finanziell ausbluten.«

»Ein gutes Argument«, sagte Piephahn. »Hoheit, ich würde euch raten, Lolyta Thiergarten *auf keinen Fall* zu ermorden.«

»Aber es wäre ein *Riesenspaß.*«

»Ein gutes Argument«, sagte Piephahn. »Hoheit, ich würde euch raten, Lolyta Thiergarten *auf jeden Fall* zu ermorden.«

»Dann hast du und deine Familie das donkosackische Heer mit allem am Hals, was es aufbieten kann«, gab Nett zu bedenken.

»Warte mal«, sagte Bobbert nachdenklich. »Verstehe ich das richtig? Willst du damit sagen, dass, wenn ich Lolyta Thiergarten kaltmachen lasse, all diese durchgedrehten

Pferdemenschen versuchen werden, sowohl Cerevix als auch Dooph kaltzumachen?« Er hielt kurz inne. »Das klingt verlockend. Ich werde meinen Plan weiter verfolgen: die KÖNIGSBRATZE Lolyta und ihre götterverdammten Eier zu pulverisieren!«

»Geniale Idee, Hoheit«, sagte Piephahn.

»Du bist ein Schwachkopf, Bobbert«, sagte Nett. »Ein besoffener, impulsiver Schwachkopf!«

»Er hat recht, Hoheit«, sagte Piephahn. »Ihr seid *wirklich* ein Schwachkopf.«

»Nein, *du* bist der Idiot!«, brüllte Bobbert seinen rechten Fuß an.

Piephahn sagte zu Nett: »Er hat recht, Eure Fußschaft. Ihr seid ebenfalls ein Schwachkopf.«

Bobbert griff in seine Tasche und zog eine Zwiebel hervor. *»Allium cepa* in die Fresse, Fuß!« Und dann warf er Nett das *allium cepa* an den Kopf.

Während sich Nett die Zwiebelschalen aus seinem Bart zupfte, schleimte Piephahn: »Brillanter Wurf, Hoheit.«

Nett schaute seinen alten Freund finster und schweigend an. Dann lief er aus dem Thronsaal. Minuten später kehrte er mit einem Sack voller Zwiebeln zurück, der fast groß genug war, um Samson Tscharlie zu füttern. Er zog sein Schwert namens Patschi aus der Scheide, spießte lässig die dickste Zwiebel auf die Spitze der Klinge und schleuderte sie in Richtung des königlichen Bauches. Die Zwiebel traf ihn nicht, denn sie flog zu weit nach rechts und schoss weiter durch den Raum, bis sie an eine Wand klatschte.

»Brillanter Wurf, Eure Fußschaft«, bekundete Piephahn.

Bobbert sprang vom Thron, griff in den Zwiebelsack, entnahm ihm so viele, wie er mit zwei Händen halten konnte und rannte ans andere Ende des Raumes. »Zwiebeln bei fünfzig Schritten, Quarki!«, schrie er und warf ein Gemüse auf Nett, das ihn um mehrere Fuß verfehlte.

»Brillanter Wurf, Hoheit!« Piephahn grinste.

Nett und Bobbert schrien wie aus einem Munde »Schnauze!« Dann schleuderten sie pro Mann zehn Zwiebeln auf den Eunuchen, bis dieser ohnmächtig zusammenbrach.

Die beiden alten Freunde schauten sich eine Weile keuchend und schwitzend an. Schließlich brach König Bobbert das Schweigen. »Vielleicht gehst du lieber nach Sommerpeltz zurück.«

Nett zuckte zurückhaltend die Achseln, schlurfte mit den Füßen übers Parkett und sagte, wobei er den Blickkontakt mit dem König vermied: »Ja, vielleicht.«

»Na schön«, sagte Bobbert. »Dann geh doch.«

»Schön. Dann geh ich eben.« Nett rührte sich nicht vom Fleck.

»Schön. Geh.«

»Schön, dann geh ich.« Nett rührte sich noch immer nicht.

»Gut. Bin froh, dass du weg bist.«

»Ja, ich auch. Dann geh ich mal.« Nett rührte sich noch immer nicht von der Stelle.

»Dann geh.«

»Schön. Ich geh dann.«

»Gut. Geh.«

»Ich gehe.«

»Großartig. Dann geh.«

Als dieses dämliche Hin und Her vier Stunden später endete, hatten beide vergessen, weswegen sie eigentlich wütend aufeinander waren … aber das hielt Lord Netthard Quark nicht davon ab, von seinem Posten als Fußschaft zurückzutreten, seine Siebensachen zu packen und sich auf die Rückreise nach Sommerpeltz vorzubereiten.

Lolyta

KÖNIGSBRATZE Lolyta Thiergarten hockte auf ihrem mit Edelsteinen verzierten Thron. Die Magistrata Illinois stand zu ihrer linken und Vladymyr Thiergarten zu ihrer rechten Seite. Loly zuckte unbehaglich hin und her, denn der ganze Thron war mit Edelsteinen besetzt, auch die Sitzfläche, und ihr Popo war nach der Popoklatschsitzung mit Iwan Drago am letzten Abend ausnahmsweise empfindlich. (Nachdem sie anfangs nervös wegen des Liebesakts gewesen war, war es Loly und Iwan Drago trotz der Sprachbarriere gelungen, ziemlich offen und unkompliziert miteinander umzugehen und sich auf ihre jeweiligen Bedürfnisse und Gelüste aufmerksam zu machen. Es hatte sich herausgestellt, dass Iwan Drago auf Popoklatschen stand und Loly sich gern klatschen ließ. Es war als hätten die Götter das wollüstige Duo füreinander gemacht. Auf dem Papier wie auf der Mattscheibe hätte sich ihre Geschichte gut gemacht.)

Vladymyr neben ihrem Thron musterte Loly und quengelte: »Ich seh dich kaum noch. Es sieht fast so aus, als würdest du in deiner Arbeit völlig aufgehen.«

»Nenn mich KÖNIGSBRATZE, Untertan«, sagte Loly. »KÖNIGSBRATZE ist ein Vollzeitberuf. So sehr ich ihn auch genieße, ich habe keine Zeit für deine dürftigen Nippelzwickereien und zickenhaften Tiraden.«

Vladymyr setzte eine finstere Miene auf. Dann sagte er bedrohlich leise: »Wenn du weiterhin so mit mir redest, weckst du noch die Enten auf. Glaube mir, es würde dir *gar nicht* gefallen, denn wenn man die Enten aufweckt …«

»Immer die gleiche Leier«, fiel Loly ihm ins Wort. »Morgens: Weck die Enten nicht auf. Mittags: Weck die Enten nicht auf. Abends … Hör zu, Brüderchen, du kannst dich bemühen, wie du willst, aber in dieser Geschichte wird es keine Phrasen geben, die sich ständig wiederholen. Außerdem sind wir auf RTL2, und Phrasen sind total ARD.«

»Wenn du die Enten weckst«, wiederholte Vladymyr, »ist der Teufel los. Wenn du die Enten weckst, KÖNIGSBRATZE, fällt die Sonne vom Himmel, und der Mond zerspringt in eine Million Stücke. Wenn du die Enten weckst, KÖNIGSBRATZE, wird sich der Matsch in Diamanten verwandeln und die Diamanten in Matsch. Wenn du die Enten aufweckst, KÖNIGSBRATZE …«

»He, Vladymyr.«

»Ja?«

»Knie nieder, wenn du mit der KÖNIGSBRATZE im gleichen Raum bist.«

Vladymyr schaute Loly noch finsterer an, dann knirschte er: »Erstens bin ich dein großer Bruder und werde nicht vor dir knien. Und zweitens hab ich neue Beinkleider an. Da sämtliche Böden in diesem Schloss schmutzig sind, werden meine Knie ihn niemals berühren.«

»Das wäre mir neu«, sagte die Magistrata Illinois.

»Das habe ich gehört«, sagte Vladymyr.

»Solltet Ihr auch«, bemerkte Illinois.

Illinois und Loly kicherten. Vladymyr stampfte mit dem

Fuß auf, grunzte etwas, das wie »Pah« klang und lief aus dem Raum.

Als er außer Hörweite war, sagte Illinois: »Möchtet Ihr eine Aktualisierung über die politische Lage in Donkosackingen hören, KÖNIGSBRATZE?«

»Eigentlich nicht.« Loly runzelte die Stirn.

Illinois ignorierte ihre Antwort. Sie zog ein Wort-Dokument aus der Tasche und meldete: »Iwan Ingela liegt in den Umfragen im vierten Wahlbezirk zwölf Punkte vor Iwan Pheer. Es wäre vorteilhaft für uns, wenn Iwan Ingela siegreich aus der Wahl hervorgeht, weil sie für die ›Uga buga bu buh buh‹-Partei kandidiert, während Iwan Pheers ›Inga binga bing bing bing‹-Taktik böse Konsequenzen für uns haben könnte.«

Mit leerem Blick fragte Loly: »Ähm, was?«

»In Wahlbezirk zehn«, fuhr Illinois fort, »ist die Lage etwas heißer, weil Iwan Katztryn sich dort ein Kopf-an-Kopf-Rennen mit Iwan Gürgen liefert. Das könnte ein Problem werden, weil Donkosackingen für eine weibliche Vertretung einfach noch nicht reif ist. Wir bemühen uns, Iwan Katztryn irgendwelche Sauereien anzuhängen. Bisher hatten wir zwar noch kein Glück, aber wir haben unsere Möglichkeiten auch noch nicht ausgeschöpft. Ich erspare Euch die Einzelheiten, damit Ihr später behaupten könnt, Ihr hättet von nichts gewusst.«

Abgesehen von der Tatsache, dass Loly weder etwas von den bevorstehenden Wahlen wusste noch sich dafür interessierte, konnte sie Illinois' Zusammenfassung schon deswegen nicht folgen, weil sie nicht aufhören konnte, von Iwan Drago zu träumen, sowie von seinem prächtigen menschlichen Oberkörper und seinem noch prächtigeren

Pferdepimmel. Das Popoklatschen am vergangenen Abend war der Höhepunkt einer Woche des Experimentierens gewesen, die Loly sowohl satt als auch hungrig gemacht hatte. Als Illinois gerade erläutern wollte, warum Iwan Klaunia in ihrem Kampf gegen Iwan Kynast triumphieren würde, fragte die KÖNIGSBRATZE: »Illinois, wisst Ihr, wo Iwan Drago ist?«

»Wollt Ihr nicht noch den Rest der Umfrageergebnisse hören?«

»Ihr Götter, nein. Die KÖNIGSBRATZE will ihren Gatten, und was eine KÖNIGSBRATZE will, das kriegt sie auch.«

»Machttrunken«, murmelte Illinois.

»Das habe ich gehört«, sagte Loly.

»Das solltet Ihr auch«, merkte Illinois an. »Nun ja, das Letzte, was mir zu Ohren kam, besagt, dass Euer Gatte sich in der Stadtmitte aufhält.«

Loly stand auf, griff unter ihren Rock, zog ihr Höschen aus, gab es Illinois und merkte an: »Ihr wisst, was Ihr damit zu tun habt, Magistrata.«

Illinois nahm Lolys Unterwäsche naserümpfend zwischen Daumen und Zeigefinger, hielt sie von ihrer Nase fern, als sei sie eine sich schlängelnde Schlange, und stampfte wortlos damit hinaus.

Iwan Drago hielt sich in der Tat in der Stadtmitte auf. Er lag auf der Seite, schmierte sich mit Neutrogena Ultrasonnenmilch Schutzfaktor 467 ein und wieherte dabei zufrieden vor sich hin. Loly schlich sich an ihn heran und sagte: »Braucht Ihr Hilfe bei dem, was Ihr tut, Großer?«

Iwan Drago beäugte seine Gattin kurz und wieherte: »Wauzi wauzi, wuh wuh wuh!«

»Das hab ich mir schon gedacht«, schnurrte Loly und packte seine pferdehafte Schwellung.

Während sie an seinem fünften Bein zupfte, stöhnte Iwan Drago: »Bunga Bunga, nimm beide Hände und etwas, das flutscht.«

Da dies der zusammenhängendste Satz war, den sie je über seine Lippen hatte kommen hören, hielt Loly inne und fragte: »Wartet … Was habt Ihr gesagt?«

Iwan Drago hustete. »Ähm, Schitt. Ich meine rippedi-zip, zippedi-rip. Uuuungah! Mmmmmm!«

»Oh.« Loly setzte ihr Gezupfe fort. Als Iwan Dragos Atmen schneller wurde, bildete sich eine Menge um das Paar, die Loly, da sie erregter war als in den dreizehn Jahren zuvor, kaum wahrnahm. Doch als das Publikum einen Chor anstimmte, der wie *Schneller, schneller, schneller* klang, hielt sie inne … machte aber Sekunden später furchtlos schneller, schneller, schneller weiter.

Iwan Drago nahm Lolys Hände von seinem Glied, zog ihr liebevoll die Kleider aus und bestieg sie. Nach einer Weile wurden ihre Schreie lauter und vermischten sich mit dem Geschrei der Menge. Als das Paar den Höhepunkt erreichte, konnte man ihr Geschrei auf den Hügeln und den Applaus der Zuschauer im Gebirge hören.

Nachdem die beiden sich entwirrt hatten, löste die Menge sich auf. Iwan Drago galoppierte zu einem nahen Gewässer, während Loly zum Schloss zurückwankte, überall, innen wie außen, herrlich wund.

Vladymyr erwartete sie am Eingang. Er bedachte sie mit einem finsteren Blick und sagte höhnisch: »Hab gerade ein interessantes Rabengramm bekommen, Schwesterlein. Du und Iwan Drago hattet wohl gerade mitten in der

Stadt eine kleine höschenlose Party. Wirklich klassisch, Schwesterlein. Dein Verhalten trägt unheimlich zum Ruhme des Namens Thiergarten bei.«

»He, so wird das hier überall gemacht.« Loly lächelte. »Du weißt doch, andere Länder, andere Sitten.«

»Zwickt er dir, wie ich, in die Nippel?«, sagte Vladymyr quengelnd.

Loly tätschelte die rechte Wange ihres Bruders. »Niemand zwickt meine Nippel so wie du, Liebling. Den Göttern sei Dank.«

Vladymyr wischte ihre Hand beiseite und behauptete: »Niemand zwickt minderjährige Nippel so gut wie ich, *niemand!* Ich bin männlicher als Iwan Drago es je sein wird!«

Loly tätschelte seine andere Wange und sülzte: »Natürlich, Vladymyr, natürlich. Er ist nur halb so männlich wie du. Und wenn du mich jetzt entschuldigen würdest, ich werde mich für eine Weile auf meine Eier setzen. Ich glaube, ich habe sie bald ausgebrütet.«

In der Ferne konnte man Juan Nieves Schattenpanda Böses Omen brummen hören.

Kätzeleyn

Als sie nur noch einige Minuten vom Haus Ahorn entfernt waren, schaute Lady Kätzeleyn Quark Piephahn an und sagte: »Ich dachte, Ihr wäret in Königsafter.«

»Bin ich auch«, sagte Piephahn.

»Wirklich?«, sagte Kätzeleyn. »Aber Ihr seid doch hier.«

»Ich wollte sagen, ich *war* dort. Doch jetzt bin ich hier. Ich bin jetzt eindeutig *nicht* dort. Das ist doch offensichtlich.«

»Manchmal«, sagte Kätzeleyn nachdenklich, »ist es fast so, als wäret Ihr zwei Figuren in einer.«

Piephahn runzelte die Brauen. »Das ist doch lächerlich.«

»Es kommt mir vor, als könntet Ihr an zwei Orten gleichzeitig sein.«

»Unmöglich.«

»Ihr solltet doch den König beraten. Und doch seid Ihr hier, bei mir.«

»Bin ich nicht. Ich bin nicht *dort,* meine ich. Ich meine, ich bin *jetzt* nicht dort. Hiermit endet diese Befragung, weil wir nun unser Ziel erreicht haben … *endlich.*«

Zwei Schritte auf dem Schlossgrundstück prallte Kätzeleyn mit einem Mann zusammen, der eine Jutelatzhose trug. »Kann ich Euch helfen, gnä' Frau?«, fragte er, zog sich vom Boden hoch und versuchte, sich den Matsch vom Hintern zu wischen.

»Lady Snulli-Quark möchte Lady Lyserg Snulli-Ahorn besuchen.«

Der Wächter schaute sie kurz und rotzig an, dann sagte er: »Ausziehen.«

»Wie bitte?«

»Ausziehen, ihr alle.«

Nach diesen Worten hielt Piephahn die Hände vor seinen Schoß und rannte fort, wobei er schrie: *»Ich bin kein Eunuch! Ich bin kein Eunuch! Ich bin kein Eunuch!«*

Kätzeleyn ignorierte Piephahns plötzlichen Abtritt. »Warum denn?«, fragte sie den Latzhosenträger. »Ich war mehrere Dutzend Male hier und wurde nie gebeten, meine Kleider abzulegen.«

»Wir nehmen's neuerdings mit der Sicherheit genauer«, sagte der Wächter. »Wir müssen uns vergewissern, dass Ihr nicht bewaffnet seid.«

Kätzeleyn deutete auf ihr Schwert. »Wir sind *alle* bewaffnet.«

»Ich meine nicht mit Waffen bewaffnet, gnä Frau. Ich meine mit Flüssigkeiten.«

»Mit, ähm, was?«

»Flüssigkeiten können, wenn man sie auf gewisse Weise miteinander vermischt, tödlich sein. Sogar Wasser! Unsere Sicherheitsberater haben im vergangenen Sommer ausgedehnte Sprengtests vorgenommen und festgelegt, dass man Flüssigkeiten, Aerosole und Gele in begrenzten Mengen ins Schloss bringen kann, wobei *begrenzt* das Schlüsselwort ist. Ihr dürft entweder eine Drei-Unzen-Flasche oder einen quartgroßen transparenten Plastikziptopbeutel mitnehmen. Medikamente, Säuglingsnahrung, Nahrung sowie Brustmilch sind in vernünftigen Mengen erlaubt und müssen nicht in Gefrierbeuteln transportiert werden. Die Wachmannschaft darf diese Behälter öffnen, um zusätzliche Begutachtungen vorzunehmen. Und jetzt ausziehen, bitte.«

Nach ein bis zwei Momenten des Schweigens fragte Bobdillon: »Was ist Plastik?«

Daraufhin zückte der Wächter ein Messer und schnitt dem Troubadour die Kehle durch. Kätzeleyn, Triton Sinister und Sör Roher Kassler rissen sich daraufhin die Kleider vom Leib.

Der Wächter hob eine Handvoll Blätter vom matschigen Boden auf, wickelte sie um seine Hand und wies Kätzeleyn & Co. an: »Na schön, Kinder, vorbeugen und spreizen.«

Er schob den rechten Zeigefinger in Kasslers und den linken in Tritons Rektum. Als Kassler kreischte, sagte Triton zu dem Wächter: »Ich glaube, er nimmt Euch übel, dass Ihr ihn nicht vorher zum Abendessen eingeladen habt.«

»Ihr seid beide sauber«, sagte der Wächter spöttisch. »Zieht Euch an und geht von hinnen.« Kätzeleyn murmelte er zu: »Wollen wir doch mal sehen, was Ihr da drin versteckt, Schwester.« Er schob das erste Glied seines Zeigefingers in sie hinein, dann das zweite, dann das dritte. Dann sagte er grinsend: »Jackpot!« Er zog einen kleinen Beutel Götterkraut ins Freie. »Erwischt! Beschlagnahmt! Anziehen und weitergehen.«

»Aber Götterkraut ist doch nicht verboten!«, sagte Kätzeleyn.

»Nein, das nicht. Aber es ist in dieser Gegend verdammt schwer zu kriegen. Der ahornische Boden ist eine einzige Katastrophe! Jedes Kraut, das wir pflanzen, geht sofort ein.« Er öffnete den Beutel, nahm einen Schnief und zuckte zusammen. »Götterverdammt, Lady Kätzeleyn, wie lange habt Ihr dieses Zeug mit Euch herumgetragen?«

Kätzeleyn kratzte sich am Kopf. »Zwei Jahre«, sagte sie dann. »Vielleicht auch drei.«

Der Wächter warf das Kraut auf den Boden und trat es mit Hilfe seines Fußes in den Matsch. »Begebt Euch zum Thronsaal. Lady Lyserg erwartet Euch schon.«

Unterwegs zum Schloss brummte Kätzeleyn: »Das hätte man doch noch rauchen können, Vollhorst.«

Der Thronsaal des Hauses Ahorn war riesig, noch größer als der im Hause Bartresen. Als Kätzeleyn, Triton und Kassler ihn betraten, lief Lyserg ihrer Schwester mit ausgebreiteten Armen entgegen. Während ihrer ausgiebigen und festen Umarmung sagte Lyserg: »Kätzeleyn, Kätzeleyn, Kätzeleyn, du siehst umwerfend aus!«

»Du auch, Schwesterlieb«, sagte Kätzeleyn. »Mein nochmaliges Beileid wegen Quanti. Ich kann mir deinen Schmerz nicht vorstellen. Er war der einzige Mensch in Osterhasién, der einen Kurvenball treffen konnte.«

»Einen Kurvenball?«

»Erinnerst du dich noch an die doofen Baseballwitze, die er immer gerissen hat, die aber in der deutschen Übersetzung nicht rüberkommen, weswegen wir sie hier rotzfrech weglassen?«

»Ja, ha, ha, ha, die waren wirklich witzig! Aber ich hab sie alle vergessen, was fast so schmerzhaft ist wie das Ableben meines Gatten.« Lyserg hielt inne. »Ich habe dein Rabengramm erhalten. Es war ziemlich rührend. Ich danke dir dafür.« Sie löste sich aus der schwesterlichen Umarmung. »Aber ich sollte vielleicht nicht unerwähnt lassen, dass Cerevix Bartresen mir *Blumen* geschickt hat. Und wir können uns nicht mal ausstehen.«

»Findest du nicht, dass ein Rabengramm persönlicher ist? Ich habe mir sogar die Zeit genommen, mich hinzusetzen und etwas zu schreiben. Zu einem Floristen kann schließlich jeder gehen.«

»Ein Rabengramm kostet nichts, Schwesterlieb«, erklärte Lyserg. »Blumen muss man aber bezahlen. Wollen wir doch mal ehrlich sein: Du gibst dein Geld für andere Dinge aus.«

»Was soll das heißen?«, fragte Kätzeleyn.

Lysergs Gesicht verfärbte sich rosa, dann rot, und schließlich lila. *»Ich will damit sagen«*, röhrte sie, *»dass du eine götterverdammte Kyfferbraut bist, die lieber schutzlos Geschlechtsverkehr hat, damit sie noch ein Kind werfen kann und eine Ausrede hat, warum sie ihre Schwester und ihren Neffen nicht besuchen kommt.«*

»Stünde dein Schloss nicht auf einem Berggipfel, der sich auf einem anderen Berggipfel befindet, würde ich bestimmt öfter kommen! Aber man braucht ja, um hierherzukommen, so götterverdammt viel Zeit, dass wir unsere Reise in einen einzigen Absatz packen mussten!«

»Egoistisches Luder!«

»Aufgeblasene Fotze!«

»Arrogante Sau!«

»Hässliche Schnepfe!«

Bevor Lyserg Kätzeleyn eine dreckige Nutte nennen konnte, packte Kätzeleyn den Hals ihrer Schwester mit beiden Händen und drückte zu – keine Sekunde, nachdem Lyserg das Gleiche mit ihrem Hals gemacht hatte.

»Jessas Chrystus«, hauchte Triton Kassler zu. »Angesichts dieser irren Weiber kommen mir meine Geschwister völlig normal vor.«

Am anderen Ende des Thronsaals wurde ein Kreischen laut. Lyserg trat Kätzeleyn auf den Fuß, woraufhin diese Lysergs Hals losließ und selbige rief: »Komm her, Schätzchen, sag Tantchen Guten Tag!«

Der in einen winzigen Hosenbeutel gekleidete Lord Bobbby Ahorn, Lysergs Söhnchen, sagte: »Tante Arschgesicht?«

Lyserg zuckte die Achseln. »Kinder! Ich hab keine Ahnung, wo sie dieses Zeug immer aufschnappen. Ich wette, deine sind ganz genau so.«

»Nicht ganz.« Kätzeleyn ging in die Hocke, streckte die Arme aus und sagte: »Komm zu Tantchen, Bobbby!«

Bobbby watschelte auf sie zu, doch bevor er sie erreichte, blieb er vor Triton stehen und sagte leise: »Seid Ihr aber groß!«

»Wirklich, Alda? Tja, du bist so klein, dass du mit einem Zylinder auf dem Kopf unter einer Schlange hergehen könntest.«

»Wirklich? Tja ... tja ... Tja, wie ist das Wetter da oben?«

Triton rotzte auf Bobbbys Kopf. »Es regnet. *Pschschsch.*«

Bobbby wischte sich den Rotz vom Kopf, ging zu Lyserg und sagte: »Können wir den Riesen in miniwinzigkleine Fetzchen schneiden und vom Berg runterwerfen, um ihnen beim Fliegen zuzuschauen?«

»Was für eine ausgezeichnete Idee, mein Sohn«, pflichtete Lyserg ihm bei. »Vielleicht können wir das auch mit einigen anderen Leuten machen.« Sie musterte Kätzeleyn und fragte: »Möchtest du auch dein Tantchen fliegen sehen, Schätzchen?«

Netthard

Piephahn bot Nett an, ihn nach Sommerpeltz zurückzubegleiten, doch der Ex-Fuß hatte den Anblick des mutmaßlichen Eunuchen einfach satt, also reiste er ganz allein nach Hause. Bevor er sich auf Achse begab, rabengrammte er Meyster Bleyster und trug ihm auf, ein Aufgebot zu schicken, um die Mädchen einzufangen. Er erklärte ihm auch, dass er mehr »Zeit für sich« brauchte, und wie konnte man dergleichen besser erlangen als auf einer längeren Reise von einem Haus zum anderen?

Als Nett die Stadtgrenze von Königsafter überschritt, hörte er vor sich jemanden schreien: »Lord Quark, ich ersuche um die Ehre eines Kampfes!«

»Seit wann ist ein Kampf eine Ehre?«, schrie Nett zurück.

»Ihr habt recht! Was für eine doofe Formulierung! In meinem Kopf hat sie sich besser angehört! Lasst es mich noch mal versuchen: Lord Quark, Ihr habt meiner Familie unrecht getan! Dank eines anonymen Rabengramms habe ich erfahren, dass Lady Quark meinen Bruder aus Gründen, die nicht ganz klar sind, gefangen hält. Deswegen ersuche ich Euch, damit ich Tritons Einkerkerung rächen kann, um das Vergnügen, Euch zu ermorden!« Der Mann hielt kurz inne und meinte dann: »Ja, ich weiß, dass Triton ein Schwachkopf ist, aber die Familienehre verlangt es nun mal so.«

»Ist das Euer Ernst?« Nett seufzte.

»Gewiss. Ein Königsnichtmörder scherzt nicht. Also, schaut mich doch mal an: Ich habe eine blonde Mähne, die sich in der Glotze vorzüglich macht! Meine Muskeln haben eigene Muskeln. Und erst mein Kinn! In allen Blogs werde ich öfter erwähnt als alle anderen Nebendarsteller, abgesehen vielleicht von diesem schwachmatischen Vladymyr, aber was besagt das schon? Tatsache ist, dass ich Scherze nicht nötig habe.«

»Na schön, Sör Slaime, dann zeigt Euch!« Nett war einerseits sauer, dass die Zeit, die er für sich selbst brauchte, ausgerechnet von einem Rotzlöffel wie Slaime Sinister usurpiert wurde, doch andererseits wusste er, dass er dem inzestuösen Halbdackel, ohne einen Schweißtropfen zu vergeuden, die Fresse polieren konnte.

Slaime saß auf einem weißen Ross, das für einen schwesternagelnden Schwachmaten viel zu schön war. »Hier bin ich, Lord Quark!«, rief er. »Steigt nun von Eurem Ross und zückt Eure Klinge! Da ich ein Edelmann bin, lasse ich Euch den ersten Stoß machen!«

»Habt Ihr das gestern Abend auch zu Cerevix gesagt?«, rief Nett.

Slaime errötete, sprang von seinem Ross und knirschte: »Das, Lord Quark, *war* Euer erster Stoß!«

Nett saß ab, dann griff er nach seinem Schwert, das er aber nicht fand. *Götterverdammt noch mal,* dachte er, *es steckt noch in der Wand von Bobberts Thronsaal.* »Hört zu, Slaime, ich hab meine Klinge in meinem anderen Jutebeinkleid gelassen. Da ich Euch rasend gern tödliche Schmerzen zufügen möchte, bevor Ihr das Zeitliche segnet, können wir die Sache auf ein anderes Mal verschieben?«

»Ersuchen abgelehnt, Lord Quark. Der Kampf hat bereits begonnen. Doch da ich ein Edelmann bin, werde ich mich nicht an einer Schlacht beteiligen, in der die Kombattanten nicht über die gleichen Waffen verfügen.« Er warf sein Schwert auf den matschigen Boden und fragte: »Habt Ihr eine Idee?«

Nett schaute sich um. »Stöcke?«

»Nee«, sagte Slaime ablehnend. »Zu Tolkienesk.«

»Äste?«

»Zu schwer zu erreichen.«

»Matsch?«

»Zu alltäglich.«

»Schneebälle?«

»Zu spät für die Jahreszeit.«

Und genau in diesem Moment hörte Nett ein feuchtes Klatschen. Es klang so, als läge der Ursprung des Geräusches hinter seinem Ross. Er grinste. »Rossäpfel?«

Slaime grinste ebenfalls. »Perfekt! Bei drei geht's los: Eins … zwei …« Bevor er drei sagen konnte, rannte Netthard zu seinem Ross. »Ich bitte Euch, Lord Quark«, heulte der Königsnichtmörder. »Ihr dürft doch erst bei *drei* loslaufen. Das ist unfair! Bloß weil Ihr ein Lord seid, könnt Ihr Euch nicht herausnehmen …«

Er kam nicht mehr dazu, den Satz zu beenden, weil Nett ihn mit einem dicken Rossapfel bewarf, der genau in Slaimes offenem Mund landete. Slaime spuckte die Kacke auf den Boden, hob sie dann auf, knetete sie zu einem festen Ball und warf sie Nett an den Kopf. Nett duckte sich und wich ihm aus, dann klaubte er die nächste Handvoll A-A hinter seinem Ross am Boden auf und schleuderte es auf Slaimes Knie, weil er hoffte, dass der inzestuöse

Kerl mit dem Mund voran auf den Boden fallen und im Matsch ersaufen würde. Mit überraschender Schnelligkeit und Geschicklichkeit wich Slaime zur Seite und entging der fliegenden A-A. Als ihm auffiel, dass sein eigenes Ross seit Beginn des Kampfes noch nicht exkretiert hatte, schob Slaime einen Arm in den Anus desselben und entnahm ihm mehrere Hände voller Kacke. Dann ging das Niveau gänzlich den Bach runter.

Nett lief hinter seinen Gaul, kniete sich hin und formte aus den Fäkalien große Kugeln. Slaime hatte jedoch die gleiche Idee, und als Nett den Kopf hinter dem Ross hervorschob, wurde er mit zehn wohlgezielten Kugeln vom Guanokaliber getroffen.

Ich werde alt, dachte er. *Vor zwei Sommern wäre dieser Kampf schon vorüber und Slaime so voller Scheiße gewesen, dass das Weiße in seinen Augen braun wäre.* Doch nun musste er sich auf seinen Grips und seine Erfahrung verlassen.

Nachdem er sich auf dem Schlachtfeld umgeschaut und dessen Gegebenheiten verinnerlicht hatte, zog Nett den Schluss, dass es am besten war, den Gegner frontal anzugehen – ihm voll und fest eins auf die Fresse zu geben.

Nett hob seine Dungbälle hoch, holte tief Luft und sprang, einen wortlosen Schrei ausstoßend, hinter seinem Ross hervor und stürzte sich auf den Königsnichtmörder.

Bevor er den fünften Schritt in Richtung Slaime Sinister zurückgelegt hatte, attackierten ihn ein Schmerz und ein Gestank, der schlimmer war als jeder andere zuvor.

Es wurde schwarz um ihn. Als er wieder erwachte, lag er in einem finsteren kleinen Raum auf einem Bett. In seinem Arm steckte eine Nadel. Auf seinem Kissen lag jede Menge weißes Pulver. Bevor Nett das Bewusstsein verlor, trieb ein einzelner Gedanke durch sein überfordertes Gehirn: *Der Sommer naht.*

Brandy

»Ich kann das Gleichgewicht schon halten«, nörgelte Brandy. »Ich brauch das Zeug nicht.«

Bobb Quark befestigte Brandys Eigenbau-Beinschiene am Sattel des Rosses. »Brauchst du doch«, brummte er. »Denn wenn du von dem Ding runter fällst, wirst du dich noch mehr verletzen. Dann wird mir Mutter aber was erzählen! Ich hör sie jetzt schon: *Wenn du dich nicht mal um deinen Bruder kümmern kannst, wie willst du dich dann um das Haus Quark kümmern, blah blah blah!*«

»Es ist unmöglich, dass ich mich *noch mehr* verletze, Bobb, weil ich ja noch gar nicht verletzt bin«, erklärte Brandy mit einem schrillen Furz.

»Wenn du dieses Ross reiten willst«, spöttelte Bobb, »leime ich dich an ihm fest. Und wenn es dir nicht passt, tja, ich glaube, Dickopp würde sich freuen, an dieser Hohen Schule arbeiten zu können.«

»Ich hasse dich, Bobb«, brummte Brandy. Dann rief er: »Lecki, komm her!« Sein Schattenpanda – er war in den letzten ungefähr zwölf Kapiteln beträchlich gewachsen – wetzte zu dem Ross hinüber, wobei ihm die rosa Zunge aus dem Maul hing. Brandy deutete auf Bobb und rief: »Lecki, fass!«

Daraufhin rief Bobb: »Schlecki, komm her!« Sein uns bisher noch nicht begegneter Schattenpanda kam angerannt und verpasste Lecki einen Kopfstoß, der ihn ins Morgen beförderte. Zum Glück ließ das Morgen nicht lange auf sich warten, und so schubste Lecki Schlecki über die Wiese, wo er das Gleichgewicht verlor und in einen Matschtümpel fiel. Lecki schien zu lachen, was Schlecki wütend machte, doch bevor er erneut angreifen konnte, schien er in das Gelächter seines Schattenpandabruders einzustimmen. Dann schlangen die beiden die Arme umeinander und stromerten in Richtung Osten davon.

Brandy und Bobb schauten sich an, dann stieß Bobb hervor: »Na schön, da ich das Kommando habe, treff ich auch die Entscheidungen! Und meine Entscheidung ist: Spür diese götterverdammten Bären auf!«

»Ich sehe, dass du darauf vorbereitet bist, wichtige Entscheidungen zu treffen, Bobb«, sagte Brandy.

»Riskier keine dicke Lippe, Kleiner. Meine nächste Entscheidung ist, dass wir uns trennen. Du gehst nach Norden. Ich geh nach Süden.«

»Aber Lecki und Schlecki sind doch nach Osten gelaufen«, merkte Brandy an.

»Halt die Schnauze, Krüppel!«, brüllte Bobb. *»Ich hab das Kommando, und ich bin ein götterverdammtes Genie, und wenn ich sage, dass du nach Norden gehst, dann tust du es gefälligst!«* Dann haute er Brandys Ross aufs Hinterteil, und das Tier preschte nach Norden. Als es jedoch merkte, dass Bobb nicht aufpasste, wandte es sich nach Osten.

Brandy kratzte das Ross hinter dem Ohr und grinste. »Guter Junge! Braves Ross!«

»Euer Bruder ist ein Trottel«, murmelte das Ross. »Bemüht Euch bitte, nicht auf meinen Rücken zu furzen.«

»Was?«, schrie Brandy.

»Ich meine … *Wieher! Wieher! Wieher!*«

Mehrere Meilen später tauchten hinter den Bäumen eines Forstes sieben berittene Rösser in Dreiecksformation auf. Der Anführer deutete auf Brandy und brüllte: *»Wer ist Er? Und warum reitet Er durch meinen Forst? Der Tod sei Ihm gewiss!«*

»Ich bin Brandy Quark vom Hause Quark! Doch wer seid Ihr? Was ist Eurer gestelzten Rede Sinn?«

Einer der Reiter in der zweiten Reihe sagte zu seinem Anführer: »Ja, das ist ’ne verdammt gute Frage, Brian. Ich dachte, wir hätten beschlossen, den altmodischen Shakespearescheiß zu lassen.«

»Ihr habt es so beschlossen. Doch die Zustimmung der meinigen Person, die habt Ihr *nit.«*

»Wir haben abgestimmt, Brian«, sagte ein anderer Reiter. »Du hast verloren. Finde dich damit ab.«

Und wieder ein anderer Reiter sagte: »Deswegen haben wir auch noch keinen Namen. Niemand kann eine Entscheidung fällen, und wenn tatsächlich eine gefällt wird, hält sich keiner dran.«

»Ich verkünd’ euch, dass der Nam’ sehr wohl beschlossen ward«, deklarierte Brian. »Wir sind die *Haie.«*

Wieder ein anderer Reiter sagte stur: »Nein, Brian, wir sind *nicht* die Haie! Drei von uns haben für die Haie gestimmt, und drei für uns für die *Düsen*. Und Warren hat sich der Stimme enthalten.«

Warren, der kleinste Reiter, sagte: »Bleibt mir vom Leib. Beide Namen sind gut.«

»Nun fasse Er flugs einen Beschluss, Warren«, sagte Brian. »Er hält doch den ganzen Betrieb auf!«

»Du kannst mi amol«, meinte Warren.

In diesem Moment trotteten Lecki und Schlecki vorbei. Sie waren mit Matsch bedeckt, und ihre Zungen hingen raus. Brian starrte die Tiere mit großen Augen an und fragte Brandy: »Sind das Schattenpandas?«

»Jau, kann man wohl sagen.«

»Mich dünkt, dass Schattenpandas ausgestorben sind.«

»Nee, sind sie ganz bestimmt nicht.«

»Mich dünkt, die Haie sollten den jungen Quark töten und dann von dannen eilen. Und zwar schnell.« An Brandy gewandt, meinte Brian: »Wir sind gegen Schattenpandas tödlich allergisch. Ja, wir wissen, dass Schattenpandas noch vor einigen Kapiteln ausgestorben waren, deswegen klingt es vielleicht seltsam, dass jemand allergisch gegen sie ist, aber es ist wahrscheinlich das Beste, wenn du nicht zu viele Fragen stellst, weil, ehrlich gesagt, Osterhasién sowieso schon unglaubwürdig genug ist. Irgendwann muss die Geschichte auch ein Ende haben … besonders dann, wenn sie von Schwafelmonologen nur so wimmelt. Wie zum Beispiel gerade jetzt.«

»Wenn ich sie fortschicke, tötet ihr mich nicht?«, fragte Brandy.

»Diese Bestien gehorchen dir?«, fragte Brian.

»Klar«, log Brandy.

»Dann lassen wir dich leben. Sag deinen Biestern, sie mögen sich verziehen!«

»Gebongt.« Brandy schrie: »Lecki! Schlecki! Macht euch vom Acker!«

Beim Ertönen der vertrauten Stimme hopsten Lecki und Schlecki auf Brandy zu, hielten aber unterwegs bei jedem Hai/jeder Düse an, um sie mit einem liebevollen Schlecken zu bedenken. In der Sekunde, in der die Zunge eines Schattenpandas den Körper eines Reiters berührte, schmolz dessen Haut, dann fiel er von seinem Ross und starb einen schmerzhaft-ekligen Sabbertod. Lecki und Schlecki klatschten sich ab und hopsten dann weiter – dorthin, wohin heranwachsende Schattenpandas für gewöhnlich hinhopsen.

Brandy war von den Blasen werfenden Leichnamen so abgelenkt, dass er die Ankunft seines Bruders zuerst gar nicht wahrnahm. »Ja, was ist das denn, Brandy!«, rief Bobb aus. »Da lässt man dich mal für zwei Minuten allein, und dann drehst du so ein Ding? Jetzt mal im Ernst: Das wird Mama aber gar nicht gefallen! Was ist passiert?«

Nachdem Brandy ihm die Geschichte von Leckis und Schleckis Killerspucke erzählt hatte, deutete Bobb auf die Leichen. »Heilige Götter, von diesen Kerlen hab ich schon mal gehört. Das waren wirklich böse, böse, böse Menschen.« Er kratzte sich am Kinn, dann dachte er laut weiter. »Wenn ich diese Arschkrampen meinem Konto gutschreibe …« Er hielt inne.

»Was meinst du damit?«, fragte Brandy. »Meinem Konto gutschreiben?«

»Sei still, Kind«, befahl Bobb. Dann sprang er von seinem Ross, zog sein Schwert aus der Scheide und stach in in jeden toten Mann hinein, bis seine Waffe von ihrem Blute bedeckt war.

Die beiden Brüder schauten sich einige Minuten lang an, dann fragte Brandy: »Was, ähm, sollte das jetzt?«

»Sofern man dich fragt, habe ich diese Banditen in einem ehrlichen Kampf besiegt. Und falls du etwas anderes erzählst, tja … Wenn du glaubst, dass du *jetzt* Schmerzen leidest … Pah!«

»Bobb«, quäkte Brandy erneut. »Ich hab keine Schmerzen.«

»Hast du doch!«

»Hab ich nicht!«

»Hast du doch!«

»Nein. Nicht das kleinste bisschen.«

»Doch, hast du doch! Und ich habe das Kommando, und mein Wort ist Gesetz, und du wurdest schlimmer verletzt als jeder andere vor dir, und ich werde dich vor weiteren Schmerzen bewahren!«

»Na schön, na schön, in Ordnung, ich bin verletzt. Autsch! Aua. Tut das weh! Wie weh das tut!«

Bobb lächelte. »Na bitte, Brandy. Geht doch. Ich werde dich beschützen. Weil ich das Kommando habe.«

»Natürlich, Bobb«, sagte Brandy zustimmend. »Natürlich.« Dann lenkte er sein Ross zum Schloss zurück, insgeheim erleichtert, weil er nur noch in zwei Kapiteln auftreten musste.

Juan

»Bruda Otter, ich quengele ja nur ungern, aber könnte es für ein Lagerfeuer vielleicht zu warm sein?«

Otter musterte Samson Tscharlie kurz und erwiderte spöttisch: »Wenn du nicht so viel Tonnage mit dir rumschleppen würdest, würdest du vielleicht nicht so transpirieren wie ein Franzmann.«

»Was wie ein Wer?«, fragte Juan Nieve. Bevor Otter antworten konnte, fügte er hinzu: »It's *muy caliente*[50] hier draußen, Otter. Gib es zu.«

»Aber es ist auch dunkel«, meinte Pinto. »Ich weiß nicht, wie ihr es seht, Jungs, aber ich hätte gern etwas Licht, wenn ich der Mauer so nahe bin.«

»Ich geb's nur ungern zu, Jungs«, gab Bluto zu, »aber unser Vollhorst hat vielleicht recht. Die Mauer wird matschig wie nur was, und wir machen die Sache nur noch heißer.«

Didi deutete auf Sammy und meinte: »Wenn du dir Sorgen machst, dass die Mauer schmilzt, könnten wir doch unsere fettleibige humoristische Auflockerung dazu verwenden, die Löcher in ihr zu stopfen.«

»Meine Herren«, wandte Juan ein, »ist das die Art und Weise, in der ein Bund verschworener Brüda miteinander

50 Leicht wärmlich.

umgehen sollte? Indem man rüde Zoten über die Fehler seiner Brüda und Witze über ihre fragwürdige Herkunft reißt? Seid ihr alle deswegen hier? Habt ihr deswegen eure Familie verlassen? Um zu hetzen und zu nörgeln? *Repugnante*[51], einfach *repugnante*[52].«

»Ist ja gut, Juan«, sagte Sammy seufzend. »Ich bin daran gewöhnt. Bei uns zu Hause haben alle …«

»Leute«, wurde er von Otter unterbrochen. »Ich langweile mich zu Tode. Es ist noch *immer* matschig. Die Mauer schmilzt noch *immer*. Sammy ist noch *immer* dick, und Juan ist noch *immer* ein Vollhorst. Aber nichts passiert. Wie wär's, wenn wir es jetzt dabei belassen und mal nachschauen, was Triton macht?«

Juan lächelte. »Das war das erste intelligente Ding, das ich aus deinem Mund gehört habe, Otter. *Estimados lectores, por favor disfrute el siguiente capítulo, un capítulo que incluye, entre otras cosas, una coversación fascinante entre Triton y Lyserg.*«[53]

---

51 Widerlich.

52 Widerlich (Wollte nur sichergehen, ob Sie auch aufpassen).

53 Übersetzt es euch selbst. Muss ich denn hier alles machen, verdammt noch mal?

Triton

Vom Boden seiner Kerkerzelle aus rief Triton Sinister dem Wächter zu: »He, du hässliches Vieh, wann lasst ihr mich wieder raus? Hier stinkt's so übel, da müsste sogar ein Stinktier würgen!«

Der Wächter latschte zu ihm. »Was, du nennst mich hässlich? *Du?!* Muss ich mir so was von einem Kerl bieten lassen, der so dünn ist, dass er Zahnseide als Klopapier verwendet?«

»Haha, gütiger Gruntz! Wir beide sind zwei Erbsen in einer Schote. Wenn wir zusammen in einer rumhängen würden, hätten die Leute Probleme, deine Fresse von meinem Arsch zu unterscheiden. *Ssssssing!*«

»Nicht übel, Langer«, sagte der Wächter lachend. »Hör zu, von mir aus könntest du ja ruhig gehen, aber Lady Lyserg möchte, dass du deine Verbrechen gestehst.«

»Verbrechen? Das einzige Verbrechen, das ich begangen habe, ist Witzdiebstahl.« Triton hielt inne. Dann fragte er: »Moment, hab ich das wirklich ausgesprochen? Ich meine natürlich, dass ich Witze *parodiert* habe. *Parodiert.*«

»Tja«, verdeutlichte der Wächter, »das ist nicht das, was die Lady meint. Sie glaubt, du hättest Quanti getötet.«

»Phantastisch«, brummte Triton, weil es ihn ärgerte, dass man ihm in diesem Buch nun zum zweiten Mal etwas in die Schuhe schob. Und natürlich war er auch neugierig, welcher seiner schwachmatischen Verwandten Lord Quanti Ahorn getötet hatte. *Wahrscheinlich Slaime und Cerevix,* dachte er. *Die Dämlichkeit eines blonden Menschen darf man niemals überschätzen, aber wenn man sie mal zwei nimmt, schaut man auf eine Ebene der Dämlichkeit hinab, die … nun, die sie zu Herrschern Osterhasiéns befördern könnte. Ahhhh, und schon haben wir ihr Motiv!* »Hab ich dich also richtig verstanden, Alda?«, fuhr Triton fort. »Wenn ich ein paar Verbrechen gestehe, lässt du mich aus diesem Loch raus?«

Der Wächter nickte, und Triton fuhr fort: »Na schön, mein Freund, dann sag dieser irren Ahorn-Braut, dass ich ein Geständnis ablegen werde wie noch niemand zuvor. Ich gestehe mir den Arsch so lange ab, bis ich einen neuen brauche.«

Zehn Minuten später stand Triton im Thronsaal, und zwar in Gegenwart von Lyserg Snulli-Ahorn, Kätzeleyn Snulli-Quark und Sör Roher Kassler. »Tja, nun, ahem.« Der Riese lächelte. »Wenn das nicht die Anwaltskanzlei Krozby, Pills und Blech ist.« Nachdem die drei ihm einen leeren Blick zugeworfen hatten, murmelte er: »Was für ’ne humorlose Bande. Nun ja, es heißt, wenn ich ’n bisschen was gestehe, könnte ich mich vom Acker machen.«

»Das ist korrekt, Riese«, erklärte Lyserg. »Ihr werdet des erfolgreichen Mordes an Lord Quanti Ahorn und des vermasselten Mordes an Brandy Quark beschuldigt. Gesteht Ihr Eure Verbrechen?«

»Ich hab ’ne Menge Verbrechen zu gestehen, Schätzchen. Erstes Geständnis, und das war ein *echtes* Verbrechen: Ich habe *Journey Through the Secret Life of Plants* produziert.«

»Was habt Ihr getan?«, fragte Lady Ahorn.

»Das schlimmste Verbrechen in Stevie Wonders Laufbahn. Ich gestehe auch, alle Nickelback-Alben produziert zu haben. Jessas Chrystus, schon deswegen müsste ich hingerichtet werden.«

»Ich verstehe nicht.«

»Ja, das verstehe ich auch nicht. Ehrlich, wie diese Truppe einen Plattenvertrag abgestaubt hat, ist mir noch heute ein Rätsel. Ich gestehe auch, Peter Criss' Soloalbum, alles von Creed, das späte Zeug der Black Eyed Peas und das meiste von dieser Boyband-Scheiße produziert zu haben: Liz Phairs Scheibe gleichen Namens, Lil Waynes *Rebirth* – Mann, das war eher 'ne Abtreibung –, und dieses Nine Inch Nails Remix-Album, von dem ich immer den Titel vergesse. Madonnas *Who's That Girl?* und Lady Gagas *Born This Way.*« Er hielt inne, dann fügte er hinzu: »Boah, Mann, wie schön, jetzt hab ich's mir endlich von der Seele geredet.« Er klatschte in die Hände und grinste. »So. Bin ich jetzt frei?«

»Gesteht, Quanti gemordet zu haben«, knurrte Lyserg.

»Das hätte ich nicht mal geschafft, wenn ich es versucht hätte. Der Kerl schwingt die Keule wie kein Zweiter. Der hätte mich platt gemacht.«

Lyserg runzelte die Stirn. »Was meint Ihr mit ›schwingt die Keule‹? Und was meint Ihr mit ›platt gemacht‹?«

»Ach, das ist nur götterverdammt blödes Baseballgeschwätz, das in der Übersetzung keinen Sinn ergibt. Macht Euch keine Gedanken.«

»Glaubt mir, ich mache mir keine. Gesteht nun Euren Mordversuch an Brandy.«

»Den hab ich auch nicht begangen. Aber der Mordversuch muss mir schon deswegen zum Vorwurf gemacht werden, weil sonst das ganze Kartenhaus zusammengekracht und Ihr nur eine Kurzgeschichte lesen würdet statt einer ganzen Reihe von Absahnerschwarten. Und wenn ich Schwarten sage, meine ich auch Schwarten. *Ch-ching!*«

Kassler kicherte, doch Lyserg brüllte: »Ihr habt Quanti kaltgemacht und versucht, Brandy kaltzumachen, und jetzt werdet Ihr mit Eurer Freiheit dafür bezahlen!« Sie drehte sich zur Tür und schrie: »Wache, bringt Herrn Sinister in seine Zelle zurück.«

Triton hob die Hände hoch. »Na, das ist aber doch 'n dicker Hund, Alda! Ohne Prozess?«

»Wir haben keine Beweise«, erläuterte Lyserg. »Deswegen gibt es auch keinen Prozess, und deswegen werdet Ihr zu lebenslänglichem Kerker verurteilt.«

Lady Kätzeleyn piepste: »Schwesterlieb, so wird im Hause Quark aber nicht gehandelt. Wir köpfen die Leute erst dann, wenn wir ganz ganz *ganz* sicher sind, dass sie es auch verdient haben! Und wenn keine Beweise vorliegen, dürfen sie sich freikämpfen.«

»Freikämpfen?«, fragte Lyserg.

»Wenn sie Netthard verprügeln können, dürfen sie gehen.«

»Und das klappt?«

»Nett ist unbesiegt«, sagte Kätzeleyn lächelnd.

Lyserg nickte. »Das ist gerecht. Ich vermute, Quanti hätte es auch so gewollt. Schön, dann soll das Strichmännchen eben schwungvoll abkratzen.« Sie schaute Triton an. »So, Mörder, ich werde Euch also erlauben, um Euer Leben zu kämpfen. Und ich lasse Euch sogar die Wahl der Waffen!«

Triton grinste schräg. »Alle Waffen sind zugelassen?«, fragte er.

»Alle Waffen.« Lyserg nickte zustimmend. Dann sagte sie: »Außer Schlamm und Zwiebeln. Die hängen mir zum Halse raus.«

»Schön«, sagte Triton. »Dann wähle ich meine Zunge.«

Kätzeleyn und Lyserg schrien im Chor: »Eure *Zunge?!«*

Triton nickte zur Bestätigung. »So ist es. Meine Zunge. Ich möchte den besten Mann des Hauses Ahorn zu einem Beleidigungskampf herausfordern.«

Kätzeleyn und Lyserg schrien im Chor: »Zu einem *Beleidigungskampf?!«*

»Aber nicht *nur* zu einem Beleidigungskampf«, fuhr Triton fort.

Kätzeleyn und Lyserg schrien im Chor: »Nicht *nur* zu einem Beleidigungskampf?!«

»Nein. Zu einem ›Deine Mudda‹-Beleidigungskampf. Moderne umgangssprachliche Ausdrücke und Bezüge auf die Gegenwart sind erlaubt.«

Kätzeleyn und Lyserg schrien im Chor: *»Neiiiin!«*

Netthard

Der Matsch war weg.

Nett fiel im grünen grünen Gras hinter dem Schloss auf die Knie und schaute zum blauen blauen Himmel hinauf. Er berührte die Wiese, schwelgte in diesem Gefühl, genoss ihren Duft, ihre Farbe und ihre Sauberkeit. Als er sich gerade auf den Bauch legen und sein Gesicht auf das üppige Gras drücken wollte, spürte er, dass jemand auf seine Schulter tippte. »Ja?«, säuselte er, ohne sich umzudrehen.

»Guten Morgen, Lord Quark«, sagte die Stimme. Sie klang tief und kehlig, aber auch leicht etepetete. »Wie geht's Euch an diesem fabelhaften Morgen?«

»Mir geht's wunderbar«, erwiderte Nett. Dann warf er einen Blick über seine Schulter, um in Erfahrung zu bringen, wessen Fragen er eigentlich beantwortete.

Es war ein Ross. Doch nicht irgendein Ross: Es war ein weißes Ross mit güldenen Augen und einem – das war ganz schön komisch – Horn auf der Stirn. »Wer bist du?«, fragte Nett. »Und wieso kannst du sprechen?«

»Ich bin ein Einhorn«, erklärte das Tier. »Und ich spreche, weil man sagt, dass ich sprechen kann.«

»Wer *hat gesagt, dass du sprechen kannst?«*

»Es ist kein wer, *Lord Quark«, sagte das Einhorn, »sondern eher ein* was.«

»Na schön«, sagte Nett. »Also was *hat gesagt, dass du sprechen kannst?«*

»Es ist kein was, *Lord Quark«, sagte das Einhorn, »sondern eher ein* wer.«

»Aber du hast doch gerade gesagt, es war ein wer, *kein* was.«

Das Tier zuckte die Achseln. »Was soll ich sagen, Quarki. Wir Einhörner sind flatterhaft.«

Genau in diesem Moment machte jemand etwas mit Netts Bein, und das war schmerzhafter als alles, was er je zuvor erlebt hatte. Er schaute auf die Gliedmaße, bemerkte nichts Ungewöhnliches und fragte das Einhorn: »Hast du irgendetwas Sonderbares gesehen?«

Doch das Einhorn war weg, was ebenfalls komisch war, weil er es nämlich fortwährend »Quarki … Quarki … Quarki …« sagen hörte.

»Quarki … He, Quarki! Klopf, klopf. He, Kumpel, wach auf. Heia ist zu Ende. Halloooo …«

Lord Netthard Quark öffnete die Augen und erblickte das lächelnde Gesicht Bobbert Bartresens. »Ah!« Der König grinste. »Da ist er wieder. Von den Toten zurückgekehrt.«

Nett rieb sich die Augen. »Wo bin ich? Und was ist passiert?«

»Spielt keine Rolle.« Bobbert deutete auf das weiße Pulverhäufchen auf dem Tisch neben Netts Bett. »Hast du irgendwas damit vor?«

»Was ist es?«

»Zwiebelpulver«, spöttelte der König. »Komm, Mann, stell dich nicht doof. Es ist Heroyn.«

Nett hatte zwar schon mal was von Heroyn gehört, es aber noch nie aus der Nähe gesehen, geschweige denn zu sich genommen. »Und warum ist das Heroyn hier?«, fragte er.

»Vielleicht möchtest du gern einen Blick auf dein Bein werfen?«

Nett hob den Kopf vom Bettlaken. Als er sah (und roch), was mit seinem linken Bein passiert war, hätte er sich beinahe übergeben: Es war braun, klumpig und stank nach … na, sagen wir mal: Abfall. »Was ist passiert? Wie ist das … das …« Dann fiel ihm die Exkrementenschlacht mit Slaime wieder ein. Er schlug die Hände vors Gesicht und sagte mit einem Seufzer: »Um meine älteste Tochter zu zitieren: *Das ist ja wohl voll definitiv ätzend*. Es sieht grässlich aus. Es überrascht mich, dass es nicht schmerzt.«

»Du hast genug Heroyn im Blut, um einen Donkosacken aufzumischen. Es überrascht mich, dass du dich überhaupt bewegen kannst.« Bobbert schien nachzudenken. »Aber sonst geht's dir gut?«

»Ich glaube schon.«

»Und du brauchst kein Schmerzmittel?«

»Ich glaube nicht.«

»Glaubst du, ich könnte es mal probieren?«

»Was probieren?«

Bobbert deutete auf das Pulver. »Das Ätsch da. Es ist der beste Stoff, den das Haus Bartresen zu bieten hat, aber ich krieg nie auch nur 'ne Nase davon ab.«

»Dann mal ran«, sagte Nett.

»Danke, Kumpel«, sagte Bobbert. »Sag Hallo zu meinem kleinen Freund.« Er nahm zwei Hände voll Pulver, rieb es sich ins Gesicht, inhalierte tief und stöhnte.

»Quarki, es ist, als würde man die Götter küssen!« Er nahm sich noch eine Handvoll, schniefte noch einmal und lallte: »Meine Gattin isch unterwegsch. Wasch schie auch schagt, du darfscht ihr nischt an die Möpsche faschen.« Dann kletterte er zu Nett ins Bett, legte den Kopf an den Brustkorb seines Freundes und wurde ohnmächtig.

Einige Minuten später betrat Königin Cerevix wie angekündigt den Raum und setzte sich auf Netts Bettkante. Sie deutete auf ihren Gatten und meinte: »Schiebt ihn zur Seite. Er sabbert.«

Nett schob Bobbert vorsichtig von sich herunter und fragte: »Hat vielleicht irgendjemand in Eurem Beisein geäußert, wann ich nach Sommerpeltz zurückkehren kann?«

»Es liegt ganz an dir, Nett. Du kannst in der Sekunde gehen, in der du wieder gehen kannst, aber du musst noch einige Dinge beantworten. Du hast einige Verbrechen begangen. Verbrechen, die zu deiner Exekution führen könnten.«

»Was schwatzest du da?«, sagte Nett. »Ich bin doch der einzige nette Kerl in diesem götterverdammten Buch!«

»Da habe ich aber was anderes gehört«, sagte Cerevix. »Ich habe gehört, dass du ein Verbrecher bist, und dass du, sobald du deine Verbrechen gestehst, in deine Abwasserburg zurückkehren kannst.« Sie stand auf und richtete einen anklagenden Finger auf ihn. »Gesteht, Lord Quark!«, verlangte sie.

»Was soll ich gestehen?«

»Gestehe, dass du *Journey Through the Secret Life of Plants* produziert hast.«

»Was soll ich getan haben?«, fragte Nett.

»Du wirst außerdem gestehen, dass du alle Nickelback-

Alben, Peter Criss' Soloalben und alles von Creed produziert hast, sowie den späten Kram der Black Eyed Peas und das meiste von diesem Boy-Band-Scheiß, und Liz Phairs Scheibe, die ihren Namen trägt, und Lil Waynes *Rebirth* und dieses grottige Nine Inch Nails Remix-Album, und Madonnas *Who's That Girl* und Lady Gagas *Born This Way*…« Nach einem Päuschen fügte sie hinzu: »Ach ja, dann kannst du auch gleich gestehen, dass du meinen dummen großen Bruder entführt und versucht hast, meinen gut aussehenden Zwillingsbruder zu ermorden!«

»Na schön«, sagte Nett. »Ich habe vielleicht… ich sage nur *vielleicht*… Liz Phair produziert, aber Triton habe ich *keinesfalls* entführt, und Slaime hat mit der Schlägerei angefangen!«

Cerevix streichelte seine Wange. »Du armer, armer Narr«, sagte sie. »Du weißt überhaupt nicht, was in Osterhasién *wirklich* abgeht, oder?«

»Ehrlich, Cerevix«, sagte Nett ungehalten, »bei der ständig wechselnden Perspektive und all den geschwätzigen Handlungssträngen weiß doch *kein* Mensch mehr, um was es in Osterhasién überhaupt geht.«

Die Königin küsste ihn auf die Stirn. »Was hier abgeht, ist dies: Man wird dich bald für Verbrechen bestrafen, die du vielleicht gar nicht begangen hast. Oder doch? Tut mir leid, Süßer.« Dann haute sie Bobbert auf den Kopf und knurrte: »Wach auf, Dicker! Es ist Zeit, Netthard zu bestrafen.«

Bobbert zuckte hoch. »Wer? Was? Wann? Wo? Ach ja, das. Quarki, du wirst dazu verurteilt, einen Tag König zu sein.« Er rollte sich übers Bett, fiel auf den Boden und fuhr fort: »Ich geh jetzt auf'n Platz. Muss putten üben.« Dann kroch er hinaus.

Als er außer Sichtweite war, sagte Königin Cerevix zu Nett: »Wir treffen uns in einer Stunde im Thronsaal. Wir haben eine Bürgerversammlung. Wird dir gefallen.« Sie wandte sich zum Gehen, doch bevor sie den Raum verließ, fragte sie: »He, jetzt, da du König bist .... Möchtest du mal meine Möpse anfassen? Bobbert sagt, er hätte nichts dagegen ...«

Kätzeleyn

Lady Kätzeleyn Quark wandte sich ihrer Schwester, Lady Lyserg Ahorn, zu und fragte: »Weißt du genau, dass deine Leute das bewerkstelligen können? Ich glaube, es gibt auch noch andere Methoden, um …«

»Warum musst du immer alles in Frage stellen, was ich mache, Schwesterlieb?«, erwiderte Lyserg. »Du glaubst immer, wenn eine Idee nicht von dir kommt, taugt sie nichts. Sieh mal endlich ein, dass du nicht immer die Schlauste in jedem Raum bist, Kätzeleyn.«

»Nun, Schwesterlieb, wenn du und ich die Einzigen im Raum sind, bin ich nun *wirklich* die Schlauste.«

»Dämliche Besserwisserin!«

»Verklemmte Jungfrau.«

»Matschbirnige Degenerierte!«

»Behaartbeinige Zicke.«

»Meine Damen«, mischte Triton Sinister sich ein, »das sind ja schon recht phantastische Beleidigungen. Schreibt sie für mich auf, dann zahle ich Euch einen Groschen für jede, die ich bei meinem Auftritt verwende. Dann machen wir mal weiter. Wen beleidige ich zuerst?«

Lyserg grinste böse. »Oh, Ihr werdet nicht uns beleidigen, Sinister.« Sie schob zwei Finger in den Mund, stieß einen schrillen Pfiff aus und rief dann: »Ritter!«

Ein Dutzend Männer in Rüstungen marschierten im

Gleichschritt in den Raum und blieben wie ein Mann links vom Thron stehen. Dann schrien sie wie aus einem Munde: »Brigade vier meldet sich zum Dienst, Mylady!«

Triton schenkte den Rittern einen abwägenden Blick, dann meinte er: »Ganz schön peinlich, dass ihr alle in den gleichen Klamotten zur Arbeit erscheint.«

»Schweigt, Sinister!«, rief Lyserg. »Möge der Wettstreit nun beginnen! Als Gast des Hauses Ahorn dürft Ihr die erste Salve abfeuern!« Sie deutete auf die ersten Ritter und befahl: Repetitor Lauerschertz, tretet vor!«

Triton deutete auf Sör Lauerschertz und sagte: »He, Alda, deine Mudda ist wie'n Eichhörnchen: Sie hat immer Nüsse im Mund.«

Lauerschertz griff sich ans Herz und fiel zu Boden.

Lyserg schaute den Ritter an und sagte: »Glückstreffer. Sör Knubbelnas Hühnermyst, Ihr seid der Nächste.«

Triton deutete auf Sör Hühnermyst und sagte: »Deine Mudda ist so fett, dass sie eine eigene Postleitzahl hat.« Nachdem Sör Hühnermyst gewürgt hatte und zusammengebrochen war, schritt Triton auf den dritten Ritter in der Reihe zu und sagte: »Deine Mudda ist so dick, dass ihre Badewanne Cellulitis hat.« Zum Nächsten: »Deine Mudda ist so alt, dass sie auf den Schalter gedrückt hat, als Gott ›Es werde Licht‹ sagte.« Zum Nächsten: »Deine Mudda lässt den Salat anbrennen.« Zum Nächsten: »Deine Mudda ist wie eine Eiswaffel: Jeder darf mal lecken.« Zum Nächsten: »Deine Mudda ist Linksträger.« Zum Nächsten: »Deine Mudda ist so hässlich, dass man ihr vor der Teilnahme an einem Hässlichkeitswettbewerb gesagt hat: ›Geht nicht, keine Profis.‹« Zum Nächsten: »Deine Mudda ist ein Zimmermannstraum: flach wie ein Brett und leicht zu nageln.« Zum Nächsten: »Deine Mudda macht Kniebeugen im Gurkenfeld.« Zum Nächsten: »Deine Mudda ist die Haarigste im Zoo.« Und zum Letzten: »Deine Mudda ist …« Doch bevor Triton den Satz beenden konnte, schrie der letzte Ritter auf und rannte aus dem Raum.

Als Lyserg und Kätzeleyn sich die gefallenen, jammernden und stöhnenden Ritter anschauten, sagte Triton: »Na schön, das war lustig. Ich bin dann mal weg.« Er winkte Sör Roher Kassler zu und fragte: »Möchtet Ihr bei diesen Dummköpfen bleiben oder mitkommen und Euch vergnügen?«

Kassler salutierte in Richtung Kätzeleyns und Lysergs und sagte: »Meine Damen, es war mir eine Freude.« Dann folgte er Triton Sinister aus dem Thronsaal und zur Haustür.

Als sie eine ganze Weile fort waren, sagte Kätzeleyn zu Lyserg: »Hat nicht ganz so funktioniert, wie du es geplant hast, oder?«

»Ach, halt doch die Schnauze, du dumme Nuss!«

»Du behämmerter Einfaltspinsel!«

»Schwachsinniger Holzkopf!«

»Aufgeblasene Blöfferin!«

»Selbstsüchtige Rotznase!«

Triton

Triton Sinister blickte in die Grotte hinein. »Wir sollten reingehen. Vielleicht ist da drin etwas, das wir töten und braten können. Ich bin so hungrig, ich könnte einen Affen auf Toast essen.«

»Auf keinen Fall«, schwafelte Sör Roher Kassler. »Ich geh da nicht rein!«

»Gebt Ihr zu, dass Ihr ein dreckiger Feigling seid?«, fragte Triton.

»Nein, ein sauberer!«

»Wisst Ihr, was Ihr seid, Kassler? Ihr seid ein Schwein.«

»Ach, wirklich? Und Ihr seid eine Sau.«

»Das ist doch dasselbe.«

»Na schön«, lenkte Kassler ein. »Dann seid Ihr ein Schinken.«

Triton verdrehte die Augen im Kopfe, dann befahl er: »Kommt jetzt, wir stürmen die Grotte.«

»Ihr könnt sie stürmen. Ich bleibe hier und schmolle.«

Triton lachte widerwillig. »Ach, Kassler, wir sind schon zwei Typen, was? Ich, das Schwarze Schaf einer adligen Sippschaft, und Ihr, ein Deserteur aus einer Familie, von der niemand je gehört hat. Wir passen so wenig zusammen, dass wir einfach zusammengehören.«

Kassler schlug Triton auf den Hintern – den Rücken konnte er nicht erreichen – und sagte: »Ihr habt recht,

Triton. Wenn ich die Straße nach Sommerpeltz nehmen muss, freue ich mich, Euch an meiner Seite zu wissen.«

Triton lächelte. »Ah, ja, die Straße nach Sommerpeltz!«

Kassler erwiderte sein Lächeln und sagte: »Ja, die Straße nach Sommerpeltz.«

Triton griff zu einem Baum hinauf, zog zwei Zylinderhüte und Spazierstöcke heraus, warf je eins von beidem Kassler zu und rief: »Eins, zwei! Eins, zwei, drei, vier!« Und dann sangen sie:

Die Straße nach Sommerpeltz

Text und Musik von Triton Sinister

(Sinistre Töne/GEMA)

Wir reiten jetzt nach Sommerpeltz
Preschen über matschige Straßen
Der eine groß, der andere klein
Selbstbewusst über alle Maßen

Wir reiten jetzt nach Sommerpeltz
Und mampfen ein, zwei Zwiebeln
Räuber, seid bloß auf der Hut
Wir wehren uns mit Kübeln

Wir reiten jetzt nach Sommerpeltz
Gar gänzlich ohne Grund
Und brechen dort ’ne Schlacht vom Zaun
Oder treten ’nen toten Hund!

Als der Applaus verklungen war, fanden sich die beiden, um ein Lagerfeuer gekuschelt, im Matsch sitzend wieder.

»Ich sag's nur ungern«, sagte Kassler, »aber ist es für ein Lagerfeuer nicht zu heiß?«

»Den zu-heiß-für-ein-Lagerfeuer-Schwachsinn haben die Nachtwächter schon absolviert«, führte Triton aus. Dann meinte er, ohne jeden Übergang: »Hab ich Euch je erzählt, wie ich entjungfert wurde?«

»Wie Ihr *was?«*

»Meinen Pint zum ersten Mal wo reingetan habe? Zum ersten Mal Fleisch verstecken gespielt habe? Die erste Nummer geschoben habe?«

»Ich verstehe noch immer nicht«, sagte Kassler unwirsch.

Triton seufzte. »Meine erste sexuelle Erfahrung«, sagte er. »Wie ich sie gemacht habe.«

»Bin nicht sonderlich interessiert an so was«, murmelte Kassler und verzog das Gesicht.

»Es war zauberhaft, Kassler«, dröhnte Triton. »Es war wirklich zauberhaft! Klar, es war in einem Puff, aber es war der feinste Puff in ganz Osterhasién. Na ja, mein Bruder und meine Schwester haben in der Ecke gestanden und zugeschaut, aber sie waren ganz leise. Außerdem war es echt dunkel, und ich konnte überhaupt nichts sehen.«

»Klingt entzückend.«

»War es auch. War es wirklich.« Dann wurde Triton von einer massiven Müdigkeitswelle getroffen und fiel in den Matsch – sowie einen tiefen Schlaf.

Der Puffgeruch war eine hervorragende Mischung aus männlichem Ejakulat, weiblichem Ejakulat, Männerschweiß, Frauenschweiß, Geld, Rush by Gucci, M by Mariah, Tommy Girl, Fantasy by Britney, Opium und Zwiebeln.

Es war ein Wohlgeruch, den Triton Sinister nie vergessen würde.

Slaime hielt ihn am linken Unterarm fest, Cerevix am rechten. »Es ist alles bezahlt, Tri. Du musst ihn nur hochkriegen und reinstecken.«

»Genau«, sagte Cerevix. »Ihn hochkriegen und reinstecken.«

»Geht's dir gut?«, fragte Triton seine Schwester. »Weil du so schwitzt.«

Cerevix wischte sich über die Stirn und sagte: »Das ist kein Schweiß. Das ist, ähm, Limonade.«

Bevor Triton auf die lächerliche Antwort seiner Schwester reagieren konnte, schaute er der schönsten Frau in die Augen, die er je gesehen hatte: eine dunkelhäutige Brünette mit vollen Lippen. Er beugte sich zu Slaime hinüber und hauchte: »Kann ich die da haben?«

»Nein, wir haben eine andere ausgewählt«, sagte Slaim. Er deutete durch den Raum auf eine Frau, die am Türrahmen lehnte. »Die da.«

»Die?« Triton schaute die Blondine kurz an. »Ich weiß nicht, Slaime, die sieht ja aus wie Cerevix. Das ist ja ganz schön abartig.«

»Es heißt, dass sie die Beste ist«, sagte Cerevix. »Und für unser Brüderchen ist das Beste gerade gut genug.«

»Wer arm ist, darf wohl keine Ansprüche stellen«, sagte Triton. Er schlenderte durch den Raum. Die Zwillinge schlossen sich ihm an. »He, Leute, wie wär's mit einem bisschen Intimsphäre?«

»Hör zu, Tri«, sagte Slaime, »wir beide haben so was schon mal gemacht; vielleicht können wir dich ein bisschen beraten.«

»Und Slaime weiß genau, wie es geht«, behauptete Cerevix. »Du solltest in jeder Hinsicht auf ihn hören.«

»Ach, wie lieb du bist, Schwesterlein«, sagte Slaime achselzuckend.

»Na schön.« Triton seufzte. »Dann schaut halt zu. Aber seid leise.«

»Wir sagen kein Wort«, versprach Slaime.

Als sie zu viert in den Raum gegangen waren, blies die Prostituierte die Kerze aus und sagte zu Triton: »Zieh dich aus, dann fangen wir an.« Während er sich entkleidete, hörte er, dass auch jemand anders sich seiner Gewänder entledigte, aber er nahm es kaum wahr, weil er vor Aufregung schlotterte. Die Frau nahm seine Hand, führte ihn zum Bett und brachte ihn an Orte, an denen er noch nie zuvor gewesen war und danach nie wieder sein würde. Die Orte hießen Fort Lauderdale und Wanne-Eickel.

Nachdem Triton sich erholt hatte, bat er um eine weitere Runde, doch die Frau hauchte, man habe sie nur für eine Nummer bezahlt und es sei Zeit für sie zu gehen. Triton zog seine Sachen an, und die drei Sinisters verließen den Puff Arm in Arm in Arm. Wie eine glückliche Familie.

Neun Monate später brachte Cerevix Sinister-Bartresen ihren einzigen Sohn zur Welt: Doophrey Bartresen.

Tritons Augen öffneten sich jäh, und ein hoffnungsvolles Mantra wehte durch seinen Kopf: *Es war nur ein Traum … Ich habe nicht mit meiner Schwester geschlafen … Ich bin nicht der Vater meines Neffen … Es war nur ein Traum … Ich habe nicht mit meiner Schwester geschlafen … Ich bin nicht der Vater meines Neffen …*

»Habt Ihr etwas gesagt?«

Triton wirbelte herum. Kassler musterte ihn eigenartig. »Hab mich nur geräuspert, Alda. Lasst uns von hier fortgehen. Diese Ecke des Forstes ist so hässlich, dass … dass … dass …« Und zum zweiten Mal in diesem Buch stand Triton so neben sich, dass er den Scherz nicht beenden konnte.

Lolyta

Lolyta Thiergarten genoss ihre Schwangerschaft nicht. Sie genoss sie nicht im Geringsten. Sicher, ihre Haut glühte; und sicher, es war schön, der Magistrata Illinois erzählen zu können, dass ihr Kind »Die Ente, die wie keine andere quakt« sein würde. Und sicher, es war schön, so wie die große Mehrheit der Osterhasiérinnen mit fünfzehn schwanger zu sein. Doch das Kotzen, das ständige Strullern und ihr pausenloser Heißhunger auf Hafer und Möhren trieben sie in den Wahnsinn.

Iwan Drago schien der Klumpen in ihrer Körpermitte zu gefallen, wie die Tatsache verriet, dass er sie täglich ins Stadtzentrum mitnahm, um es dort dreimal statt wie sonst zweimal mit ihr zu treiben. Alle, die Loly und Iwan Drago zuschauten, stimmten nun bei jedem Akt Sprechchöre an. Ihr KÖNIGSBRATZE-KÖNIGSBRATZE!-Geschrei hörte man von den Flüssen bis zu den Bergen. Dank ihrer entenähnlichen Schwangerschaft und der ausgedehnten Nummer im Freien war Loly zur beliebtesten KÖNIGSBRATZE in der Geschichte Donkosackingens geworden. Doch nicht jeder war von der Herrscherin entzückt.

»Du bist so hochnäsig geworden«, schäumte Vladymyr. »Du hältst dich für sonst was! Aber es ist eine Tatsache, dass du wie eine Unterschichtschlampe aussiehst. Und wollen wir mal über das Oberteil reden, das du da trägst?

Zwei Worte, Liebling: *Bitt-täh!* Ich seh nur Titten und Bauch, Titten und Bauch, Titten und Bauch. Verhüll das doch mal, Schätzchen.«

Inzwischen war Loly den Bekleidungsvorschlägen ihres Bruders gegenüber so immun, dass sie das einzige Thema ansprach, das sie seit Tagen nervte: »Vladymyr, schminkst du dich?«

Vladymyr betastete sein Gesicht, spitzte die Lippen und flötete: »Und wenn? Ich bin großartig, und dies bringt meine Großartigkeit zur Geltung!«

Inzwischen war Loly so immun gegenüber dem unaufhörlichen Bedürfnis ihres Bruders, sich *großartig* zu nennen, dass sie das einzige Thema ansprach, das sie seit Monaten nervte: »Vladymyr, bist du schwul?«

Vladymyr Thiergarten schaute zu Boden, scharrte mit den Füßen und krächzte: »Und wenn ich es bin?«

»Offen gesagt, lieber Bruder, wenn du es bist, wäre es für alle besser, wenn du es zugibst.«

»Warum?«, fragte er, ohne den Blick vom Boden zu lösen.

»Weil du dein Leben dann nicht mehr damit vergeuden musst, es zu verheimlichen. Deine Familie wird dich trotz allem lieben.« Sie stand vom Thron auf, legte eine Hand auf seine Wange und sagte leise: »Ich werde dich immer lieben.«

Ihre Blicke trafen sich, und sie bemerkte eine einzelne Träne, die eine Schneise in seine Schminke schlug. Vladymyr räusperte sich und gestand: »Ich bin schwul.« Dann lächelte er und wiederholte: »Ich bin schwul.« Und dann noch einmal: »Ich bin *oberschwul!*«

Mit einer Elastizität im Schritt, die Loly noch nie zuvor

gesehen hatte, rannte Vladymyr aus dem Schloss und schlitterte durch die Stadt, wobei er schrie: »Ich bin schwul, Donkosackingen, ich bin schwul!« Und mit jedem Schritt, den er machte, schlossen sich ihm immer mehr Donkosacken an und nahmen sein Geschrei auf: *»KÖNIGSBRATZES Bruder ist hier! KÖNIGSBRATZES Bruder ist 'ne Schwuchtel! Gewöhnt euch dran!«* Loly und Vladymyr waren von diesem Moment so gefangen, dass sie gar nicht über den Fakt nachdachten, dass die Bevölkerung Donkosackingens vollständige deutsche Sätze bildete, in denen weder ein *Ugah* noch ein *Bugah* vorkam.

Als die Thiergartens, begleitet von der Magistrata Illinois, das Stadtzentrum erreichten, packte Iwan Drago Vladymyr am Kragen und warf ihn so in die Luft, dass er auf seinem eigenen Rücken landete. »Ugah bugah! Lasst uns feiern, dass der Bruder der KÖNIGSBRATZE sich geoutet hat! Ugah bugah! Ein Riesenfest für alle in Javytz. Ugah bugah!«

Als sie zum Javytz-Kongresszentrum am östlichen Rand von Donkosackingen preschten, fragte Vladymyr Iwan Drago: »He, Süßer, wann habt Ihr eigentlich richtig sprechen gelernt?«

Iwan Drago fragte hustend: »Was meinst du? Unga bunga, bunga unga?«

Vladymyr kicherte wissend. »Euer Geheimnis ist bei mir gut aufgehoben.«

Allem Anschein nach wartete am Zentrum die gesamte Bevölkerung, und zwar mit einer Erwartungshaltung, die förmlich mit Händen zu greifen war. Es wurde gesungen, getanzt, gewiehert und gebungabungat. Alles in allem war es die festlichste, farbenprächtigste Feier, die in diesem

Buch bisher vorgekommen ist. Am anderen Ende des Raumes befand sich eine große, hoch aufragende Bühne, auf der ein dampfender Kessel stand. Iwan Drago deutete auf den Topf und brüllte: »Bugi gugi fugi *Gold!*«

Illinois erklärte Loly und Vladymyr: »Sie gießen eine goldene Vladymyr-Statue. Offenbar ist er der erste in der Geschichte Donkosackingens, der seine Homosexualität öffentlich verkündet. Und die Pferdemenschen – von denen eine beträchtliche Anzahl entweder schwul oder bi sind – sind ziemlich beeindruckt.« Nach einer kurzen Pause fuhr sie fort: »Damit Ihr's wisst: Man wird wahrscheinlich wollen, dass Vladymyr es mitten in der Stadt mit jemandem treibt, damit alle zuschauen können.«

»Ich kann's kaum erwarten, Schätzchen«, lechzte Vladymyr.

Iwan Drago tippte ihm auf die Schulter und deutete auf die Bühne. »Wowie wowie wuh wuh wuh.«

»Er möchte, dass Ihr Euch neben den Topf stellt, damit der donkosackische Meisterbildhauer Euch replizieren kann«, übersetzte Illinois.

Mit einem Grinsen, das eine Zwiebel hätte schmelzen lassen, lispelte Vladymyr »Sssssuper!« und navigierte sich auf die andere Seite des Raumes. Er sprang auf die Bühne und lief zum Kessel. Dann stolperte er über seinen Schnürsenkel und fiel hinein.

In der tosenden Stille des Publikums griff der Bildhauermeister in den Topf und zog den Bruder der KÖNIGSBRATZE heraus, der nun gänzlich in helles, strahlendes Gold gehüllt war. Alles an der Statue war absolut atemberaubend – die Einzelheiten waren verblüffend natürlich –, doch ihre hervorstechendste Eigenschaft war das glückselige, stillvergnügte Lächeln auf dem Gesicht Vladymyr Thiergartens.

Als Loly in das leblose, doch lebensbejahend grinsende Gesicht ihres Bruders schaute, dachte sie: *Ich sollte mich vielleicht mal wieder um meine Eier kümmern. Ich habe sie jetzt schon mehrere Kapitel nicht mehr erwähnt. Könnte doch sein, dass da bald was schlüpft.*

Netthard

»Warum gibt es eigentlich niemand zu?«, fragte Lord Netthard Quark Piephahn.

»Ich hab's Euch doch gesagt«, erwiderte der mutmaßliche Eunuch. »Weil es nichts zuzugeben gibt.«

»Um Götterwillen, Ihr müsst das Kind nur beim Namen nennen!«, verlangte Nett.

»Ich werde nichts dergleichen tun. Ihr könnt mich anbrüllen, wie Ihr wollt, doch meine Antwort ändert sich nicht.«

»Schaut Euch dieses Ding hier an, Piephahn«, befahl Nett und stand von seinem Thron auf. »Es ist ganz einfach nur ein Klosett. Es ist rund und hat in der Mitte ein Loch, und ich bin mir ziemlich sicher, dass ich da unten einen Tampon erkennen kann.«

»Das ist kein Tampon, Mylord. Das ist ein, ähm, magischer Rubin.«

»Ein magischer Rubin, hm? Kommt mir ziemlich komisch vor, dass sich ein magischer Rubin ausgerechnet am Boden eines« – er schrieb mit den Fingern Anführungszeichen in die Luft – »Throns liegt. Ihr solltet vielleicht mal hineingreifen und ihn rausholen. Als amtierender König gebe ich Euch die Erlaubnis, ihn zu verkaufen und den Erlös zu behalten.«

Piephahn räusperte sich und behauptete: »Ich bin absolut zahlungsfähig, Mylord. Ich habe keinen Grund, mir etwas anzueignen, das nicht mir gehört.«

Nett nahm seine lächerliche Dienstkrone ab – sie bestand aus Pappmaché und war mit dem Wort BYRGERKÖNIG bedruckt – und warf sie quer durch den Raum. »Fangen wir mit der Sache an. Wie nennt man es noch mal?«

»Bürgerversammlung, Mylord.«

»Stimmt. Wie läuft sie ab?«

»Simpel. Jeder Bürger Königsafters kann vor den König treten – oder in diesem Fall, vor den amtierenden König – und ihn um Unterstützung oder um einen Rat für seine Probleme ersuchen.«

»Klingt nicht allzu übel. Schickt den ersten Bittsteller herein!«

Ein strammer junger Mann ohne Hemd erschien vor dem Thron. »Guten Morgen, Lord Quark. Ich bin Kwängelbruda Vaulsakk aus der Tagediebgasse. Der Hof vor meinem Haus ist voller Matsch. Ich hoffe, Ihr könnt mir helfen.«

»Verzeiht, Herr Vaulsakk, aber die Höfe aller Menschen sind voller Matsch.«

»Aber ich bin *anders* als die anderen.« Vaulsakk deutete auf seinen Bauch und prahlte: »Schaut Euch doch mal diesen Sixpack an. Diese Muckis verlangen nach königlicher Hilfe.«

Nett beugte sich zu Piephahn hinüber und flüsterte: »Was würde Bobbert in diesem Fall tun?«

»Kommt drauf an, wie er gelaunt ist«, flüsterte Piephahn zurück. »Ist er gut gelaunt, bittet er ihn freundlich zu gehen. Ist er schlecht gelaunt, verpasst er ihm eine mit einem Raben.«

»Haben wir denn Raben?«, fragte Nett.

»Nein«, erwiderte Piephahn.

Nett wandte sich Vaulsakk zu und sagte: »Ich bitte Euch höflich zu gehen. Guten Tag, mein Herr.«

Vaulsakk sagte höhnisch: »Ihr seid 'ne Null, Quark« und schlenderte aus dem Raum.

Der nächste Bittsteller trat ein. Es war eine hübsche Frau mit rundem Gesicht und einem bemerkenswert hässlichen Säugling. »Guten Morgen, Lord Quark. Ich bin Wilhelmine Konzertina aus der Bandwurmstraße, und das ist mein Kind Dilbert.«

Nett beugte sich vor und tätschelte Dilberts Birne. »Nee, was für ein hübsches Kind«, flötete er.

»Bitte, Mylord«, entgegnete Wilhelmine. »Wollen wir doch ehrlich bleiben. Er ist der hässlichste Säugling in Königsafter. Ich möchte ihn gegen etwas Schöneres eintauschen.«

»Ähm, ich fürchte, das ist unmöglich. Euer Kind ist Euer Kind.«

Ohne ihm zuzuhören fuhr Wilhelmine fort: »Ich hab versucht, ihn wieder reinzuschieben, weil ich dachte, wenn er noch ein bisschen kocht, sieht er leckerer aus. Aber entweder ist er zu groß oder ich zu klein. Oder vielleicht trifft auch beides zu. Ich weiß es nicht. Tatsache ist aber, dass ich mir die Frage stelle, ob sich irgendwo in diesem Schloss irgendwelche hübschen Säuglinge verstecken.«

»In diesem Schloss verstecken sich keine hübschen Säuglinge. Ich bitte Euch höflich zu gehen. Guten Tag, gnä' Frau.«

Nachdem sie gegangen war, sagte Piephahn: »Ihr seid ein Naturtalent, Mylord. Ich glaube, jetzt warten nur noch hundertdreiundsiebzig Leute.«

Während der nächsten acht Stunden wurde Netthard um neue Häuser, neue Ehefrauen, neue Kleider, neue Zwiebeln, neue Fortsetzungen und etwas gebeten, das atombetriebener Portal-Roboter hieß. Da Nett unfähig war, auch nur eine dieser Bitten zu erfüllen, wurde er depressiv und mürrisch, weswegen er sich Piephahn zuwandte und fragte: »Da ich doch der König bin, kann ich doch Erlasse erlassen?«

»Natürlich.«

»Großartig. Dann erlasse ich, dass der, der mir den Kopf Slaime Sinisters bringt, eine Million Kröten erhält.«

»Das ist vielleicht keine gute Idee, Mylord. Sör Slaime ist der Bruder der Königin. Das ist jene Art von kühnem Beschluss, für den Ihr ermordet werden könntet.«

In weiter Ferne konnte man Böses Omen, Juan Nieves Schattenpanda, knurren hören.

Salsa

»Oh. Meine. Götter. Ich, ähm, hass dich ganz ganz doll! Ganz *ganz* doll!«

»Ich hass dich noch mehr!«, sagte Ariola Quark zu ihrer Schwester.

»Aber ich hab dich *zuerst* gehasst«, quäkte Salsa. »Ich bin nämlich älter!«

»Und *doofer!*«

»Von mir aus! Dafür bin ich ganz ganz doll schlauer als du!«

»Ach, wirklich? Wie viel ist fünf plus drei?«

»Dreiundfünfzig. Ähm, oder so.«

Ariola schüttelte den Kopf und brummte: »Du bist wirklich ein echter Einstein, Salsa!«

»Was für'n Stein?«

»Ach, vergiss es.«

»Wenn du mir nicht sagst, was ein Dingsstein ist, tratsch ich endsalles über dich rum.«

»Ah, wie *erwachsen,* Froylein Ältere Schwester«, höhnte Ariola.

Salsa öffnete die Tür ihres Schlafgemaches und schrie: *»Papaaaaa!* Ariola ist wieder *gemein* zu mir!«

Ariola schrie: »Papaaaa! Salsa ist wieder 'ne Idiotin!«

»Es ist Mitternacht!«, brüllte Netthard. »Ihr seid jetzt beide still und schlaft!«

»Sie hat *definitiv voll* angefangen!«, rief Salsa.

Nett stampfte durch den Korridor zum Zimmer der Mädchen. »Wer hat was angefangen?«

Salsa wandte sich zu Ariola um und sagte dann: »Womit hast du noch mal angefangen?«

Ariola kratzte sich am Kopf. »Weiß ich nicht mehr.«

»Allmächtige Götter«, brummte Nett. »Ihr treibt mich noch in den Wahnsinn. Außerdem bringen Wortwechsel dieser Art – von denen es, götterverdammt, ohnehin schon viel zu viele gibt – diese götterverdammte Geschichte um keinen götterverdammten Meter voran. Packt also euren Kram zusammen! Morgen kehrt ihr nach Sommerpeltz zurück! Soll Bobb sich doch um euren Schwachsinn kümmern.« Er stampfte hinaus.

Salsa flüsterte Ariola zu: »Seit er und Slaime sich mit A-A beworfen haben, ist er ganz ganz total definitiv schlecht gelaunt.«

»Definitiv«, stimmte Ariola ihr zu.

Netthard

Lord Netthard Quark fühlte sich schrecklich, weil er Salsa und Ariola angebrüllt hatte. Doch der Druck, unter dem man als König stand – wenn auch nur für einen Tag –, lastete schwer auf seinen Schultern. Als er mit den Mädchen fertig war, stellte er fest, dass er dringend einen Grog brauchte. Angesichts der Tatsache, dass er sich in Bobbert Bartresens Haus befand, ging er davon aus, dass es kein Problem sein würde, irgendwo ein Schlückchen aufzutreiben.

Er irrte sich. Nach einstündiger Jagd wurde ihm bewusst, dass Bobbert den Grog entweder in einem Geheimversteck verstaut oder bis zum letzten Tropfen konsumiert hatte. Stinksauer kehrte Nett in sein Gemach zurück, öffnete die Schublade seines Nachtschränkchens und entnahm ihm das letzte Heroyn.

Ihm fiel ein, wie Bobbert das Pulver zu sich genommen hatte. Er nahm eine winzige Prise, führte sie an seine Nase und schniefte sie zaghaft hoch. Dann legte er sich, den Kopf schon in den Wolken, ins Bett und war weg.

Es war heiß, heißer als im heißesten Sommer. Der Matsch war weg; an seiner Stelle befand sich Sand. Meilenweit, so weit das Auge sah, so weit die Nase roch, so weit das Ohr hörte, lag Sand. Nett spazierte nackt und schwitzend durch die

Wüste, fühlte sich leicht und schwer, schwarz und weiß, wach und erschöpft zugleich. Da traf er einen Mann, einen dunkelhäutigen Mann, der in eine bunte Decke gehüllt war und einen gefiederten *Kopfschmuck auf dem Haupte trug.*

»Habt Ihr eine Botschaft für mich?«, fragte Nett den Mann.

Der Mann betrachtete ihn scheinbar stundenlang mit einem skeptischen Blick, dann sagte er dröhnend: »Ihr seid ein Weißer unter Weißen, und doch seid Ihr ein Kämpfer unter Kämpfern. Ihr seid nun bereit. Ihr seid ewig bereit gewesen. Ihr seid nie bereit gewesen. Geht hinaus und wandelt mit dem Elend der Erde. Wandelt zum Ende des Hurrikans und brecht ihn für alle, wie es Euch bestimmt ist. Ihr seid Olivers Stein. Ihr seid der Kilmer aus Val. Ihr seid der König. Der diensthabende König. Der Eidechsenkönig.«

Nett schaute in die Augen des dunkelhäutigen Mannes, und ein Gefühl von Frieden überkam ihn, das stärker war als jedes Gefühl von Frieden zuvor. Von Oben rief ihn ein Licht, und als er ihm entgegenschwebte, verdreifachte sich das Gefühl der Ruhe, und ebenso die Größe seiner Erektion. Das Licht rief ihn weiterhin, immer und immer wieder …

»Ich hab dich gerufen und gerufen, aber du hast nicht geantwortet, deswegen habe ich mir Sorgen gemacht. Ist alles in Ordnung, Nett?«

Nett grunzte, dann stöhnte er, dann ächzte er, dann rülpste er und sagte: »Was machst du hier, Königin? Und was hast du da an?«

Cerevix schaute an sich hinab, blinzelte und zirpte: »Huch, grundgütiges elegantes Ich! Es sieht so aus, als hätte ich *gar nichts* an.« Mit einem Seufzer fügte sie hinzu:

»Bobbert war davon offenbar weniger beeindruckt, und das macht mich einsam. Deswegen frage ich dich, diensthabender König: *Gefällt* dir, was du siehst? Und willst du mir Gesellschaft leisten?«

»Das hatten wir doch schon mal, Cerevix. Und wenn ich davon so begeistert gewesen wäre, würde ich die Geschichte per Rückblende erzählen. Aber es war nicht so toll, weshalb soll ich mir die Mühe also machen?«

»Für mich war es toll«, schnurrte sie. »Du hast deinem Namen alle Ehre gemacht, Nett.« Sie sprang aufs Bett, setzte sich mit gespreizten Beinen auf ihn und keuchte: »Uh, du meine Güte, es scheint, dass da jemand zur Tat bereit ist!«

»Das war, bevor du aufgekreuzt bist, Cerevix.« Nett konnte freilich nicht bestreiten, dass es ihm gefiel, wie die Königin sich an ihn schmiegte. Er spürte, dass seine Willenskraft abnahm, und obwohl der König es ihm nicht gestattet hatte, fasste er ihre Möpse an.

Je lüsterner sie sich an ihn schmiegte, umso lauter wurden ihre Laute. Nach einigen Minuten wurden aus ihrem Grunzen Worte. »Ja … ja … genau da … Au ja, Schatz … Oh, wau … Du bist so hart, Slaime …« Daraufhin schob Nett sie von sich. »He, ich war noch nicht fertig«, beschwerte sie sich und deutete auf das makellose Laken. »Und du allem Anschein nach auch nicht.«

»Wir sind hier fertig, Cerevix. Geh bitte wieder in dein Gemach.«

Cerevix machte eine Schnute. »Es ist, weil ich dich Slaime genannt habe, nicht wahr?«

»Um meine älteste Tochter zu zitieren: *Voll definitiv.*«

»Wieso ist das ein Problem, Netti? Du weißt doch genau, dass wir Sinisters nun mal so sind. Es bleibt alles in der Familie. Das geht schon seit gut und gern zehn Generationen so. Wir sind nur noch drei Generationen davon entfernt, eine Herrenrasse zu werden.«

»Glaubst du?«

»Ich glaube nichts, Süßer, ich *weiß* es.«

»Was ist mit Doophrey?«, fragte Nett. »Der Junge ist aber nicht gerade aus dem Holz, aus dem man Herrenrassen schnitzt.«

»Ach ja, Doophrey. Das ist eine ganz andere Geschichte. Was mit ihm ist, wirst du in nicht allzu ferner Zukunft erfahren.«

»Eigentlich interessiert Dooph mich einen feuchten Kehricht, Cerevix.«

Als die Königin aus dem Raum huschte, flötete sie: »Oh, der wird dich noch früh genug interessieren, Netti. Dessen kannst du dir sicher sein.«

Juan

Juan Nieve, Samson Tscharlie, Otter, Pinto, Bluto, Flunder und Didi wurden in einer langen, langweiligen Zeremonie, die man mit einer anderen jener schwerfälligen Metaphern erklären kann, an denen diese Seiten so reich sind, eingeschworene Brüda des Bundes der Nachtwächter: Schon mal *Ich glaub, mich tritt ein Ross* gesehen, dabei Grog getrunken, an einem Truthahnschenkel genagt und mit einer Käsereibe den Bauch gerubbelt? So ähnlich war das.

Netthard

König Bobbert Bartresen wankte in den Thronsaal. Blut und andere Körperflüssigkeiten spritzten aus Dutzenden, wenn nicht gar Hunderten von Wunden, die seinen Körper überall bedeckten. Lord Netthard Quark sprang vom Königsklo – ähm, dem Königsthron – und lief auf seinen Freund zu, den er gerade noch auffangen konnte, bevor er zu Boden fiel.

»Meine Götter, Bobbert«, rief Nett aus. »Was ist denn passiert?«

Bobbert zupfte einen spitzen Holzsplitter aus seinem linken Auge. »Sie haben mich zur Schnecke gemacht …« Er löste einen Spikesschuh von seinem Hinterteil. »In den Arsch haben sie mich getreten …« Er zog sein Hemd aus und pflückte fünf kleine weiße Bälle aus seinem Brustkorb. »Durch den Matsch haben sie mich gejagt, götterverdammt noch mal …«

»Bobbert, was hat das zu bedeuten?«

»Es gehört zum Spiel, Quarki, einem Spiel für Könige. Dieses Spiel hat andere meiner Art schon das Leben gekostet. Ich weiß nicht, warum ich es spiele, Netti.« Er hustete dramatisch und zog das Hemd wieder an. »Ich weiß nicht, warum ich es spiele.«

Königin Cerevix betrat den Raum und schnappte auf dramatische Weise – manche würden sagen auf *zu* dramatische Weise – nach Luft und rief: »Oh, meine Götter! Bobbert! Was ist dir geschehen? Man hat dich zur Schnecke gemacht! Man hat dir in den Arsch getreten. Durch den Matsch haben sie dich gejagt! Wer würde dir so etwas antun? Wer würde ein so tückisches Verbrechen begehen? Ich war noch nie im Leben so zornig und *überrascht!*«

»Woher wusstest du das mit dem Arschtritt, Cerevix?«, fragte Nett. »Er hat die Spikes doch schon rausgezogen.«

Cerevix blinzelte. Dann stammelte sie: »Ich … ähm … ich … ähm … Eine Frau spürt so etwas. Besonders eine solche, die ihren Gatten mehr als alles andere liebt.«

Nachdem Bobbert einen dicken Klumpen schwarzen Blutes ausgespuckt hatte, sagte er hustend: »Hör bloß auf, Cerevix. Du blamierst uns beide.«

Cerevix blinzelte. Dann stammelte sie: »Ich … ähm … ich … ähm … *Netthard hat meine Möpse angefasst!*« Dann rannte sie aus dem Raum.

Bobbert schaute hinter ihr her und krächzte: »Das dumme Luder hat mir den letzten Schlag versetzt.«

Nett nickte zustimmend. »Definitiv.«

»Sie will Dooph auf dem Thron sehen. Wenn ich nur daran denke, schaudert es mich.« Bobbert, tief in Gedanken, erschauderte. Nachdem er einen weiteren Haufen Hämoglobin ausgehustet hatte, ordnete er an: »Quarki, zum Diktat!« Nachdem Nett schnell etwas Papier und einen Federkiel besorgt hatte, diktierte der König: »An die, die es angeht: Erstens, Cerevix hat mich auf dem Golfplatz fertigmachen lassen. Wenn sich also jemand fände, der sie umbringt, würde ich es sehr zu schätzen wissen. Zweitens: Mein Nachfolger auf dem Thron wird nicht mein Sohn Dooph sein, sondern mein Bruder Nobbert.«

Nett hörte auf zu schreiben. »Warte mal … Ich kenne dich nun seit achtzehn Sommern, aber von einem Bruder hast du noch nie etwas verlauten lassen.«

»Ich habe ihn für eine solche Gelegenheit unter Verschluss gehalten.«

»Für welche Gelegenheit?«, fragte Nett.

»Für eine Gelegenheit, bei der ich ihn auf dramatische und überraschende Weise in die Geschichte einführen kann.«

Nett sagte nickend: »Na schön, na schön, ich hab's ja verstanden. Ist zwar ein wenig seifenopernhaft, aber gar nicht sooo schlecht. Doch warum sollte … ähm, wie heißt er noch mal?«

»Nobbert. Und wäre das noch nicht genug, heißt unsere Schwester auch noch Sobbert.«

»Autsch. Aber warum soll Nobbert König werden? Ist Doophrey nicht der Nächste in der Reihe?«

Nachdem Bobbert einen dicken Klumpen rotweißer Zellen erbrochen hatte, sagte er: »Doophrey ist ein Schwachkopf.«

»Wie kannst du so etwas nur über die Frucht deiner Lenden sagen?«

»Ich kann es sagen, weil es einfach stimmt. Der Knabe ist dümmer als Matsch. Aber es kommt noch besser, Quarki: Dooph ist nicht nur ein Schwachkopf, er ist auch ein Vollhorst.« Bobbert pausierte kurz und merkte dann an: »Das heißt, es stimmt nicht *ganz*. Wir wissen, wer sein Vater ist. Der Kerl war sozusagen nur abwesend.«

»Es ist Slaime, nicht wahr?«

Bobbert lachte, spuckte weitere Flüssigkeiten aus und sagte: »Ach, wenn es doch nur so einfach wäre. Nein,

Doophrey Bartresens Vater ist …« Er hustete noch einmal. »… ist …« Noch ein stärkeres Husten. »… ist …« Ein Husten, der das Schloss beben ließ. »… ist …« Dann kündete ein tragisches Husten Bobbert Bartresens Ende an: Der elfte König in der langen Geschichte Osterhasiéns erlag den Verletzungen, die er sich auf dem Golfplatz zugezogen hatte.

Als Lord Quark sich über den Leichnam seines alten Freundes beugte, kroch Piephahn in den Thronsaal, legte Nett eine Hand auf die Schulter und raunte: »Er ist jetzt an einem besseren Ort.« Der mutmaßliche Eunuch ließ Nett noch eine Weile weinen, doch als er den Eindruck gewann, dass er sich wieder unter Kontrolle hatte, fragte er: »Ihr kommt doch zur Inthronisation des Inzestbubis, oder?«

»Aber was ist mit Nobbert? Bobbert hat bestimmt, dass er den Thron besteigt.«

»Wer ist Nobbert, verdammt?«, fragte Piephahn.

»Bobberts Bruder.«

»Fassen wir mal zusammen: Bobbert hat einen Bruder, von dem keiner was weiß, aber wir sollen ihm den Thron überlassen, um Dooph daran zu hindern, König zu werden? Scheißen wir auf diesen *Deus-ex-machina*-Käse. Dooph ist an der Reihe.«

Nett hob den Zettel hoch, auf dem Bobberts Testament niedergeschrieben war und sagte: »Aber Bobbert hat gesagt …«

Piephahn nahm ihm flink den Zettel aus der Hand, zerriss ihn in miniwinzigkleine Fetzlein und brummte: »Bobbert hat keinen götterverdammten Mist dieser Art hinterlassen. Nun, wenn es Euch nicht gefällt, dass der kleine

Scheißer Dooph morgen Nachmittag den Thron übernimmt, könnt Ihr Euren bekümmerten Arsch ja nach Sommerpeltz zurückhieven. Ich werde Euch dort treffen.«

»Ihr werdet mich wo treffen? Bei der Inthronisation?«

»Nein, in Sommerpeltz.«

»Aber wie könnt Ihr bei der Inthronisation *und* in Sommerpeltz sein?«

»Ich … ich …«, sagte Piephahn aufgebracht. »Ich … Ach, *scheiß drauf! Lang lebe König Dooph!«*

Als das Männlein aus dem Raum stampfte, rief Nett: »Oder lang *sterbe* König Dooph!« Nach einem Päuschen murmelte er: »Moment, das ergibt doch gar keinen Sinn. Vielleicht *kurz* sterbe König Dooph? Nein, das ist auch zu bizarr. Wie wär's mit *Schnell sterbe König Dooph*? Oder *Einen schnellen Tod für König Dooph*? Mann, ich könnte schon wieder einen Schattenpandaburger spachteln …«

Freon

Außer Atem und fast verhungert erreichte Freon den Hof seines Vaters König Tschiffszwieback.

»Vater«, plapperte er, »ich bin gekommen, um deine Schiffe in die Schlacht zu führen!«

König Tschiffszwieback brüllte, das Gesicht röter und glänzender als eine Pepperoni in einem sommerlichen Wolkenbruch: »Du Depp! Das kommt doch erst im nächsten Band!«

»Im nächsten Band?«, fragte Freon.

»Das Lied von Eis und Schlagsahne, Band 2. Erscheint am 27. März 2138.«

Netthard

»Richtet Eure Aufmerksamkeit bitte auf den vorderen Teil des Raumes, in dem zum ersten Mal seine Gnaden Doophrey aus dem Hause Bartresen und Sinister, dankenswerterweise Erster seines Namens, König von Anusien, Roggenbröd und der Feisten Väter, Lord von Wer-weiß-wie-vielen-Königslanden und Beschützer der Schwachmaten, den ihm rechtmäßig gebührenden Platz auf dem Thron einnimmt.«

Lord Netthard Quark stand vor dem Podium und schaute Lord Pitter Varikose Bayliss finster an, der dem apathischen Publikum den neuen König vorstellte. Nett musste all seine Kraft aufbringen, um nicht aufs Podium zu springen und Dooph, Piephahn und Königin Cerevix zu erdrosseln. (Ja, sein Bein war noch immer braun und übel riechend, doch ein rechtschaffener Zorn wiegt mehr als ein bekacktes Bein). Aber selbst wenn er aufs Podium gesprungen wäre, um Dooph, Piephahn und Cerevix zu erdrosseln, wäre er wahrscheinlich nicht erfolgreich gewesen, denn Piephahn hatte Strunzbock und Sandsturm Leguan angeheuert, um Doophrey zu beschützen. Netthard war zwar fix mit den Fäusten, doch er war sich auch bewusst, dass ein Angriff auf zwei Männer, die zusammen sieben Arme hatten, sich als problematisch erweisen konnte.

Dooph fläzte sich wie ein Penner auf dem Königsklo

bzw. -thron und hob triumphierend die Arme in die Luft. Drei Menschen aus einer Menge von dreihundert applaudierten ihm. Drei weitere gähnten. Die anderen scharrten unbehaglich mit den Füßen. Der neue König runzelte die Stirn, wandte sich zur Königin um und fragte: »Warum sind die alle so still, Mama?«

»Sie müssen dich erst noch kennenlernen«, flüsterte Cerevix ihm zu. »Sie müssen erst die Zuversicht gewinnen, dass du sie wirklich regieren kannst. Lies also den Erlass vor.«

Doophrey sagte freudig: »Au ja.« Er zog ein Pergament unter seinem Umhang hervor, entfaltete es und las vor. »Heute, am fünften Tag der vierten Woche vor dem Nahen des Winters …«

Cerevix räusperte sich laut, beugte sich zu ihm hinüber und flüsterte: »Es ist der *Sommer*, der naht, Hoheit.«

»Hab ich doch gesagt: Sommer!«, quäkte Dooph.

»Nein, Schätzchen, du hast *Winter* gesagt. Aber mach dir deswegen keine Sorgen. Jeder macht mal einen Fehler. Lies einfach weiter vor.«

»Heute, am fünften Tag der vierten Woche vor dem Nahen des *Sommers* erkläre ich, dass die Besitzrechte an den Grundstücken westlich des Proositbergs an …«

Erneut räusperte Cerevix sich, und zwar noch deutlicher hörbar, beugte sich hinüber und sagte: *»Östlich* des Proositbergs, Hoheit, nicht *westlich.«*

»Schööön«, spöttelte Dooph. »… dass die Besitzrechte an den Grundstücken östlich des Proositbergs Sör Anglophil Spitzfeder genommen werden …«

Erneut räusperte Cerevix sich, beugte sich zu ihm hinüber und flüsterte: *»An ihn zurückfallen,* Hoheit, nicht *genommen werden.«*

Dooph warf seiner Mutter das Pergament an den Kopf und nölte: »Wenn du so schlau bist, dann lies es doch selbst vor!«

»Ich möchte dir doch nur helfen, Schätzchen«, erläuterte Cerevix.

»Ich brauche deine Hilfe nicht«, nölte Dooph weiter. »Ich hasse dich! Ich hasse dich! Ich hoffe, du stirbst!« Er stampfte aus dem Raum, woraufhin die Menge aufstand und in einen lange anhaltenden Applaus ausbrach.

Als der Lärm sich gelegt hatte, sprang Nett aufs Podium, ignorierte den Schmerz in seinem verletzten und stinkenden Bein und rief: »Ihr habt gerade den Abgang des falschen Königs beklatscht! Bevor König Bartresen starb, hat er seinen Bruder Nobbert zum neuen König ernannt!«

»Wer ist Nobbert, verdammt?!«, schrie die Menge, und zwar wie aus einem Munde.

»Der rechtmäßige Thronerbe!«, erwiderte Nett.

»Warum haben wir von dem noch nie was gehört?«, schrie die Menge.

»Bobbert wollte es so«, erklärte Nett. »Er wollte, dass Nobbert auf dramatische und überraschende Weise in die Geschichte eingeführt wird!«

»Na, das ist ja vielleicht ein toller literarischer Kniff!«, schrie die Menge, auch diesmal wie aus einem Munde. »Aber das bedeutet noch nicht, dass dieser Nobbert auch König sein soll!«

»Einverstanden«, sagte Nett zustimmend. »Aber wollt ihr, dass Jung-Doophrey den Laden leitet?«

»Nicht unbedingt«, schrie die Menge schon wieder wie aus einem Munde. »Weil er einen Dachschaden hat.«

»Das weiß ich auch«, sagte Nett. »Wie wär's dann, wenn wir diesem Nobbert eine Chance geben?«

»Wie wär's, wenn Ihr die Klappe halten tätet, bevor Sandsturm Euch die Zunge rausreißt?«, fragte Piephahn.

»Ohhhhhh!«, schrie die Menge.

Piephahn deutete auf Lord Quark, schaute das Publikum an und rief: »Bewohner von Königsafter, wollt ihr diesen Mann exekutiert sehen?«

»Eigentlich nicht«, schrie die Menge, zum x-ten Mal wie aus einem Munde. »Aber da heute Nachmittag ohnehin nichts Besseres los ist: Nur zu!«

Piephahn wandte sich an Nett. »Das Volk hat gesprochen. Seid Ihr zum Sterben bereit?«

»Ein Lord ist immer zum Sterben bereit, Eunuch …«

»Ich bin kein Eunuch!«, kreischte Piephahn.

»… doch bevor Ihr die Exekutionsvorbereitungen in Angriff nehmt, möchte ich, dass Ihr dies hier schmeckt …«

Nett griff hinter den Thron und nahm einen Zwiebelkremkuchen an sich, den er mit der Geschwindigkeit, der Genauigkeit und dem Elan einer sich schlängelnden Schlange durch den Raum warf.

Damit fing der Irrsinn an. Ein Irrsinn, der mit der Festnahme und dem möglichen Ableben Lord Netthard Quarks endete.

Ariola

Wortloses Geschrei, unablässige Flüche und schnelles Platschen: Ariola Quark konnte ums Verrecken nicht verstehen, was der Krach aus dem Thronsaal zu bedeuten hatte.

Ein Teil ihres Ich hätte gern die Tür geöffnet und hineingeschaut, doch der andere wollte ihren Vater suchen und die Vorbereitungen für die Rückreise nach Sommerpeltz abschließen. Oder aber sich ganz und gar den Vorbereitungen entsagen, weil die Seiten sich allmählich stapelten und Ariola, auch wenn sie keine große Leserin war, wusste, dass man irgendwann an eine Stelle kam, an der es einfach reichte … dass man zum Beispiel auf Seite 527 sagte, jetzt reicht's mir aber endgültig. Doch schließlich, nach vielen Erwägungen, beschritt Ariola zum ersten Mal im Leben einen Pfad, der ihr keinen Ärger einbrachte.

Glaubte sie jedenfalls.

Auf dem Weg zu jenem Treppenhaus, das zu ihrer und ihres Vaters Schlafgemächern führte, wurde sie von zehn in voller Rittermontur gekleideten Männern angehalten. »Halt!«, kommandierte der sie kommandierende Ritter. »Euer Name und Euer Begehr!«

Der Ritter links von ihm murmelte: »Sör, ihren Namen und ihr Begehr kennt Ihr doch! Sie ist das jüngste Quark-Mädchen. Es sucht seinen Vater, um die Reisevorbereitungen für die Rückreise nach Sommerpeltz zu beenden.«

Der Oberritter haute seinem Untergebenen auf den Helm und erklärte: »Ich kann selbst lesen, Sör Heddenstieven. Ich halte mich nur an Doophs Befehl, jedermann namens Quark festzunehmen und zu verhören.«

Daraufhin brachen alle anderen Ritter in Gelächter aus, woraufhin der Oberritter kichernd meinte: »Ahhh, Dooph Bartresen gibt Befehle, was für ein Witz! Der Junge ist ein Idiot. Ich gebe ihm eine Woche.«

»Falls überhaupt«, kicherte der Untergebene.

Als das Gelächter verstummt war, befahl der Oberritter: »Ihr kommt mit mir, Fräulein. Der wackere König Doophrey hat uns befohlen …«

Einer der Ritter im Hintergrund raunte: »Er meint wohl den *doophen* König Doophrey.«

»… Euch in ein hübsches Gemach mit einem bequemen Bett zu sperren.«

Der Ritter links von ihm murmelte: »Sör, man hat uns befohlen, sie in den Keller zu bringen und zu geißeln, damit sie uns nicht daran hindert, ihren Vater zu ermorden.«

Der Oberritter haute seinem Untergebenen auf den Helm und erklärte: »Das mit dem *bequemen* Bett sollte doch nur ein Ablenkungsmanöver sein, Sör Heddenstieven. Das Mädchen weiß nämlich zu fechten, und wenn es begreift, dass wir es einkerkern wollen, um seinen Vater zu ermorden, könnte es uns in einen Kampf verwickeln. Wenn es hingegen glaubt, wir bringen es in ein hübsches Gemach mit einem bequemen Bett, wird es sehr wahrscheinlich …«

»Ich lass mich nicht einsperren«, fuhr Ariola dazwischen. »Niemals!« Dem Oberritter schrie sie zu: »Ihr da: Wie viele Platten hatte Andreas Wendler gemacht, als sich im Fratzenbuch eine Bewegung bildete, die für seine Deportation nach Feuerland plädierte?«

»Wer?«, fragte der Oberritter.

»Falsch! Vierhundertsieben.«

Da musste der Ritter würgen und starb.

Dem zweiten Ritter rief Ariola zu: »Ihr da: Welchen Minnesänger des vergangenen Jahrhunderts nannte man auch den Jammerlappen von Mannheym?«

»Was ist ein Jahrhundert?«, fragte der zweite Ritter.

»Falsch! Xaver Dudu!«

Daraufhin jammerte der Ritter und schmierte ab.

Dem dritten bis zum neunten Ritter rief Ariola zu: »Ihr da: Wie viel ist vier mal elfundfünzig?«

Alle sechs Ritter sagten wie aus einem Munde: »Ähm, ähm, keine Ahnung; vielleicht Jessas Chrystus?«

»Falsch! Zweihundertvierundvierzig.« Daraufhin mussten alle sechs Ritter göbeln und bissen ins Gras.

Ariola und der letzte verbliebene Ritter schauten sich an, dann zückte der Ritter sein Schwert, richtete es auf das Mädchen und stotterte mit sichtlich schlotternder Hand: »Du … du … du … bleibst am besten da stehen, sonst … sonst … greife ich an!«

Ariola machte einen Schritt nach vorn und fragte: »Wollt Ihr, dass ich Euch verschone, Herr Ritter?«

Der Ritter fiel auf die Knie und weinte. »Ich bitte Euch, edles Froylein! Um der Liebe der Götter willen, seid gnädig! Bitte! Wenn Ihr mich tötet, zeigt ein Mindestmaß an Barmherzigkeit! Wenn Ihr nur einen menschlichen Knochen im Leibe habt, werdet Ihr mir keine Frage stellen, für die man, um sie zu beantworten, Grips haben muss.«

Ariola murmelte nickend: »Ich werde Euch Barmherzigkeit erweisen, wackerer Sör. Legt die Waffe nieder und nehmt den Helm ab.« Nachdem der Ritter Ariolas Bitte entsprochen hatte, zog sie ihr Spritze benanntes Schwert aus dem Hemd und stach ihm vierhundertzwölfmal ins Gesicht.

Der Ritter keuchte mit dem letzten Atemzug: »Es ist weitaus edler, durch ein Miniaturschwert zu sterben als an den Folgen eines Quiz, in dem man nur doofe Fragen beantworten muss.« Und mit diesen Worten übergab er sich und segnete das Zeitliche.

Ariola betrachtete ihre schöne Arbeit, steckte Spritze weg und rief: »Vater, ich komme!«

Dann begann ihre Reise durch das Schloss, die vielleicht mit dem Tod eines Hauptdarstellers endet. Vielleicht aber auch nicht.

Lolyta

Lolyta Thiergartens Leib war so prall, dass sie das Gefühl hatte, in Bälde einem Ross das Leben zu schenken. Dies war so unwahrscheinlich nicht, denn die Möglichkeit, dass sie tatsächlich einem Ross das Leben schenkte, war ziemlich hoch.

Als sie im Bett lag und kaum noch richtig sitzen konnte, hielt Iwan Drago ihre Hand, küsste ihre Tränen fort und sagte fortwährend traurig: »Uga buga. Uga buga. Uga buga.«

»Danke, Schätzchen«, sagte Loly mit einem tapferen Lächeln. »Wie lieb von dir, das zu sagen.« Sie atmete tief durch. »Ich habe Angst, Iwan Drago«, fuhr sie dann fort. »Das Ding in mir ist so groß. Wenn es rauskommt, wird es mich zerreißen. Ich habe solche Angst und fühle mich so unbedarft. Ich glaube, wenn ich wüsste, wie alles abläuft, wäre ich wohl etwas weniger unruhig. Ach, wie schön es doch wäre, wenn du mir alles erklären könntest, Liebling. Ich sehe Klugheit und Liebe in deinem Blick. Ach, gäbe es doch nur eine Möglichkeit, sie mit Worten auszudrücken.«

Iwan Drago trat an die andere Seite des Raumes, lugte aus dem Fenster und schloss dann die Vorhänge. »Okay, Baby«, sagte er dann, »es läuft folgendermaßen ab: Die Kindsgeburt – man kennt sie auch unter den Begriffen

Wehen, Niederkunft und Partus – ist der Höhepunkt der menschlichen Schwangerschaft oder Trächtigkeitsdauer, die mit der Geburt eines oder mehrerer neugeborener Säuglinge aus dem Uterus der Frau endet. Der Schwangerschaftsprozess wird in drei Wehenstadien kategorisiert: der Kürzung und Erweiterung der Cervix, des Deszensus und der Geburt des Kindes sowie der Geburt der Plazenta.« Iwan Drago machte sich dann daran, in aller Ausführlichkeit und bildlichen Details über die Machenschaften des Kinderkriegens zu referieren. Als er fertig war, sagte er: »Nachdem dies nun geklärt ist … Was hältst du davon, wenn wir in die Stadt gehen, uns ’ne Flasche Grog schnappen und es vor den Augen aller anderen treiben, wie die Donkosacken es immer getan haben und immer tun werden, selbst noch in Band elf bis vierzehn, von denen man jetzt noch nicht weiß, ob sie je geschrieben werden?«

Von dem Vortrag und ihrem nunmehrigen Wissen geplättet, dass ihr Gatte, von dem sie geglaubt hatte, er sei ein einsilbiger Idiot, in Wirklichkeit ein weitschweifiges Genie war, stimmte Loly zu, auch wenn das Letzte, was sie in ihrem körperlichen Zustand begehrte, darin bestand, vom enormen Donkosacken-Liebesschwert ihres Gatten aufgespießt zu werden.

Als die KÖNIGSBRATZE und Iwan Drago ins Stadtzentrum kamen, brummte das Volk, das wohl spürte, dass die nähere Zukunft einen sinnlichen Voyeurismus bereithielt, in froher Erwartung vor sich hin. Eine Donkosackin tippte Loly auf die Schulter und sagte: »Jusa, jusa, jusa, KÖNIGSBRATZE. Kicher, kicher, kuh!«

Iwan Drago sagte zu der Frau: »Mach dich vom Acker, Iwan Betsy. Sie weiß Bescheid.«

Iwan Betsy lächelte Iwan Drago an. »Oh, das is ja geil.« Sie wandte sich Loly zu. »Ich kann's kaum erwarten, dass es losgeht, KÖNIGSBRATZE. Ich weiß ja, dass Ihr keine Wünsche erfüllt, aber ich würde es gern sehen, wenn Ihr mit dem Hintern wackelt, und vielleicht auch …«

»Na schön, Iwan Betsy«, brummte Iwan Drago. »Das reicht. Hinfort. Wir sehen uns morgen Abend im Politbüro.« Er hob eine Faust und richtete sie gen Himmel. »Alle Macht dem Volke.«

Betsy tat es ihm gleich und sagte: »Alle Macht dem Volke.« Dann trottete sie vom Acker.

Als sie wieder allein waren, fragte Loly: »Was hat dieses ›Alle Macht dem Volke‹ zu bedeuten?«

»Für heute hattest du genug Unterricht«, sagte Iwan Drago. »Kommunismus ist morgen dran.«

Ein ältlicher Pferdemensch galoppierte zu ihnen und keuchte: »Iwan Drago, Iwan Drago, waggel gaggel, maggel! Buh buh buh buh! Freggel freggel …«

»Bleib kuhl, Iwan Dirk. Sie ist es auch.«

»Götterseidank.« Iwan Dirk seufzte. »Mir fallen schon keine Doofwörter mehr ein.«

»Ja, mir auch nicht. Also, was ist los?«

»An der Tränke heißt es, dass jemand die KÖNIGSBRATZE tot sehen will.«

Iwan Drago nickte. »*Alte* Neuigkeiten, Iwan Dirk. Das wissen wir schon seit Monaten.«

Loly räusperte sich und brummte: »Was, ähm, meinst du mit *wir*, mein Freund?«

Iwan Drago verzog das Gesicht und wieherte. »Jahahaha, das hätte ich dir schon noch erzählt, Baby, aber ich war der Meinung, dass unsere Kommunikationsleitungen noch nicht weit genug offen sind und hielt es nicht für die romantischste Sache der Welt, wenn die ersten für dich verständlichen Worte aus meinem Mund ›Man hat ein Kopfgeld auf dich ausgesetzt‹ gewesen wären.«

»Ich muss schon sagen, dass die Rettung meines Lebens *sehr* romantisch ist«, führte Loly aus.

»Ach, mach dir darüber keine Sorgen. Niemand wird dich umbringen.« Iwan Drago deutete auf einen Händler und sagte: »Ich hol dir einen Grog.«

Loly deutete auf ihre unglaublich dicke Wampe und sagte: »Ich kann nicht, Iwan Drago. Grog ist nicht gut für das Kind.«

»Das hat dir das Establishment eingeredet«, erwiderte Iwan Drago. »Das ist alles nur eine riesige Verschwörung. Dahinter stecken die Illumynaten. Auch das werden wir morgen diskutieren.« Er ließ sich von dem Händler einen Krug geben und händigte ihn seiner Gattin aus. »Hoch die Tassen!«

Loly roch den Grog und verzog das Gesicht. »Das riecht aber komisch.«

Der Händler musterte sie beleidigt. »Verzeiht meine Respektlosigkeit, KÖNIGSBRATZE, aber ich verkaufe nur den besten Grog – Darf ich mal?« Er nahm ihr den Krug aus der Hand, leerte ihn in einem Zug und grunzte. »Mmmm, lecker! Der beste Grog, den ich je kosten durfte! Was für ein köstlicher Jahrgang …« Dann griff er sich an den Bauch und stöhnte. »Ooooohhhhhhhh, Scheiße, ich hab das Gift vergessen.« Und er fiel auf der Stelle tot um.

Loly gaffte den Toten an. »Iwan Drago«, sagte sie leise. »Bring mich bitte nach Hause. Ich muss mit meinen Eiern allein sein.«

Als sie zum Schloss zurücktrotteten, rief Iwan Dirk: »Jo, KÖNIGSBRATZE, soll das heißen, ihr vögelt heute nicht auf der Wiese da?«

Salsa

»Oh. Meine. Götter. Was, ähm, ist da los? Klingt ja definitiv wie eine Tortenschlacht. Mit Zwiebelkremtorten und so. *Eeeeeeekelhafffft!* Und außerdem noch *voll tödlich,* ey!« Salsa Quark hob den Blick zum Himmel und seufzte. »Liebe Götter, bitte bewahrt Dooph vor den Torten. Ihr wisst doch, ich, ähm, bin definitiv voll in ihn verliebt, und wir werden definitiv heiraten, aber wenn er krass tot ist, kann er ja definitiv kein guter Ehemann werden.«

Sie saß neben dem Eingang zum Thronsaal auf dem Boden und lehnte mit dem Rücken an der Wand. Ihr Kopf war voll leer, weil sie nicht zu denen gehörte, die immer nur nachdenken. Als sie gerade einen komplizierten Gedankengang in Angriff nehmen wollte – es wäre ihr erster komplizierter Gedankengang gewesen –, war es ihr ganz recht, dass man sie unterbrach, denn etwas so Kompliziertes hätte ihre Hirnrinde buchstäblich zu Asche verbrannt. Sie spürte, dass ihr jemand auf die Schulter tippte.

»Darf ich mitmachen?«

Salsa richtete sich leicht auf. »Ähm, definitiv ja, Königin.«

Cerevix Bartresen ließ sich neben Salsa nieder und sagte erklärend: »Ich musste einfach da raus. Die Knaben spielen nicht gesittet.« Dann raunte sie wie eine Verschwörerin: »Für Knaben ist es wichtig, dass sie gesittet spielen, nicht?«

Salsa nickte, und Cerevix fuhr fort: »Für Mädchen ist es auch wichtig, dass sie gesittet spielen. Besonders dann, wenn sie irgendwann Königin werden wollen.« Salsa nickte erneut, und Cerevix sagte: »Du weißt doch, wie man gesittet spielt, Salsa, oder?« Salsa nickte auch diesmal. Dann schüttelte sie den Kopf. Schließlich zuckte sie die Achseln. Cerevix legte einen Arm um ihre Schulter und erläuterte: »Wenn man gesittet spielen will … Tja, wenn zwei Menschen sich ganz ganz ganz doll lieb haben, kriegen sie gewisse Gefühle. Sie empfinden Erregung, und ihre Geschlechtsorgane – das des Mannes heißt Penis, das der Frau wird Vagina genannt – werden dann ganz ganz ganz berührungsempfindlich … aber auf eine schöne Weise.«

»Ach, ähm, den Scheiß kenn ich doch schon voll, Königin«, meinte Salsa. »Zuerst dachte ich, ähm, das ist ja voll ekelhaft, aber als ich dann mal was mit den Fingern zwischen meinen Beinen gemacht hab, da dachte ich: Das ist ja voll porno.«

»Es ist wirklich *porno,* ja, genau«, sagte die Königin zustimmend. »Und weißt du, was noch porniger ist? Wenn der Mensch, den du ganz ganz ganz doll lieb hast, jemand ist, den du schon dein ganzes Leben lang geliebt hast. Wen also kennst du schon dein Leben lang, Salsa?«

Nach einigem Nachdenken sagte Salsa: »Meine Mama und meinen Papa.«

»Das stimmt natürlich, aber würde man seine Mama und seinen Papa auf diese spezielle Weise lieben, wäre das ziemlich seltsam. Andererseits wäre es geradezu zauberhaft, wenn man seinen Bruder so lieben würde. Oder alle Brüder, die man hat.«

»Wenn man jemanden auf diese spezielle Weise liebt,

muss man endsnackt mit ihm sein«, sagte Salsa, »und ich möchte definitiv nicht voll nackt mit Bobb sein. Er ist ekelhaft.«

»Was ist mit Brandy?«

»Ähm, bäh. Er furzt.«

»Wie wär's mit Dickopp?«

»Ähm, zweimal bäh. Er ist zu klein. Außerdem hat er, ähm, noch keinen, ähm, voll ausgebildeten Charakter.«

»Und was ist mit dem Vollhorst?«

»Juan? *Dreimal* bäh. Er is'n Vollhorst.«

Cerevix löste den Arm von Salsas Schulter, nahm das Gesicht des Mädchens in die Hände und beugte sich so weit vor, bis ihre Nasenspitzen einander fast berührten. »Hör zu, Froylein«, zischte sie. »Wenn du Königin werden willst, musst du gewisse Opfer bringen, und eins davon besteht darin, dass du deine Brüder bumst. Wenn du also Bobb, Brandy oder eine der anderen Rotznasen siehst, mit denen du dir die DNS teilst, reiß dir die Kleider vom Leib, leg dich hin, spreiz so weit wie möglich die Beine und sag ihnen, sie sollen ihr pulsierendes Glied dort reinstecken, sonst wird es ihnen auf Befehl von Königin Cerevix Bartresen abgehackt. Wenn du und deine Brüder das nicht machen, wirst du meinen Sohn nie, nie, *niemals* ehelichen. Hast du das verstanden?«

Salsa wäre beinahe das Frühstück aus dem Gesicht gefallen. Eine einzelne Träne lief über ihre Wange, und sie sagte stotternd: »V-v-verstanden.«

Bevor sie in Tränen ausbrach, sagte Cerevix: »Wenn du aber nicht mit deinen Brüdern vögeln willst, kannst du etwas anderes für mich tun.«

»Ähm, ich tu *voll* alles«, schniefte Salsa.

Cerevix zog ein Stück Pergament aus ihrem Ausschnitt, entrollte es und breitete es auf dem Boden aus. Danach griff sie noch tiefer in ihren Ausschnitt und entnahm ihm eine Schreibfeder. Diese drückte sie Salsa in die Hand. »Wenn du deinen Friedrich Wilhelm da hinschreibst, kannst du Doophs Gattin werden.«

»Meinen Friedrich *Was?*«

Cerevix überhörte sie, deutete auf eine leere Zeile am oberen Rand des Dokuments und befahl: »Lies es nicht. Schreib nur deinen Namen da hin.«

Salsa gehorchte.

Cerevix' Finger fuhr nach unten. »Da auch.«

Salsa gehorchte.

»Und hier.«

Salsa gehorchte.

»Und da.«

Salsa gehorchte.

Siebenunddreißig »da« und »dorts« später rollte Cerevix das Pergament zusammen und nahm die Feder lächelnd an sich. »Danke, Salsa. Ich werde bei Dooph ein gutes Wort für dich einlegen.«

Als sie aufstand, fragte Salsa: »Was, ähm, hab ich da gerade unterschrieben?«

»Nichts besonders Wichtiges«, erklärte Cerevix. »Du hast nur erklärt, dass du beweisen kannst, dass dein Vater versucht, den Thron seines rechtmäßigen Besitzers zu usurpieren. Wenn er weiterhin auf dicke Hose macht, wird er exekutiert. Tschüss!«

Nachdem Cerevix außer Sichtweite verschwunden war, kratzte Salsa sich am Kopf und stellte sich eine Frage. »Was, ähm, is'n *usurpieren?*«

Juan

Als die Sonne sich hinter den Horizont duckte, gafften Juan Nieve und Samson Tscharlie in ihr schwelendes Lagerfeuer. Nach dreiundfünfzig Minuten schweigenden Sinnierens – und ihr Sinnieren fiel nur deswegen schweigsam aus, weil die einzige Handlung dieses Kapitels darin besteht, dass die Mauer noch ein wenig mehr schmilzt – fegte ein Rabe im Sturzflug auf ihren Lagerplatz zu, torkelte ein Weilchen herum und krähte schließlich: »Nett könnte tot sein! Nett könnte tot sein! Nett könnte tot sein!«

Sammy verzog das Gesicht und sagte: »Ich wusste gar nicht, dass Raben sprechen können.«

»Ich auch nicht, *jefe*[54]«, verkündete Juan. »Ich auch nicht.«

---

54 Alter.

Brandy

Nach der Lektüre der Rabengramme färbte sich Bobb Quarks Gesicht rot, und er fabrizierte ganz hinten in der Kehle ein komisches gurgelndes Geräusch. Schließlich murmelte er leise »Nun, das ist ja ein Ding« vor sich hin.

»Was ist denn, Bobb?« Brandy zerrte erfolglos an den Riemen, mit denen sein Bruder ihn ans Bett gebunden hatte.

»Vater ist offenbar zeitweilig indisponiert«, klärte Bobb sein Brüderchen auf. »Vielleicht sogar permanent. So genau ist die Botschaft nun auch nicht. Und ich soll eine Attacke gegen die Familie Sinister anführen, die irgendwo zwischen hier und Rothenthal herumstrolcht.«

»Mann, Bobb, das freut mich aber für dich«, log Brandy. »Da hast du sicher viel zu tun. Vielleicht solltest du loslegen und es tun … Ich meine, sofort.«

»Aber ich soll doch auf dich *aufpassen*. Aber jetzt, wo ich das Kommando habe, könnte ich jemanden auf dich aufpassen *lassen*. Ich könnte dich aber auch einfach allein lassen.« Bobb, der eindeutig darauf aus war, von hier zu verschwinden, fragte: »Es macht dir doch nichts aus, allein zu sein?«

»Aber *nein*, Bobb.«

»Großartig! Wenn dir irgendetwas fehlt, ruf einfach …« Bobb eilte so schnell aus dem Raum, dass Brandy den Rest seines Satzes nicht verstand.

Als er sicher sein konnte, dass Bobb außer Hörweite war, atmete er tief durch, klemmte die Backen zusammen und ließ einen schrillen Furz ab, der für das menschliche Ohr unhörbar war. Allerdings lag er genau auf der Frequenz eines Schattenpandas, sodass Lecki, Sekunden nachdem das Gas aus ihm entwichen war, vor seinem Bett stand. Lecki, ein mitfühlendes und intelligentes Tier, erkannte sofort, dass sein Herrchen von seinen Banden befreit werden wollte, und so war er nach einem schnellen Tatzenhieb frei.

Brandy begab sich auf Zehenspitzen zur Treppe. Als er drei Schritte nach unten gemacht hatte, hörte er Bobb laut zu jemandem sagen: »… den Plan trage ich schon eine ganze Weile mit mir herum. Ich habe ihn immer weiter ausgebaut und auch versucht, ihn meinem Vater zu zeigen, doch er hat nur gelacht und gesagt, ich soll ihn noch mal überarbeiten. Ich aber wusste, dass er perfekt war! Ich wusste es einfach! Jetzt werde ich allen zeigen, was ich kann, weil *ich* nun das *Kommando* habe!«

»Sehr gut, Mylord.« Das war Meyster Bleyster. »Händigt mir Euren Plan aus, dann werde ich ihn an die entsprechenden Offiziere weiterleiten.«

»Oh, nein, nein, nein, Meyster Bleyster. Ich werde ihn selbst übergeben und dafür sorgen, dass er absolut perfekt ausgeführt wird, denn es ist mein Plan, und ihn kann niemand besser erklären als ich.«

»Wie schön es doch ist«, erwiderte Bleyster dröge, »zu sehen, dass Euch die Macht nicht zu Kopfe gestiegen ist, Mylord.«

»Ich behalte nur die Beute im Auge. Wenn man nicht auf Zack ist, kommt man um, und da ich das Kommando habe, möchte niemand, dass ich umkomme. Außerdem bin ich in der Fortsetzung eine Schlüsselfigur, und dass die Fortsetzung noch mehr Kröten einspielt, weiß ja nun jeder.«

Brandy schüttelte traurig den Kopf. Dann schlich er die Treppe hinunter und aus dem Schloss und begab sich auf die Suche nach jemandem, der ihm sagen konnte, wo, verdammt noch mal, seine Mutter auf den ca. letzten fünfzig Seiten abgeblieben war.

Kätzeleyn

Schmutzig, schmuddelig, schmierig, verdreckt und besudelt trottete Lady Kätzeleyn Quark dem Quark-Schloss entgegen. Aufgrund ihrer zweiten Reise im Buch war sie müde wie ein Hund. Da sie noch nicht bereit war, sich den bizarren Fakten zu stellen, die in ihrem Heim auf sie warteten, haute sie sich unter einem Baum am Wegesrand hin. Sie zog das letzte Quäntchen Götterkraut aus ihrem Ausschnitt, steckte es an, inhalierte tief, schloss die Augen und lächelte zum ersten Mal seit ihrer ersten Reise.

Als sie gerade im Begriff war, das beste Nickerchen in der Geschichte Osterhasiéns zu machen, spürte und hörte sie ein Rumpeln. Sie öffnete die Augen und blickte über ihre linke Schulter. Da sie nichts sah, stand sie auf, wandte sich nach rechts und wäre beinahe von der Kavallerie umgeritten worden, die ihr Sohn Bobb anführte.

Bobbs Ross kam mit schrillem Gewieher vor ihr zum Halten. Das Ross dahinter krachte gegen das Ross Bobbs. Dann krachte das Ross hinter diesem Ross gegen das Ross, das gegen Bobbs Ross gekracht war. Das Ross, das diesem folgte, ebenso, etc. pp., bis Bobbs Ross das einzige war, das noch auf den Beinen stand. Vom Haufen der gestürzten Rösser und Ritter unbeeindruckt rief Bobb aus: »Mama! Du kommst gerade rechtzeitig nach Hause, um zu sehen, wie ich Männer in eine Schlacht führe!«

Kätzeleyn sagte lächelnd: »Das ist ja wunderbar, Bobb! Wie sieht dein Schlachtplan aus?«

»Ich habe ihn bei Bleyster liegen gelassen«, erklärte Bobb. »Ich werde halt irgendwas improvisieren.« Er deutete hinter sich. »Ich hab die Besten der Besten mitgenommen, also kann uns nichts passieren.«

Als Kätzeleyn den am Boden liegenden Ross- und Ritterstapel sah, der sich gerade bemühte, sich vom Matsch zu lösen, dachte sie: *So weit würde ich nicht gehen.* Dann fragte sie: »Kann ich dir irgendwie helfen?«

»Ich habe das Kommando«, sagte Bobb mit einem herablassenden Lächeln.

Kätzeleyn signalisierte ihre Zustimmung mit einem Nicken. »Natürlich hast du das Kommando. Aber irgendeine Art Plan wäre vielleicht doch ganz nützlich.«

»Wir schaffen das schon.« Bobb winkte von oben herab ab. »Geh nach Hause. Nimm ein Bad.«

Kätzeleyn ignorierte seine Worte und sagte schnell: »Am besten schlagt ihr von hinten und mit voller Kraft zu. Konzentriert euch darauf, ihre kleinen Widerstandsnester zu vernichten, und wenn dann eure Verstärkung kommt – und ich nehme doch an, dass ihr Verstärkung erwartet, weil die erste Angriffswelle ohne eine ausgeruhte zweite überhaupt nichts bringt –, zieht ihr euch zurück und kümmert euch zugleich um eure Verwundeten. Egal wie gut eure Angriffs-/Rückzugs-Strategie ist, es wird Verletzte geben, sei dir dessen bewusst. Bildet einen Kreis, damit eure zweite Welle in der Lage ist, die Primärziele des Gegners zu triangulieren. Ist erst mal eine gebührende Anzahl von Gegnern gefallen – zwischen dreißig und fünfzig Prozent ist alles akzeptabel –, verengt ihr den Kreis und vernichtet ihre übrig gebliebenen Schergen oder nehmt sie gefangen. Beschlagnahmt ihre Waffen und okkupiert das feindliche Terrain so schnell wie möglich. Rückzugsstrategisch gesehen müsst ihr euch darauf einstellen, ein Fünftel eurer Einheiten für dreißig bis sechzig Tage zurückzulassen, damit ihr gegen potenzielle Aufstände geschützt seid.« Sie nahm einen tiefen Zug von ihrem Götterkraut. »Hast du alles verstanden?«

Bobb gaffte seine Mutter eine Weile an, dann wandte er sich zu seiner größtenteils gestürzten Einheit um. »Auf in den Kampf, Männer! Der Ruhm erwartet uns!« Dann ritt er allein los.

Kätzeleyn schaute bedrückt hinter ihrem Sohn her, der seinem sicheren Tod entgegengaloppierte. Dann wandte sie sich dem zuckenden Haufen aus Männern und Tieren zu und sagte: »Das wird nicht gut enden, weder auf Papier noch auf Pergament. Wollt ihr was zu rauchen?«

Triton

Triton Sinister und Sör Roher Kassler standen mitten im Nirgendwo auf dem Gipfel eines niedrigen Hügels und schauten auf etwas hinab, das wie eine lebhafte Ortschaft wirkte.

Als die Sterne am Himmel glitzerten, sagte Triton: »Sieht wie 'ne Müllhalde aus.«

»Eine Kippe.«

»Ein Schweinestall.«

»Vielleicht gibt's dort was zu essen«, mutmaßte Triton.

»Gute Idee. Plötzlich sieht das Ganze sehr verlockend aus.«

»Prächtig.«

»Lukullisch.«

»Atemberaubend.«

Auf leisen Sohlen betraten sie das Armeelager. Tritons Lippen waren zur Abwechslung mal versiegelt. Die Mehrheit der hier Hausenden lag zusammengerollt im Matsch, schnarchte fröhlich vor sich hin und blies ihren Zwiebelatem in die Landschaft. Am anderen Ende des Platzes knatterte ein funkensprühendes Feuer. Kassler deutete auf die Flammen. »Gehen wir dort rüber, denn wenn es hier etwas zu essen gibt, wird es am Feuer sein.«

»Ihr seid ein wahrer Einstein, Kassler«, sagte Triton.

»Was für ein Stein?«

»Macht Euch deswegen keinen Kopf.«

»Wenn Ihr mir nicht sagt, was ein Einstein ist, metzle ich Euch *voll* nieder.«

Als sie sich Feuer näherten, sagte Triton: »Zügelt euch. Man hat Euch als Heranwachsenden wohl nicht oft genug in den Arm genommen.«

Am Feuer saß eine einzelne Gestalt. Sie drehte Triton und Kassler den Rücken zu, weswegen Triton sich leise räusperte, um sie nicht zu erschrecken.

»Wer immer Ihr seid«, sagte die Gestalt. »Ihr riecht so übel, dass die Zwiebeln weinen. *Tusch.*«

»Vater?«, sagte Triton leise.

Der Mann wandte sich mit einem selbstgefälligen Grinsen um. »Das ist mein Name, aber nutze ihn nicht ab.« Er reichte Kassler die Hand, dann sagte er: »Wie geht's, Bubi? Ich bin Thymian Sinister, Inhaber des gleichnamigen Bestattungsunternehmens. Ihr stecht sie ab, wir buddeln sie ein. *Sicher, sowieso, genau!*«

Kassler schaute Triton an. »Ich wusste gar nicht, dass Ihr einen Vater habt.«

»Wie? Dachtet Ihr, ich wäre ein Vollhorst?«

»So in der Art.«

»Wie kommt Ihr auf die Idee, ich könnte ein Bastard sein?«

»Ach, nein«, erwiderte Kassler. »Ich dachte nur, Ihr wäret im wahrsten Sinne des Wortes ein Vollhorst.«

»Tausend Dank, Alda.«

»Es ist halt nur so, dass es angesichts aller Geschichten, die man über Euch, Cerevix und Slaime weiß – ganz zu schweigen von den endlosen Geschichten über den

Knatsch Eurer Familie mit den unterschiedlichsten Häusern – doch nur logisch wäre, dass schon mal jemand Euren Vater erwähnt hätte.«

»Jaaa«, sagte Triton schleppend, »aber in der Geschichte Osterhasiéns hat die Logik nicht an jedem Tag regiert. Warum sollte sie es also heute tun? Wenig Logik ergibt viele Plotlöcher. Ich weiß auch nicht, warum alle diesen Scheiß kaufen.«

Thymian, der so dick war wie Triton lang, sagte: »Euer Gerede ist zwar faszinierend, aber ich muss jetzt wieder ins Feuer starren.« Er drehte sich um und starrte wieder ins Feuer.

Nach einer Sekunde des Schweigens grunzte Triton: »He, Papa!«

»He, Sohn«, erwiderte Thymian, ohne sich umzudrehen.

»Hat dir schon mal jemand gesagt, dass du so doof bist, dass du nicht mal dann Matsch auf deine Stiefel kippen könntest, wenn die Gebrauchsanweisung dazu auf deiner Ferse stünde?«

»Wie kannst du es wagen …«

»Musstest du studieren, um so hässlich zu werden oder warst du schon immer so?«

»Moment m…«

»Du bist so dick, dass schon dein Schatten fünfzig Pfund wiegt.«

»He, *der* war ganz gut!«

Triton hielt inne. Dann sagte er: »Hast du gerade was Nettes über mich gesagt?«

Thymian drehte sich um, als wolle er sich versichern, dass niemand ihm zuhörte. Dann sagte er: »Es ist vermutlich das letzte Mal, weil du zu doof bist, um Milch zu holen, denn du lässt das Geld in der Kanne liegen. Heiho!«

Triton lachte leise. »Klassisches Material, Papa, einfach klassisch.«

»Das weiß ich, Bubi.«

In einem beeindruckend schnellen Themenwechsel deutete Triton auf die vielen Dutzend Schlafenden und fragte: »Was geht hier vor?«

»Wir machen das Haus Quark nieder.«

»Warum denn?«, fragte Triton.

»Erzähl mir bloß nicht, du hättest *Warum alle Häuser einander so götterverdammt hassen* von diesem Großmeyster Flasch nicht gelesen.«

»Schön, ich erzähl dir nicht, dass ich *Warum alle Häuser einander so götterverdammt hassen* von diesem Großmeyster Flasch nicht gelesen habe, obwohl ich *Warum alle Häuser einander so götterverdammt hassen* von diesem Großmeyster Flasch nicht gelesen habe. Triff mal 'ne Kernaussage.«

»Ich hab's auch nicht gelesen«, gestand Thymian, »aber wenn es schon ein Buch zu dem Thema gibt, warum sich alle Häuser so hassen, dann hassen sich eben alle Häuser! Wer bin ich denn, dass ich unsere Traditionen verschmähe? Wie wäre es, wenn du uns hilfst, Netthard Quark und sein verkyfftes Weib zu töten?«

»Ich weiß nicht, Papa. Nett ist ein netter Kerl, und …«

Thymian legte eine Hand auf Tritons Schulter. »Hör mal, wir wissen doch alle, dass du den Komiker nur machst, weil du Aufmerksamkeit brauchst, weil dein Vater sie dir, wie Haagen Köther, immer versagt hat. Wenn du mir hilfst, das Haus Quark plattzumachen, akzeptiere ich dich. Dann ist dein Papa-Problem gelöst. *Capisce?*«

»Papa-Problem?«, sagte Triton. »Jetzt hör mal, Papa, ich bin eine Bastion geistiger Gesundheit.« Und dann zog der große Sinister den dicken Sinister an sich und heulte Zwiebeltränen, bis er nicht mehr konnte.

Salsa

»Oh. Meine. Götter. Dooph ist so, ähm, voll edelmännisch.«

Salsa lehnte sich mit ihren zwei bis drei Gedanken am anderen Ende des Thronsaals gegen die Wand und begutachtete sehnsuchtsvoll den Knaben, von dem sie überzeugt war, dass er ihr künftiger Gatte sein würde. Das Gefühl, das ihr Blick verströmte, war das Gegenteil dessen, was alle anderen im Raum Anwesenden empfanden: Die Menge hätte ihn gern gevierteilt und ausgeweidet.

König Doophrey deutete auf die dritte Gestalt in der dritten Reihe der Audienz – eine Frau mit verfilztem blondem Haar und schmutzigem Gesicht – und sagte: »Nenne Sie ihren Namen!«

»Ginalollo Schniedelsuck.«

»Ginalollo Schniedelsuck, schwörst du mir, Doophrey aus dem Hause Bartresen und Sinister, Glücklicherweise Erster seines Namens, König von Anusien, Roggenbröd und der Feisten Väter, Herr über Wer-weiß-wie-viele-Königslande und Beschützer der Schwachmaten, die Untertanentreue?«

»Muss ich?«, fragte Ginalollo.

»Wie ich schon deinem Vorgänger, Vor-Vorgänger und Vor-Vor-Vorgänger erklärt habe: *Ja*, du musst mir die Untertanentreue schwören.«

»Können wir das nicht alle zusammen machen?«, wollte Ginalollo wissen.

»Wie ich schon deinem Vorgänger, Vor-Vorgänger und Vor-Vor-Vorgänger erklärt habe: *Nein! Nein, nein, nein, nein, nein!*«

»Und warum nicht?«

»Weil *ich* der König bin und will, dass es so abläuft, wie es *mir* gefällt. Und weil der König immer das Sagen hat: *Nein, nein, nein, nein, nein!*« Er wandte sich nach rechts und fragte seinen rechten Fuß, Lord Pitter Varikose Bayliss, und seinen zweiten Fuß, Sör Slaime Sinister: »Stimmt doch so, Leute, oder? Ich hab das Sagen! Stimmt's? *Stimmt's?*«

»Sowieso«, grunzte Piephahn und verdrehte die Augen im Kopfe.

»Mir passt Euer Getue nicht, Piephahn! Onkel Slaime, du bist befördert! Piephahn, Ihr seid gefeuert! Ihr seid nicht mehr mein Fuß. Ich entfuße Euch! Ich brauche Eure Hilfe nicht. Ich hasse Euch! Ich hasse Euch und hoffe, dass Ihr sterbt!«

Piephahn griff sich an denselben und fauchte: »Beißt ihn mir ab, Hoheit!«

»Das würde ich tun, wenn Ihr etwas abzubeißen hättet, aber Ihr habt ja nichts! Ihr seid ein Eunuch!«

»Wisst Ihr was?«, sagte Piephahn. »Lasst uns diesen Eunuchenquatsch nun ein für alle Mal widerlegen.« Er ließ sein Beinkleid runter, legte sich auf den Rücken, spreizte die Beine und rief: »Schaut genau hin, Leute! Da ist er! Er ist zwar wirklich klein, aber er ist da!«

Mit großen Augen und offenem Herzen flüsterte Salsa: »Oh. Meine. Götter. Dooph ist, ähm, voll der Edelmann.«

»Glaubst du wirklich?«

Salsa schaute auf: Königin Cerevix. »Ähm, definitiv. Er ist voll porno.«

»Wenn er sich nicht abregt«, murmelte Cerevix, »dreht irgendwann jemand durch und begräbt ihn unter zehn Fuß Matsch.«

»Ihr, ähm, seid manchmal voll assi, Hoheit.«

»Willst du mal sehen, was gemein ist?«, fragte Cerevix. »Pass mal auf.« Sie legte die Hände an den Mund und brüllte: »He, Dooph, in Wirklichkeit ist Onkel Triton dein Vater!« Und zu Salsa sagte sie: »Und wenn du das für gemein hältst, hör dir *das* mal an.« Sie brüllte: »He, Slaime! Ich werde ein Gesetz erlassen, nach dem dich jeder Sör Impotent nennen muss!« Über das Geschrei ihrer verratenen Familie und der erheiterten Menge hinweg schrie sie: *»Das,* Froylein Quark, ist gemein. Willkommen in unserer Familie!«

»Oh. Meine. Götter! Frau Königin, Ihr seid ja *voll* die *Bitch!«*

»Willst du mal sehen, was ich sonst noch kann? Dooph hat mich angewiesen, dich festnehmen zu lassen, und obwohl ich seinem Befehl keine Folge zu leisten brauche …« Sie grinste Salsa an. »… werde ich ihn, ähm, definitiv voll ausführen!«

Als die Gebrüder Leguan Salsa zu ihrer Zelle schleiften, rief Cerevix hinter ihr her: *»Ist mir egal, wie viele potenzielle RTL2-Gagenschecks ich mit diesem Beschluss in den Wind schieße, aber ich werde Dooph, ähm, nun definitiv voll selbst heiraten!«*

Triton

Als Triton Sinister an diesem Morgen noch einmal das Gespräch mit seinem Vater Revue passieren ließ, ruhte sein riesiger Schädel auf Nitribittys zwergenhaften Brüsten.

»Hör zu, Bubi«, hatte der dicke Sinister seinem Sohn ins Gehör gedröhnt und erfolglos versucht, einen Arm um Tritons Schulter zu legen, »ich degradiere dich.«

»Zu was degradierst du mich?«, hatte Triton gefragt. »Bevor man einen Job verlieren kann, muss man ihn doch erst mal haben.«

»Ich degradiere dich von dem Typ-der-sich-vielleicht-oder-auch-nicht-unserem-Kampf-gegen-die-Quarks-anschließt zu dem Typ-der-in-der-Heimatbasis-bleibt-und-es-mit-einer-Prostituierten-treibt-damit-er-auf-dem-Schlachtfeld-nichts-versaut.«

Triton war von der Taille aufwärts beleidigt. Nicht nur weil die Tatsache, dass er noch nie gekämpft hatte, nicht unbedingt bedeutete, dass er nicht kämpfen konnte, sondern weil er von der Taille abwärts freudig erregt war. »Tja, Papa, du weißt ja, was die Leute sagen: *Nun ist für alle braven Männer die Zeit gekommen, ihrem Land zu Hilfe zu eilen*. In meinem Fall ist es nun für alle braven Männer an der Zeit zu kommen. *Klingelingeling!*«

Thymian fragte mit einem zustimmenden Nicken: »Hast du den jetzt einfach so aus dem Ärmel geschüttelt?«

»Nee, den hatte ich schon gestern Abend in der Gesäßtasche. Wo sind jetzt die Nutten?«

Thymian deutete mit dem Daumen über seine Schulter. »Im fünften Zelt von rechts. Sie heißt Nitribitty. Für dich hat sie genau die richtige Größe.« Er hielt inne, dann gestand er ihm: »Triton, ich war als Vater nie für dich da …«

»Ohne Scheiß, Sherlock?«

»… aber ich möchte es gern wiedergutmachen. Ich möchte das an dich weitergeben, was jeder Vater an seinen Sohn weitergeben möchte.« Er atmete tief durch und sagte: »Wenn zwei Menschen sich ganz ganz ganz doll lieb haben, kriegen sie gewisse Gefühle. Sie empfinden Erregung, und ihre Geschlechtsorgane – das des Mannes heißt Penis, das der Frau wird Vagina genannt – werden dann ganz ganz ganz berührungsempfindlich … aber auf eine schöne Weise.«

Nach zwanzig weiteren Minuten unnötigen Biologieunterrichts tätschelte Triton gönnerhaft das Haupt seines Vaters. »Danke, dass wir das geklärt haben, Alda. Und nun möchte ich dieses neu erworbene Wissen in die Praxis umsetzen.« Was dann der Grund dafür war, dass sein Riesenkopf nun auf Nitribittys zwergenhaften Brüsten lag.

Als er und seine Bordsteinschwalbe gerade zur zweiten Runde ansetzen wollten – im Gegensatz zu seinem Bruder Slaime kannte Triton keine Potenzprobleme –, wurde der Zelteingang aufgerissen und ein Mann brüllte: »Sinister, wir haben mehr Verluste als erwartet! Packt Euren wahnsinnig großen Schniedel ein, nehmt Euch eine Rüstung, schnappt Euch eine Waffe und schreitet zum Kampfe!«

In Tritons Ohren klang der Mann so, als hätte er drei Arme, sodass er ihn für Sandsturm Leguan hielt. Doch da sein riesiges Gesicht zwischen Nitribittys zwergenhaften Schenkeln verborgen war, konnte er diese Mutmaßung weder bestätigen noch in Abrede stellen.

Triton richtete sich auf, schenkte Nitribitty einen Blick des Bedauerns und sagte: »Uns bleibt immer noch Paris, Liebling.« Noch immer nackt rannte er aus dem Zelt und auf das Rüstungszelt zu, gern bereit, seinem Lande zu Hilfe zu eilen.

Es waren nur sieben Rüstungen da: sechs der Größe M, und eine der Größe L. (Triton hatte sich zwar nie eine Ritterrüstung anpassen lassen, doch er nahm zutreffend an, dass er wohl XXL brauchte, eine Größe, die kein einziges Fürstenhaus produzierte). Er hob das Unterteil der L-Rüstung auf und bemühte sich, es über seine langen Beine zu ziehen. Irgendwie gelang es ihm, das eiserne Beinkleid bis an die Taille hinaufzuziehen. Leider endete es dann an seinen Knien – Unterschenkel und Waden lagen frei – und er konnte keinen kompletten Schritt tun, ohne seine Männlichkeit zu quetschen. Mit ähnlichem Ergebnis zwängte er sich ins Oberteil und fragte sich dann: *Ist es zu spät, mich jetzt noch von der Truppe zu entfernen?* Schließlich nahm er sich das größte vorhandene Schwert und watschelte aus dem Zelt hinaus und einer chaotischen Schlacht entgegen.

Um das Lager herum gab es ungefähr ein Dutzend kleine und tölpelhafte Scharmützel. Die Hauptaction fand mitten auf dem Platz statt, wo Bobb Quark von sechs Männern Thymians umzingelt war, die sich abwechselten, ihm aufs Haupt zu schlagen. Soweit Triton es mitbekam, bestand Bobbs Reaktion aus »Autsch, hört auf… Autsch, hört auf… Autsch, hört auf…« Dies nahm seine Truppen nicht gerade für ihn ein.

Da die Quark-Hauer ihren Spaß zu haben schienen, zockelte Triton zu dem Getümmel hin, das ihm am nächsten war. Dabei stolperte er über einen gehärteten Matschball, fiel hin und rollte vor die Beine des Rosses eines Quark-Schergen. Das Ross fiel wie beim Domino um, warf ein zweites Quark-Ross um, das wiederum umfiel und das nächste umwarf, und so weiter etc. pp. Schließlich stand nur noch ein Quark-Ross auf den Beinen, und zwar das, das Bobb gehörte. Bobb schüttelt den Kopf, seufzte und ritt von hinnen, wobei er den Kopf so hängen ließ wie eine sich dahinschlängelnde Schlange. (Die letzte Schlangenmetapher, versprochen).

Das Sinister-Heer gaffte Triton an, dann beendete ein Sör die Stille mit dem Schrei: »Der Riese hat uns den Sieg geschenkt! Lang lebe der Riese! Lang lebe der Riese! Lang lebe der Riese!«

Während die restlichen Ritter in den Chor einfielen, löste Triton sich von der Matschpfütze und rappelte sich auf die Knie. »Vielen Dank, meine Damen und Herren! Damit ist mein Programm für heute Nachmittag beendet. Lasst der Kellnerin ein Trinkgeld da, probiert den Kalbsbraten mit Zwiebeln und vergesst bitte nie: Wohin ihr auch geht, da seid ihr dann.« Unter donnerndem Applaus verließ er das Schlachtfeld. Der Chor folgte ihm: »Tri-ton! Tri-ton! Tri-ton!«

Auf dem Weg zu Nitribittys Zelt, wo eine Feierrunde zweier Menschen anstand, die sich ganz ganz doll lieb hatten, begegnete er seinem Vater. Dieser streckte die Arme aus und sagte: »Bubi!«

»Alda«, erwiderte Triton.

»Bubele.«

»Aldale.«

»Bubelelubele.«

»Aldadeldudel.«

Und dann zog der große Sinister den dicken Sinister an seine Brust und heulte, bis er nicht mehr konnte.

Netthard

Die Wunden, die er sich in der Schlacht zuzog, die die Bewohner Königsafter später Das Große Zwiebeltorten-Massaker nannten, schmerzten mit jeder Sekunde mehr, und das machte Lord Netthard Quark sehr unglücklich. »Wache!«, schrie er zuckend und wischte sich das gerinnende Blut vom Hals. »Wo ist mein Heroyn? Ihr könnt mich doch nicht ohne meine Opiate einkerkern!«

Piephahn schlenderte zu ihm hinüber. »Lord Quark«, sagte er, »ich fürchte, Eure Wachen sind gerade anderweitig beschäftigt, und zwar mit der Einkerkerung Eurer Tochter. Aber ich eile Euch zu Hilfe.«

»Moment! Ich dachte, Ihr seid in Rothenthal.«

»Jetzt reicht's mir aber! Ich war damals dort, doch nun bin ich hier!«

»Was die Frage aufwirft«, sagte Nett, »was Ihr *jetzt* hier macht?«

»Ich wollte Euch nur wissen lassen, was in Sommerpeltz so passiert«, erklärte Piephahn.

»Woher wisst Ihr, was in Sommerpeltz passiert?«, fragte Nett. »Ich dachte, Ihr wart in Rothenthal und seid nun hier.«

Piephahn überhörte seinen Einwand. »Das Haus Quark und das Haus Sinister sind im Begriff, sich in eine epische Schlacht zu stürzen«, erklärte er. »Das Resultat werden sechs oder sieben neue Bücher sein. Das möchte ich nicht, und ich weiß, dass Ihr es auch nicht möchtet, also sollten wir zusammen austüfteln, was wir machen können, um diesem Mist ein Ende zu setzen.«

»Von hier aus kann ich gar nichts tun«, sagte Nett, »und ich bezweifle, dass Cerevix mich in nächster Zukunft freilässt. Deswegen seid Ihr auf Euch allein gestellt.« Nach einem kurzen Päuschen fügte er hinzu: »Wisst Ihr was, Piephahn? Ich hasse das Haus Sinister mehr als alles andere auf dieser götterverfluchten Welt.«

»Mehr als alles andere?«

»Mehr als alles andere.«

»Mehr als Bayern München?«

»Die kaufen doch ihre Meistertitel, die erspielen sie sich doch nicht. All das steht im Widerspruch zum Geist des Sportes. Wenn bei den götterverdammten Bayern nur götterverdammte Bayern spielen würden, sähen die aber götterverdammt alt aus. Aber ja, die Sinisters hasse ich noch mehr.«

»Mehr als Broccoli?«

»Warum muss das gesündeste Gemüse immer am schlechtesten schmecken? Wieso steckt das Selen nicht in irgendetwas, das die Menschen tatsächlich essen? Wie Äpfel. Oder Zwiebeln. Aber ja, die Sinisters hasse ich noch mehr.«

»Mehr als J.R.R. Tolkien?«

»Also wirklich! Ich *hasse* Tolkien doch nicht. Er wird nur überschätzt.«

Piephahn nickte zustimmend. »Finde ich auch. Aber ich bin nicht hier, um mit Euch über Sport, Nahrung oder Literatur zu diskutieren. Ich habe mit Cerevix gesprochen und in Eurer Sache einen Handel gemacht. Ich kann Euch hier rausholen, sofern Ihr Bobb zurückpfeift und dafür sorgt, dass dies das letzte Buch der Serie ist. Aber nur unter *einer* Bedingung.« Er zog ein weißes kurzärmeliges Jutehemd aus der Tasche und hielt es Nett hin. »Man lässt Euch nur frei, wenn Ihr das heute Nachmittag bei der Kundgebung in der Innenstadt tragt.« Er warf ihm das Hemd hin. »Die Entscheidung ist Euer, Lord Quark.«

Das Hemd war beschriftet. Als Piephahn gegangen war, las Nett, was auf dem Textil stand.

Auf der Vorderseite sagten große schwarze Buchstaben DAS HAUS BARTRESEN IST KLASSE.

Auf der Rückseite stand, in noch größeren schwarzen Buchstaben: DAS HAUS QUARK LUTSCHT SCHATTENPANDA-PIMMEL.

Lord Netthard Quark ließ das Hemd zu Boden fallen, sank auf die Knie, bedeckte sein Antlitz, schaute zum Himmel auf und wehklagte. *»Neeeeeeeeiiiinnnn!«*

Kätzeleyn

»Na, wie war's denn? Hat dein Nicht-Plan so funktioniert, wie du es dir vorgestellt hast?«

»Ich möchte nicht darüber reden.«

Lady Kätzeleyn Quark schüttelte traurig den Kopf und knurrte Bobb an: »Hast du sie von hinten angegriffen, wie ich es gesagt habe?«

»Ich hab doch gesagt, ich möchte nicht darüber reden.«

»Wie viele von euch haben überlebt? Zwanzig? Dreißig? Fünfzig?«

»Ich möchte nicht darüber reden«, sagte Bobb erneut.

Kätzeleyn schaute ihren Sohn einige Sekunden lang an, dann fragte sie: »Du hast *alle* verloren, nicht wahr? Toll, jetzt darf das HBO-Castingbüro wieder mal Statistentermine festlegen. Dabei war das Budget doch schon nach der dritten Episode überzogen! Also kriegen wir diesmal vermutlich Leute, die nicht gewerkschaftlich organisiert sind, und das wird dann wieder ein Albtraum für die Haftpflichtversicherung.« Sie hielt kurz inne. Dann: »Wehe, wir stauben für diesen ganzen Mist nicht eine Schubkarre voller Emmys ab!«

Bobb stampfte zum Vorderausgang und nölte dabei vor sich hin: »Oh, Frau Alleswisser, Sie halten sich wohl für was Besonderes, hm? Frau Ich-bin-so-kuhl-mir-kann-doch keiner! Frau Ich-bin-mit-einem-taktischen-Genie-verheiratet. Frau Ich-bin-eine-Frau-hört-mein-Gebrüll.« An der Tür blieb er stehen, wirbelte herum und sagte: »Ich wette, *das* kannst du nicht, Frau Schickimicki-Kyfferkopp.« Und dann ging er hinaus.

Kätzeleyn ließ sich auf den Boden sinken und dachte: *Apropos Kyfferkopp: Ich hab nichts mehr, und Bobbs Feldzug hat Sör Thüte Schittafornia das Leben gekostet, also werde ich für eine Weile sauber bleiben.* Während sie über ein Leben ohne Spaßvergnügen nachdachte, hörte sie die Eingangstür aufgehen und vernahm das vertraute Scheppern einer Rüstung. »Hallo«, rief sie. Dann stand sie auf und fragte: »Kann ich jemandem helfen?«

»Die Frage ist, ob ich *dir* helfen kann, Mutter. Die Antwort ist ein widerhallendes *Ja.*« Bobb trat in den Raum, mit einem Gefangenen am Schlafittchen: Sör Slaime Sinister.

Kätzeleyn schaute den Königsnichtmörder an und fragte Bobb: »Wie hast du ihn so schnell gefunden und gefangen genommen, Bobb?«

Bobb verengte den Schwitzkastengriff. »In Osterhasién entwickeln sich die Dinge mit der Geschwindigkeit einer durch zähen Matsch rollenden schweren Zwiebel«, erklärte er, »doch manchmal, ganz ganz ganz selten, passieren die Dinge schnell. Dies, Mütterlein, ist eins dieser schnell passierenden Dinge.«

»Aber du warst doch nur *drei* Minuten draußen.«

»Mama, mach dir darüber keinen Kopf.«

»Ich dachte, er ist in Königsafter. Dooph hat ihn doch zu seinem rechten Fuß ernannt. Was könnte er drei Minuten von unserem Schloss entfernt gesucht haben?«

»Nun hör endlich auf, Mutter.«

»Vielleicht ist er gar nicht Slaime. Vielleicht sieht er ihm nur ähnlich.«

»Ich muss das nicht haben!«, brüllte Bobb. »Ich hab das Kommando, und so redet man nicht mit einem Führer!« Er ließ Slaime aus dem Schwitzkasten frei. Dann befahl er ihm: »Ich befehle Euch zu gehen.«

Slaime schaute Bobb an und sagte: »Wartet, habe ich das richtig verstanden? Ihr *befehlt* mir zu gehen?«

»In der Tat.«

»Ihr lasst Euer bestes Faustpfand einfach so laufen?«

»Einfach so.«

»Warum?«, fragte Slaime.

»Warum nicht?«, fragte Bobb.

Slaime schaute Kätzeleyn an und fragte: »Was meint Ihr dazu?«

»Er hat das Kommando.« Kätzeleyn zuckte mit den Schultern.

Der Königsnichtmörder klopfte Bobb auf die Schulter. »Mach weiter so, Alter. Wenn ihr mich jetzt entschuldigen wollt, ich muss mal eben einen Rivalen exekutieren und meine Zwillingsschwester vögeln.« Dann lief er aus dem Schloss und ließ Bobb und Kätzeleyn zurück, damit sie sich auf ihre jeweiligen Auftritte in *Das Lied von Eis und Schlagsahne, Band 2* vorbereiten konnten, der am 27. März 2138 erscheint.

Ariola

Nachdem Ariola von allen im Buch tagelang ignoriert worden war, beschloss sie, ein Ross zu stehlen und sich allein nach Sommerpeltz durchzuschlagen. Dabei verschwendete sie keinen Gedanken an ihre Sicherheit, denn sie war eine Quark, und für Quarks war es typisch, dass sie immer heil und gesund nach Sommerpeltz zurückfanden. (Außerdem hing ihr die Hauptstadt Königsafter und ihre schwachsinnige politische Infrastruktur zum Halse heraus).

Ihr Plan krankte jedoch an einem Problem: Bei all den geführten Kriegen herrschte in Königsafter Rossknappheit. Deswegen beschloss sie, zu Fuß zu gehen, denn sie nahm an, dass sich unterwegs vielleicht eine Mitreitgelegenheit ergab. (Dies war bestimmt nicht so schwierig, wie es sich vielleicht anhörte, denn in Osterhasién war immer jemand von da nach dort unterwegs). Auf dem Weg zur Stadt hinaus traf Ariola zufällig einen Mob. Es war ein wütender Mob, ein Mob, bei dessen Anblick sie spürte, dass er Blut sehen wollte. Angesichts ihrer momentanen Laune war Blutdurst etwas, auf das sie gut verzichten könnte.

Der Mob stand vor einer Art Behelfsbühne, die Ariola nicht sehen konnte, da sie ja ganz ganz klein war. Mit ihrem übergroßen Koffer im Schlepptau bahnte sie sich bis nach vorn einen Weg durch die Menge. Dort halbwegs angekommen, skandierte der Mob wie aus einem Munde: »Das Haus Bartresen ist klasse! Das Haus Quark lutscht Schattenpanda-Pimmel! Das Haus Bartresen ist klasse! Das Haus Quark lutscht Schattenpanda-Pimmel!«

Nachdem Ariola eine Weile darüber nachgedacht hatte, dass die Bürger Osterhasiéns eine Menge Dinge unisono brüllten, ging sie weiter nach vorn, wobei ihr Koffer dem aufgebrachten Mob da und dort gegen die Knie schlug. Schließlich war sie nahe genug an der Bühne, um zu sehen, was sich dort tat … Was sich dort tat, gefiel ihr in keiner Weise.

König Doophrey stand neben Königin Cerevix, die neben Sör Slaime Sinister stand, der neben Sandsturm Leguan stand, der neben Lord Netthard Quark stand. Cerevix musterte Dooph mit verärgerter Miene. Dooph musterte Nett mit einem wirren Blick. Slaime musterte Cerevix mit lüsternen Augen. Sandsturm starrte Nett mit einem wütenden Ausdruck an. Und Nett schaute alle zusammen mit einem Blick an, der sagte: *Ich kann eure Fressen nicht mehr sehen.*

»Lord Netthard Quark, habt Ihr noch etwas zu sagen, bevor wir Euch aus Gründen, die weder halbwegs klar noch logisch sind, exekutieren?«, keifte Königin Cerevix.

»Um Götterwillen, klar habe ich etwas zu sagen: Der rechtmäßige Thronerbe ist Nobbert Bartresen! Doophrey Bartresens Vater heißt nicht Bobbert Bartresen, sondern Triton Sinister! Dooph ist ein Inzestprodukt, dem das Herrschen nicht erlaubt werden darf!«

Die Menge wurde still. Dann fing sie an zu murmeln.

Dann wurde sie laut. Und dann, was Ariola nicht überraschte, skandierte sie eine andere Parole: »Inzest ist *toll!* Inzest ist *toll!* Inzest ist *toll!*«

»Im Ernst?«, stöhnte Nett.

»Inzest ist *toll!* Inzest ist *toll!* Inzest ist *toll!*«

»Wirklich?«

»Inzest ist *toll!* Inzest ist *toll!* Inzest ist *toll!*«

»Also nun mal wirklich, Leute …«

»Inzest ist *toll!* Inzest ist *toll!* Inzest ist *toll!*«

In Ariolas Seele wallte Zorn auf; ein Zorn, der nach Blut schmeckte und nach Zwiebeln roch. Sie zog ihr Schwert namens Spritze aus der Seitentasche ihres Koffers und stach 167 mal auf den Mann links von ihr ein, dann doppelt so oft auf die Frau daneben, und dann noch mal doppelt so oft auf den Mann neben ihr. Ihr Amoklauf hätte sich fortgesetzt, wenn sie Königin Cerevix nicht hätte rufen hören: »Sandsturm Leguan, ich befehle Euch, Netthard Quark den Kopf abzuschlagen!«

Sandsturm, der Netts Hals schon lüstern betrachtete, knurrte »Mit Freuden, Hoheit.« Der Dreiarmige zog sein Schwert aus der Scheide und ging auf Nett zu. Als er ausholte, um den Kopf seines Opfers vom Rumpf zu trennen, trat dieses ihm in den Bauch und riss ihm die Waffe aus der Hand.

Nett kniete sich hin und brüllte: »Wenn ich schon sterben muss, dann zu meinen Bedingungen! Wenn ich schon sterben muss, sterbe ich auf meine Weise! Wenn ich schon sterben muss, sterbe ich durch die eigene Hand! *Der Sommer naht!*« Dann stach er sich in die Körpermitte und starb einen grausigen Tod, der den Seelen seiner Töchter üble Narben zufügte.

Die Stille war ohrenbetäubend. Nach zwei Minuten des Schweigens sagte König Dooph Bartresen: »Boah, ey, das war ja ätzend. Und ich wollte ihn schon *voll* begnadigen.«

Salsa

»Oh. Meine. Götter. Das ist ja, ähm, definitiv der übelste Kerker aller Zeiten.«

Der Wächter schenkte Salsa Quark einen teilnahmslosen Blick. »Das hast du schon erwähnt.«

»Ich weiß, aber es ist übler als übel. Wollen wir, ähm, ein Geschäft machen?«

»Ich hab's schon gesagt«, erwiderte der Wächter endlos geduldig. »Ich krieg hier Sold.«

»Ich will voll nach Hause. Wenn ich Euch einen meiner Möpse zeig, lasst Ihr mich dann raus?«

»Ich hab dir schon gesagt: Wenn du entwischst, lassen die Bartresens mich töten.«

»Beide Möpse?« Nachdem der Wächter den Kopf geschüttelt hatte, fügte Salsa hinzu: »Das ist aber, ähm, gemein. Ich, ähm, hasse die Bartresens, aber *voll.«*

Vom anderen Ende des Ganges her rief eine Quäkstimme: »Hasst du *alle* Bartresens?«

»Ich will dich nicht sehen, Dooph«, rief Salsa. »Du bist ein Spast!«

Dooph fegte an Salsas Zelle heran, schickte den Wächter fort und hämte: »Ich hab ein Geschenk für dich.« Er zog ein Blumenbukett hinter dem Rücken hervor.

Wäre es nicht mit Matsch bedeckt gewesen, wäre es das schönste Bukett gewesen, das Salsa je gesehen hatte, aber sie wollte Dooph nicht die Genugtuung geben, sie lächeln zu sehen. Deswegen drehte sie sich um und quäkte: »Bäähhh, die sind ja grottig wie nur was! Nimm sie weg, bevor ich, ähm, definitiv voll abkotzen muss!«

»Meine Blumen gefallen dir nicht?«, fragte Dooph. »Na schön.« Er rannte fort und kehrte eine Minute später mit einer verzierten Makkaroniskulptur im Schlepptau zurück. »Ich hab sie selbst gemacht«, erklärte er. »Es ist eine Büste deines Kopfes. Ich glaube, sie fängt deine wahre Schönheit voll ein.«

Salsa schaute sie sich kurz an und erwiderte: »Ich glaub, sie fängt deine wahre Nullcheckerhaftigkeit oder so ein.«

Dooph knurrte, dann rannte er fort und kehrte eine Minute später mit einem großen Gemälde im Schlepptau zurück. »Das hab ich *auch* selbst gemacht. Es ist ein Selbstportät. Es sollte eigentlich mein Hochzeitsgeschenk für dich sein, aber ich möchte, dass du es jetzt schon bekommst.«

Ohne der Leinwand auch nur den kleinsten Blick zu schenken, sagte Salsa: »Und ich möchte, dass du es dir sofort ins Poloch schiebst.«

»Na schön, schau dir *das* an.« Dooph machte sieben Kniebeugen, dann schnaufte er: »Ganz schön außergewöhnlich, was?«

»Voll *nicht* außergewöhnlich. Du bist ja definitiv außer Atem.«

»Na schön, hör zu: Fünf plus fünf sind zehn. Zehn plus zehn sind zwanzig. Zwanzig plus zwanzig sind vierzig. Bist du *jetzt* beeindruckt?«

Salsa, die keine Ahnung hatte, ob Doophs Berechnungen stimmten, sagte höhnisch: »Das ist alles definitiv voll falsch.«

»Aaaargh!«, machte Dooph und stampfte davon.

Als der Wächter wieder zurückkehrte, fragte Salsa: »Wenn ich Euch einen meiner Möpse zeige, besorgt Ihr mir dann eine Portion Götterkraut?«

Der Wächter sagte grinsend: »Ja, *das* kann ich machen. Und du sparst dir das Möpschen für den richtigen Kerl auf, Schätzchen.«

Als Dooph später wieder in den Kerker zurückkehrte, war Salsa voll breit und verstand sofort, warum ihre Mutter ein solcher Befürworter der scharfen Pflanze war. »Dooooof«, lallte sie. »Isch hasse dischschsch …«

Dooph blies seinen Oberkörper auf und prahlte: »Tja, Salsa Quark, ich werde dir gleich etwas zeigen, wofür du mich für alle Ewigkeit lieben wirst!«

»Wasch, ähm, könnte dasch wohl schein?«

»Oh, wenn du es erst gesehen hast, wirst du mich *voll* lieben«, behauptete Dooph. Dann rief er: »Sandsturm, Strunzbock! Bringt sie rein!«

Die Gebrüder Leguan marschierten im Gleichschritt zu Salsas Zelle hin. In jeder Hand hielten sie lange Pfähle, und auf der Spitze eines jeden Pfahls war ein Kopf aufgespießt. Die Köpfe waren noch frisch, und zwar so frisch, dass das aus ihnen heraustropfende Blut noch warm war.

»Dies, künftige Gattin, ist das, was das Haus Bartresen mit Deserteuren macht. Ist das nicht kuhl?«

Einen Moment lang, der wie eine Ewigkeit wirkte, in Wirklichkeit aber nur etwa fünfundvierzig Sekunden dauerte, schenkte Salsa Quark König Doophrey Bartresen einen Blick, der Matsch hätte einfrieren können. Schließlich, schließlich, schließlich beendete sie die sich verdichtende Stille. »Oh. Meine. Götter. Ich, ähm, liebe dich *voll!* Lass uns, aähm, definitiv *heiraten.*«

Und wenn sie nicht gestorben sind, leben sie noch heute. Oder zumindest bis Band zwei oder drei.

Lolyta

»Weck die Enten nicht auf, Loly«, befahl Vladymyr. »Wenn du dein Kind hast, werden die Enten aufwachen, und es ist sehr wichtig, dass du sie nicht – unter keinen Umständen – weckst.«

»Warum nicht?«, fragte Lolyta Thiergarten. »Was passiert denn, wenn ich die Enten wecke?«

»Vertrau mir«, alberte Vladymyr, »und frag lieber nicht. Es wird nicht schön sein.«

Loly schaute Vladymyr ins Antlitz und verkündete: »Du weißt gar nicht, was passiert, wenn ich die Enten wecke, nicht wahr?«

»Ich weiß ganz genau, was passiert, wenn du die Enten weckst«, behauptete Vladymyr. Nach einem länglichen Anstarrwettstreit gab er dann zu: »Schön, du hast recht. Ich weiß wirklich nicht, was passiert, wenn du die Enten aufweckst.«

»Hätte ich jetzt nicht gedacht«, sagte Loly.

»Aber glaubst du nicht auch, dass man lieber auf Nummer sicher gehen und sie lieber nicht wecken sollte? Wahrscheinlich richten sie nur Chaos an, und dieses Schloss ist märchenhaft. Willst du, dass hier überall Entenkacke rumliegt?«

»Vladymyr, du fehlst mir ja wirklich, aber dieser Traum ist eine echte Zeitverschwendung. Mal ehrlich: Er steht doch

in keinem Zusammenhang mit der vorherigen Seite oder der, die gleich kommt. Ich wache jetzt auf.«

»Warte, warte, warte«, sagte Vladymyr. »Bevor du aufwachst, muss ich dir noch was erzählen. Noch nie hat sich ein männlicher Donkosacke mit einer menschlichen Frau gepaart. Die Körper der beiden sind nicht kompatibel. Dein Kind wird den Kopf eines Pferdes und den Leib eines Menschen haben.«

»Hau ab, Vladymyr«, zischte Loly. »Ich wache jetzt auf.«

Und dann wachte sie auf.

Als Loly ihre Fähigkeiten zurückgewonnen hatte, war sie hungriger als während der gesamten Schwangerschaft. »Illinois!«, kreischte sie. »Ich habe Hunger!«

Die Magistrata Illinois eilte ins Schlafgemach der KÖNIGSBRATZE und fragte: »Was darf ich Euch bringen? Was Ihr nur wollt: Es ist Euer!«

»Ich habe Begierden, Illinois: Essiggurken. Einen Salzlutscher. Gebratene und geölte Tomaten. Ihr wisst schon, all das, wonach schwangere Frauen in Osterhasién sich sehnen.«

»Ach ja.« Die Magistrata schaute weg. »Da war noch eine Sache …«

Nach einem Augenblick des Schweigens sagte Loly: »Was für eine Sache?«

»Tja, während Ihr schliefet, habt Ihr entbunden …«

»*Was* habe ich?« Loly betastete ihren Bauch. Er war, sie konnte es kaum fassen, flach. »Wo ist mein Kind?«

Die Magistrata schaute erneut weg und sagte: »Ja, das ist die andere Sache …«

Nach zwei schweigsamen Augenblicken fragte Loly: »Was für eine andere Sache?«

»Das Kind hatte einen Pferdekopf und den Leib eines Menschen. Der Körper konnte das Gewicht des Kopfes nicht tragen, und … Tja, es war nicht schön. Ich erspare Euch die Einzelheiten.«

In einem Zeitraum von zwei Minuten erlebte die KÖNIGSBRATZE Lolyta Thiergarten jede nur mögliche Emotion: Ablehnung, Verärgerung, Depression, Akzeptanz, Taubheit, Erschöpfung, Grauen, Scham, Hunger, Durst, Geilheit, Verwirrung, erneuten Hunger, Wut, noch mehr Hunger, und dann noch viel mehr Hunger. Als sie sich wieder etwas gefasster fühlte, holte sie tief Luft und wies die Magistrata Illinois an: »Bringt mir meine Eier.«

»Ja, KÖNIGSBRATZE«, sagte die Magistrata. Dann knickste sie und verließ das Gemach.

In weiter Ferne konnte man Böses Omen, Juan Nieves Schattenpanda, brummen hören.

Juan

Die Mauer war so weit geschmolzen, dass Juan Nieve sie ohne große Mühe überqueren konnte. Die Anderen konnten es sicher auch, doch Juan war zu erhitzt, zu übermüdet und zu göbelig, um sich darüber Gedanken zu machen. Als er sich über seinen nächsten Schritt klar zu werden versuchte – Sollte er nach Hause gehen? Sollte er sich den Anderen anschließen? Sollte er Otter und Didi zum Spaß abmurksen? – spürte er, dass ihm jemand auf die Schulter tippte. Er fuhr herum und gewahrte den abstoßendsten Anblick seines Lebens.

Obwohl die beiden Wesen zwei Arme, zwei Beine, einen Kopf mit zwei Augen, eine Nase und einen Mund hatten, waren sie keine Menschen. Juan konnte sich aber vorstellen, dass sie einst welche gewesen waren. Schließlich konnten sie sich trotz ihrer verfaulenden Gliedmaßen bewegen und trotz des aus ihrem Maul tropfenden Sabbers sprechen.

»Wie ist die Lage, Mann?«, fragte der Größere.

»Wie stehen die Aktien?«, erkundigte sich der Jüngere.

»Ähm …«

»Hör mal, wir wollen dich nicht groß aufhalten«, erklärte das größere Ding. »Ich bin Slaachdood, und er ist Doymlack. Wir waren früher auch mal Nachtwächter. Wir wurden aber im Prolog ermordet und später von den Anderen wiederbelebt …«

In der Ferne schrie eine Stimme: *»Wir sind nicht die Anderen! Wir sind die Großartigen, Arschloch!«*

»… dann fielen wir von Osterhasiéns Angesicht, und nun würden wir gern in Erfahrung bringen, warum.«

Trotz ihres grässlichen Erscheinungsbildes hörte Juan das Pathos in den Stimmen der beiden. Er wollte ihnen gern helfen. »Ich kann nur eins sagen, meine Herren: *A veces en nuestro mundo, algo que occure, y nada se resuelve.«*

Slaachdood und Doymlack fragten wie aus einem Munde: »Was soll das heißen, Vollhorst?«

»Manchmal passiert in unserer kleinen Welt so gut wie nichts, und das Nichts wird nicht mal aufgelöst.«

Lolyta

Abgesehen davon, dass Loly Thiergarten (auch bekannt als Lolyta Tornadotuss, Prinzessin von Entenhausen) mit ihren auf den Schultern balancierten Eiern durch ein tosendes Lagerfeuer schritt und aus besagtem Feuer mit einer Schar Entenbabys in den Haaren wieder hervorkam (Enten, wohlgemerkt, keine Echsenbabys, was man hätte kommen sehen können, da es schon vor vielen, vielen Kapiteln angedeutet wurde), passierte nicht viel, und aufgelöst wurde auch nichts, wie immer, wenn man

Den Rest des angefangenen Satzes und viel, viel mehr können Sie in *Das Lied von Eis und Schlagsahne*, Band 2, nachlesen, der am 27. März 2138 auf den Markt kommt.

Danksagung

Der Autor möchte Benjamin R.R. Franklin, Thomas R.R. Jefferson, James R.R. Madison, Alexander R.R. Hamilton, John R.R. Adams, John R.R. Ray und seiner geliebten Ehefrau, Cyndy R.R. Marzahn, danken.

Der Autor möchte auch seinem Lektor, Peter R.R. Joseph, für seine Geduld, seine Freundlichkeit und den klugen Rat danken, 916 Seiten aus der ersten Fassung dieses Buches zu kürzen.

Der Autor möchte auch allen Menschen bei St. Martin's Press und Thomas Dunne Books, hauptsächlich aber Thomas R.R. Dunne, Margaret R.R. Smith, Loren R.R. Jaggers und Joe R.R. Goldschein danken.

Der Autor möchte auch seinen Lesern Susan R.R. Smith und Kush R.R. Mangat danken, die noch auf zehn oder elf weitere Folgen warten. Vielleicht auch auf zwölf.

Der Autor möchte auch seinem literarischen Agenten Jason R.R. Allen R.R. Ashlock von Movable Type Management für seine ausgezeichnete Fechtkunst, Schießkunst und Schreibkunst danken.

Der Autor möchte auch seiner anderen Ehefrau, Natalie R.R. Rosenberg danken, und zwar für Liebe und Unterstützung und die wahnsinnig leckeren Schattenpandaburger mit gegrillten Zwiebeln.

Schließlich möchte der Autor dem wunderbaren, liebenswerten, gut aussehenden, genialen, bewundernswerten, gut aussehenden, wahnsinnig komischen, gut aussehenden, gut aussehenden, charmanten Gentleman danken, der all dies ermöglicht hat – der Mann jener Stunde, in der die Damen duschen gehen wollen: Alan R.R. Goldsher. Hals- und Beinbruch, und ’ne Zwiebel im Mund.

Ronald R.R. Hahn hat all dies für ein Linsengericht und eine Zwiebelsuppe übersetzt, aber dem dankt natürlich wieder mal keine Ente. Dafür geht all unserer übriggebliebener Dank an Adam »Hobbnix« Roberts und Boris »Vier-Beutlin« Koch – für nix.

»Es ist eine allseits bekannte Wahrheit, dass es einen Untoten, der im Besitz von Gehirn ist, nur nach einem verlangt: mehr Gehirn.«

978-3-453-53351-6

Leseprobe unter: **www.heyne.de**

HEYNE

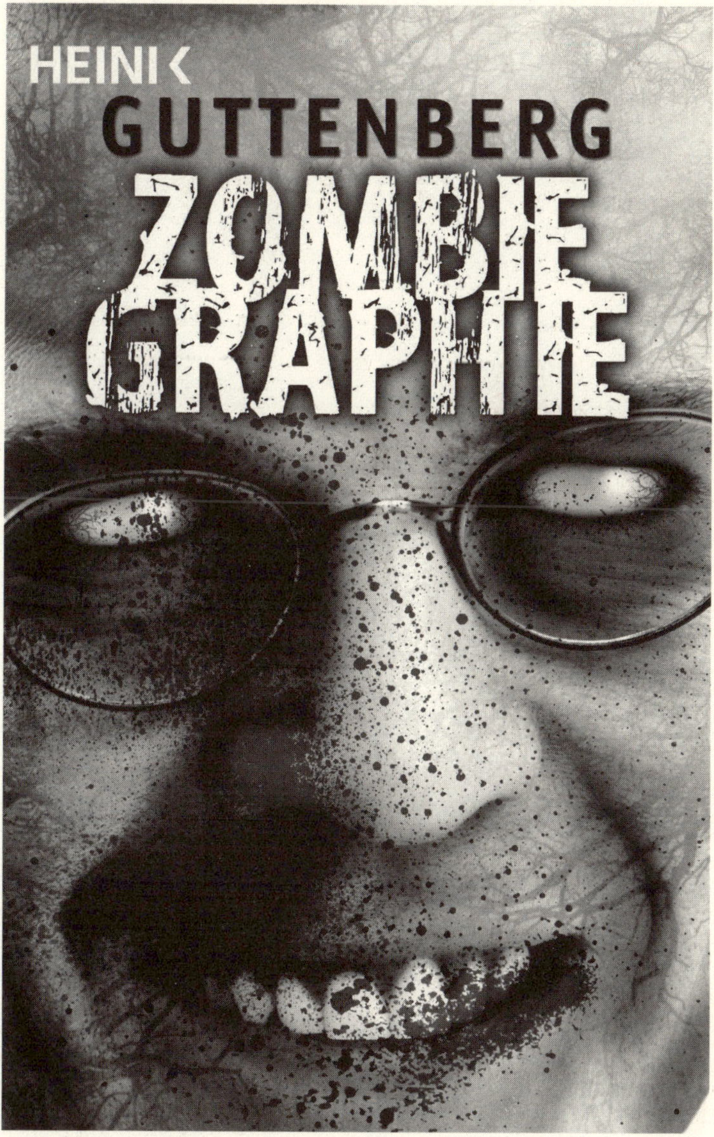
HEINE
GUTTENBERG
ZOMBIE
GRAPHIE

BARACK OBAMA
ICH BIN
LEGENDÄR